TRANSBORDER ASIAN LITERATURE

THE NEW HORIZON OF ASIAN AMERICAN LITERARY STUDIES

アジア系トランスボーダー文学

アジア系アメリカ文学研究の新地平

編著
山本秀行●編集代表
麻生享志
古木圭子
牧野理英

目次

第Ⅱ部　アジア系文学のジャンル的トランスボーダー

◇凡例

●引用・参照について

引用および括弧内引証の方式は、原則として『MLAハンドブック　第8版』（秀和システム、二〇一七年）に拠った。本文中の引用の典拠情報について、煩雑さを避けるために、原則として、引用文の括弧内に著者原名のファミリー・ネーム（苗字）と引用頁数、前後関係で著者が判断できる場合は引用頁数のみ記す。なお、英文文献・作品原著からの引用は著者のファミリー・ネーム（原名）とアラビア数字（例　Kingston 200-11）、邦訳書・文献からの引用は著者の苗字（日本名）と漢数字（例　山田二一一）で、著者名・ページ数を示した。同一著者による複数の文献を引用する場合、ファミリー・ネーム（苗字）の後に出版年を記す（例　Kingston 1978: 200-11、山田二〇〇八、二一一）。

参照箇所については、〔　〕を使って示し、引用の括弧内引証の方式に準じて示す。

●引用の訳文について

本文中の引用文で原典が英語文献の場合は、原則として邦訳書のあるものに関しては邦訳を使った。

●著者・作品名等の表記と発表年について

欧文の著者・作品名・書名については、すべて日本語表記にした。なお、作品名・書名について、邦訳書があるもの、または邦訳書はないが、他の研究書・論文等において既に定訳があるものは、原則として、それを使わせていただいた。そうでない場合は、論文著者によるものである。

●註および引用・参照文献について

註は章ごとに通し番号を（　）で付し、章末にまとめてある。

引用・参考文献も各章末にまとめてある。日本語文献と英語文献の両方がある場合、そのどちらか多い方の文献を先に記した。英語文献は著者のファミリー・ネームのアルファベット順、日本語文献を著者の苗字の五〇音順で並べた。なお、英語文献の書誌情報の表記については、『MLAハンドブック　第8版』に拠り、日本語文献の場合もそれに準じた。

序　アジア系アメリカ文学研究の新地平を目指して

山本　秀行（編集代表）

二一世紀に入ってからの世界は、IT技術や流通の急速な発展・普及による人と物の流動性の高まりなどにより、トランスナショナル／トランスカルチュラル化し「トランスボーダー性（超域性）」をますます強めている。そうした状況において、二〇世紀後半までの欧米一極集中的グローバリズムでは対応できない、国民国家・文化本質主義的枠組を越えた価値観・パラダイムに基づく、「ポスト・グローバリズム」的転換が不可避となった。

アジア系アメリカ文学の現状に目を向けると、とくに二一世紀に入ってから、中国生まれで留学生として渡ったアメリカで英語での創作を始めて作家になった中国系のハ・ジンやイーユン・リー、ならびにロンドン生まれで幼少のとき、ベンガル人の両親とともに移住したアメリカで教育を受けて作家になり、二〇一三年にイタリアに移住し、二〇一五年にイタリア語でも創作を始めたインド系のジュンパ・ラヒリなど、ディアスポラ作家たちによる「トランスボーダー性」という顕著な特徴を持つ作家たちが活躍している。これらの新潮流のアジア系アメリカ文学は、「アジア系アメリカ文学はアメリカ生まれのアジア系アメリカ人によって、その独自の経験と感性に基づき、英語で書かれたものである」という、民族・国家意識、英語中心主義という枠組みを越えているために、従来のアメリカ中心主義的研究パースペクティヴでは十分とは言い難い。むしろ、二一世紀に入って以降、トランスボーダー化が顕著なアジア系アメリカ文学に対応しうるように、インド生まれのポスト・コロニアリズム理論家ガヤトリ・チャクラヴォルティ・スピヴァク（コロンビア大学教授）が『ある学問の死』（二〇〇四年）、あるいは香港生まれの英文学者ワイ・チー・ディモック（イェール大学教授）が『惑星の陰』（二〇〇七年）で提唱した「惑星思考」（planetarity）のような「ポスト・グローバリズム」的概念が必要であることが明白になってきている。

二〇世紀後半の多文化主義の隆盛期から現在に至るまで、アメリカ文学研究はいわゆる、白人男性中心主義的キャノン（正典）研究一辺倒の状態から脱却し、より多様な価値観を有する性的あるいは人種的マイノリティ文学を研究対象として包含する形で進展してきた。しかしながら、とくにアメリカにおけるマイノリティ文学研究は、その初期段階において、一九六〇年代の公民権運動や一九七〇年代のラディカル・フェミニズム運動など、それぞれのマイノリティ・グループの権利拡張運動と不可分であったために、その研究もそれぞれのマイノリティ・グループの政治性によって拘束され、アメリカ国内の同じマイノリティとしてのアイデンティティ・体験を共有するグループの中だけで排他的に研究され、往々にして研究の広がりを欠くこととなっていた。アジア系アメリカ文学を例にとれば、一九七〇年代の西海岸の大学のキャンパスで始まったアジア系アメリカ人運動の中で、それまで埋もれていたアジア系アメリカ文学テクストの発掘とその正当な評価を行い、アメリカ文学における絶対的なキャノン（正典）の見直しを促進した。フランク・チンやローソン・フサオ・イナダらのアジア系アメリカ人文学者・作家・編集のアンソロジー『アイイイー！』（一九七三年）の出版から始まったアジア系アメリカ文学研究は、当初はカリフォルニア大学バークレー校（ＵＣＢ）、同大学ロサンゼルス校（ＵＣＬＡ）などのアメリカ西海岸の大学において、『アジア系アメリカ文学――作品とその社会的枠組』（一九八二年、邦訳二〇〇二年）の出版により本分野の研究基盤を確立したエレイン・H・キム（ＵＣＢ教授）などアジア系アメリカ人の学者によって行われていた。その状況は、一九八〇年代後半以降にアメリカ国外の日本などアジアの研究者の参入によって変化した。従来のアメリカ中心の一極集中的研究に替わる多極的研究が求められている今日、アジアなど国外の学者たちとの連携が重要であることが、アメリカの学界においても認識され始めている。そのことは、ＵＣＬＡアジア系アメリカ人研究センター出版の本分野の主要研究誌『アメレイジア・ジャーナル』（*Amerasia Journal*）が、第三四巻第二号（二〇〇八年）において、アメリカ国外におけるアジア系アメリカ文学研究を特集したことからも伺い知れる。

日本においては、一九八九年に植木照代（神戸女子大学教授［当時］）らによって設立されたアジア系アメリカ文学研究会（Asian American Literature Association、略称ＡＡＬＡ、二〇二〇年にアジア系アメリカ文学会に改称）によって研究されるようになったことでアジア系アメリカ文学研究全体が深化し活性化した。日本国内のアジア系アメリカ文学研究を中心に展開され、その例会やフォーラム（年次大会）での研究成果に基づく会誌『AALA Journal』（一九九四年刊行開始、最新刊二〇二〇年度、第二六号）を公刊する他、国内外の著名な研究者を招聘して実施する国際フォーラムではその研究成果をグローバルに発信してきた。たとえば、一九九九年のAALA一〇周年記念フォーラム（国際交流基金・アメリカ研究振興会後援）では、UCLA教授キンコック・チャンを基調講演者、ならびに『アメレイジア・ジャーナル』の編集長で作家のラッセル・リオンを特別ゲストとして招聘し、アメリカの第一線のアジア系アメリカ文学研究と日本における同分野の研究との接続を図った。二〇〇四年のAALA一五周年記念フォーラム（国際交流基金・アメリカ研究振興会後援）では、UCB教授（当時）サウリン・ウォンを基調講演者として招聘し、アジア系アメリカ文学研究をグローバルな枠組で再構築した。二〇〇九年のAALA二〇周年記念フォーラム（国際交流基金・アメリカ研究振興会後援）では、カリフォルニア大学サンタクルズ校教授のカレン・テイ・ヤマシタを基調講演者として招聘し、アジア系アメリカ文学研究を「惑星思考」という新たな概念から再構築した。二〇一四年のAALA二五周年記念フォーラム（アメリカ研究振興会後援）では、ワシントン大学（当時）スティーヴン・スミダを基調講演者として招聘し、世界的諸問題に対応して「ポスト・グローバリズム」的展開を見せる二一世紀初頭のアジア系アメリカ文学とその研究の可能性を探求した。二〇一九年のAALA三〇周年記念フォーラムでは、基調講演者としてイェール大学教授ワイ・チー・ディモックを招聘し、アジア系（アメリカ）文学を「世界文学」の枠組で再配置を試みた。(1)

また、AALA会員がアジア系アメリカ文学の研究書等を刊行して、本研究分野の発展に貢献している。とくにAALA会員が中心になって出版した以下の研究書――『日系アメリカ文学――三世代の軌跡を読む』（日系アメリカ文学アンソロジー、植木照代、ゲイル・K・佐藤編、創元社、一九九七年）、『アジア系アメリカ文学――記憶と創造』（アジア系アメリカ文学研究書、アジア系アメリカ文学会編、大阪教育図書、二〇〇一年）、『アジア系アメリカ文学を学ぶ人のために』（アジア系アメリカ文学研究書、植木照代監修、山本秀行、村山瑞穂編、世界思想社、二〇一一年）、『憑依する過去――アジア系アメリカ文学におけるトラウマ・記憶・再生』（アジア系アメリカ文学研究書、小林富久子監修、麻生享志ほか編、金星堂、二〇一四年）――は、日本における本分野研究の必携書となっているといっても過言ではないだろう。本書は、先述のようなAALAの研究成果の延長線上にあるが、そこにアジア系アメリカ文学の新潮流の「トランスボーダー性」にも対応しうるインクルーシヴ（包括的）な研究パースペクティヴに拠る新たなコンセプト「アジア系トランスボーダー文学」として再構築していこうとしている点で独自性を有する。

ここで本書の構成を簡単に記すことにする。第Ⅰ部は「領域的・地理的トランスボーダー化するアジア系文学」と題し、アメリカとアジアの間を往還する「世界文学」としてのアジア系文学を研究対象とし、そこにみられる「領域的・地理的トランスボーダー性」を探求する。第1章の麻生論文はヴェトナム系アメリカ難民の文学、第2章の松本論文はスイシンファーを中心とした初期アジア系アメリカ文学、第3章の水野論文は移民地文芸という日系日本語文学、第4章の宇沢論文は野口米次郎の翻案探偵小説、第5章の志賀論文はインド系のジュンパ・ラヒリ、第6章の牧野論文はカレン・テイ・ヤマシタの『三世と多感』（二〇二〇年）を「世界文学」的視点からそれぞれ論じている。

第Ⅱ部は「アジア系文学のジャンル的トランスボーダー」と題し、SF、グラフィック・ノベル、クイア文学、原爆文学など、ジャンル的な広がりをみせるアジア系文学を研究対象とし、「文学ジャンル的トランスボーダー性」を探求する。第7章の巽論文はテッド・チャンをはじめとするアジア系SF、第8章の中地論文はアジア系グラフィック・ノベル、第9章の渡邊論文は二一世紀初めのアジア系セクシュアル・マイノリティ文学、第10章の風早論文はアジア系ポストモダニズム実験詩、第11章の松永論文はアジア系原爆文学をジャンル論的視点から、それぞれ論じている。

第Ⅲ部は「トランスボーダー化するアジア系文学の研究パースペクティヴ」と題し、エコクリティシズム、マルチカルチュアリズム／マルチレイシャリズム、インターレイシャリズム、人種的ハイブリディティ、ポリカルチュアリズムなどの特徴を持った文学を研究対象とし、「研究パースペクティヴ的トランスボーダー性」を探求する。第12章の岸野論文は人新世《じんしんせい》というエコクリティシズム的視点でヒロミ・ゴトーの『ダーケスト・ライト』（二〇一二年）を、第13章の古木論文はマルチカルチュラリズム／マルチレイシャリズム的視点でヴェリナ・ハス・ヒューストンの戯曲を、第14章の加藤論文はインターレイシャリズム的視点でジョイ・コガワの小説を、第15章のウォント盛論文は、人種ハイブリディティ的視点でニーラ・ヴァスワニの『あなたが私に国をくれた』（二〇一〇年）を、第16章の山本論文はポリカルチュラリズム的視点でフレッド・ホーのパフォーミング・アーツをトランスボーダー的研究パースペクティヴに拠って、それぞれ論じている。

本書の主たる目的は、急激なパラダイム転換に伴い、領域的・地理的のみならず、文学ジャンル的および研究パースペクティヴ的にトランスボーダー化した文学を「アジア系トランスボーダー文学」として研究を進展させることである。さらに、前述のスピヴァクやディモックなどのアジア系アメリカ人研究者がいみじくも提示しているように、現代において国家基盤に基づくエクスクルーシヴ（排他的）で旧態依然とした機能不全に陥りつつある文学研究をよりインクルーシヴな「ポスト・グローバリズム」的研究にシフトさせていくことである。このように「アジア系トランスボーダー文学」という新たなコンセプトで研究を展開することにより、アジア系アメリカ研究の新地平を切り拓いていきたい。

※本書の構想が、科学研究費補助金・基盤研究（B）一般「「トランスボーダー日系文学」研究基盤構築と世界的展開――「世界文学」的普遍性の探究」（二〇一九～二一年、研究代表者・山本秀行、課題番号 19H01240）を元にしているために、本書の「序」の一部が、科研費申請書の文言と一部重複している。

【註】

（1）ＡＡＬＡは、日本におけるアジア系アメリカ文学研究の中心（ハブ）として、アジア系アメリカ人研究者・作家・アーティストたちを日本に招き交流してきた。本文中で挙げた以外の主なアジア系アメリカ人研究者として、ＵＣＢ教授（当時）エレイン・キム、コロンビア大学教授ゲイリー・オキヒロ、カリフォルニア州立大学フレズノ校名誉教授チェン・ロックチョアなど、アジア系作家・アーティストとしては、詩人ジャニス・ミリキタニ、詩人ローソン・フサオ・イナダ、劇作家ワカコ・ヤマウチ、俳優マコ・イワマツ、作家デイヴィッド・マス・マスモト、詩人アラン・ラウ、パフォーマンス・アーティストのダン・クワン、詩人ジュリエット・コーノなどがいる。

【引用・参考文献】


アジア系アメリカ文学会（二〇二〇年、アジア系アメリカ文学研究会から改称）『AALA Journal』一号〜二四号、一九九四〜二〇二〇年。

アジア系アメリカ文学研究会編『アジア系アメリカ文学――記憶と創造』大阪教育図書、二〇〇一年。

植木照代、ゲイル・佐藤編『日系アメリカ文学――三世代の軌跡を読む』創元社、一九九七年。

植木照代監修、山本秀行、村山瑞穂編、『アジア系アメリカ文学を学ぶ人のために』世界思想社、二〇一一年。

小林富久子監修、麻生享志ほか編『憑依する過去――アジア系アメリカ文学におけるトラウマ・記憶・再生』金星堂、二〇一四年。

Chin, Frank, et al, ed. *Aiiieeeee!: An Anthology of Asian-American Writers*. Howard UP, 1983.

Kim, Elaine H. *Asian American Literature: An Introduction to the Writings and Their Social Context*. Temple UP, 1992.（キム、エレイン『アジア系アメリカ文学――作品とその社会的枠組』植木照代、山本秀行、申幸月訳、世界思想社、二〇〇二年）

第Ⅰ部　領域的・地理的トランスボーダー化するアジア系文学

第1章　ヴェトナム系アメリカ難民の文学――創造と再生

麻生　享志

アジア系アメリカ文学とヴェトナム系難民

アジア系アメリカ文学がアメリカ文学史の表舞台に登場するのは、一九七〇年代のことである。公民権運動の余波から一九六〇年代後半ニューヨーク、サンフランシスコ、ロサンゼルスなどの大都市で生まれたアジア系アメリカ運動が大規模な学生運動と連携するなか、サンフランシスコ州立大学やカリフォルニア大学バークレー校を中心にエスニック・スタディーズが高等教育カリキュラムに加わったことに起因する。アジア系アメリカ文学は、この新しい学問の一分野として出発し、一九七〇年代以降急速に発展した。なかでも一九七四年、フランク・チンらにより編纂された『アイイー！――アジア系アメリカ作家作品集』がその黎明期に果たした役割は大きく、アジア系文学の礎を築く重要な一冊になった。

ただし、当時アメリカで活躍したアジア系は日系、中国系、フィリピン系が主であり、ヴェトナム系の姿はまだない。ヴェトナムでは国土を二分する戦争が続いていた時期である。南ヴェトナムの通称で知られるヴェトナム共和国はアメリカ合衆国の同盟国だったものの、アメリカへ移民するヴェトナム人の数は限られていた[1]。それが急増するのは、ヴェトナム民主共和国、すなわち北ヴェトナムにより国家が共産主義の下に再統一された一九七五年以降のことである。サイゴン陥落とそれに続く南ヴェトナムの崩壊、さらにその後のカンボジア・ヴェトナム戦争、中越戦争による社会の混乱は、旧南ヴェトナム国民の多くに脱越を決意させた。ボート難民《ピープル》として知られる彼らの主たる目的地はアメリカだった。一九八〇年までに二六万人を超えるヴェトナム系の人々が合衆国で暮らすようになると、一九九〇年には六一万四〇〇〇人、二〇一八年には二一六万二〇〇〇人にその数は膨れ上がった（"Vietnamese Americans"）。

こうした状況を背景にアジア系アメリカ文学に新たに加わったのが、ヴェトナム系難民による文学である。その存在が広く注目されるきっかけは、二〇一六年ピューリッツァー賞に輝いたヴィエト・タン・ウェンの小説『シンパサイザー』（二〇一五年）による。一方、ヴェトナム系アメリカ文学の歴史は、多くの難民がアメリカに到着しはじめた一九八〇年代初頭に始まる。とくに一九九〇年代以降、難民として入国し、アメリカで中高等教育を受けて育ったいわゆる一・五世代作家・詩人の登場が、ヴェトナム系文学の質と量を一気に向上させた。近年はこれにアメリカ生まれの第二世代が加わる。以下では、今やアジア系文学で最も脚光を浴びるまでに成長したヴェトナム系アメリカ文学を、その黎明期から一・五世代が文壇に登場する一九九〇年代までと、二世がそれに加わる二一世紀以降の順に紹介する。

ヴェトナム系アメリカ文学の誕生

初期ヴェトナム系文学の研究で知られるミッシェル・ジャネットによれば、ヴェトナム系移民・難民が英語で書いた著作は、一九六〇年代から一九九〇年代初頭にかけて一〇〇冊以上にのぼる（cf. Janette 267）。その多くはサイゴン陥落後の一九八〇年代以降に出版され、戦争や脱越の辛い経験を描く自伝的作品や、聞き取り調査をもとにする文献が中心だった。ただし、作家モニク・トゥルンが指摘したように、難民の英語表現力に多少なりとも難があったことに加え、難民作家の地位がアメリカ文壇ではまだ確立していなかったことが影響し、アメリカ人の作家や編者が執筆補助にあたるのが通例だった（Truong 232-33）。オリバー・ストーン監督の映画化で知られるレ・リ・ヘイスリップの『天と地』（一九九三年）も、そうした作品のひとつである。また、今ではオーラル・ヒストリーという新ジャンルで注目を集める聞き取りも、アメリカ人研究者による実証研究が中心で、難民は被験者という立場に置かれた。つまり、ヴェトナム人の物語といっても、アメリカ的視点を介して語られるのが常だった。

この傾向に変化が生じるのは、一九九〇年代に入ってからのことである。一九九四年に出版された二冊のノンフィクション作品が、先導役になった。そのひとつがジェイド・ゴック・コワン・フィンの『南風』である。一九五七年メコン川流域の豊かな農村地帯で生まれたフィンは、サイゴンでの学生時代に南ヴェトナム崩壊を目の当たりにした。統一下のヴェトナムでは、再教育キャンプに収容され苦難の生活を送ったが、二年後に脱越する。アメリカへ渡るとボストン大学で修士号を取得し、作家になった。『南風』では、自らが経験したヴェトナムの過去や脱越、さらにはアメリカでの難民生活を自らの言葉で記した。

もうひとつは、グエン・クイ・ドゥックの『死者の眠る場所』である。戦争によって引き裂かれた家族の姿を通じて、戦禍のヴェトナムを再現する作品である。南ヴェトナム政府高官だったグエンの父は、戦時中に北ヴェトナムの捕虜となり、一二年もの長きにわたり幽閉生活を送った。一九七五年、北ヴェトナム軍がサイゴンに迫るなか、母と妹を祖国に残しドゥックはひとり脱越した。ロンドン、サンフランシスコのラジオ局で働く一方、作家、翻訳家として出版の世界でも活躍した。二〇〇六年にはハノイに戻り、和風レストランの経営も手がけている。

アメリカ人校閲者の手を離れ自立した語りを確立することが、黎明期のヴェトナム系文学が乗り越えなければならない大きな関門だったとすれば、これに挑戦し成功したのがフィンとグエンのふたりだった。これにアメリカで教育を受け、言語面でも文化・思想面でもアメリカ的影響を強く受けて成人した一・五世代作家・詩人が続いた。一・五世代ヴェトナム系とは、カリフォルニア大学で難民学生を長く教えたスッチェン・チャンが編纂した『ヴェトナム系アメリカ人一・五世代』（二〇〇六年）により広まった用語だが、彼ら一・五世代は「アメリカ的価値感とヴェトナム的価値観」を仲介し、アメリカ社会とヴェトナム系コミュニティの橋渡しとなったのに加え、一世難民とアメリカ生まれの二世をつなぐ役割を果たしてきた（Chang xv）。

この世代に属す作家で早くから頭角を現したのが、小説『モンキーブリッジ』（一九九七年）でデビューしたラン・カオである。一九六一年サイゴンの隣町チャイナタウンのチョロンで生まれたカオは、父を軍人にもつエリート階級の出身で、サイゴン陥落の数ヵ月前、コネティカット州に住むアメリカの軍人家族を頼って渡米した。その後イェール大学法科大学院で学ぶと、ウィリアム・メリー大学で国際法の教鞭を執った。そのカオがヴェトナムの伝統文化と自らの脱越体験を織り交ぜて描いたのが、『モンキーブリッジ』である。その瑞々しい作風は出版と同時に脚光を浴び、難民版イニシエーション物語として広く読まれた。

もちろん、フィンやドゥックといった第一世代の作家からカオのような新世代作家へと、突然バトンが引き継がれたわけではない。一九八〇年代を通じ、難民が多く住むカリフォルニア州を中心に、ヴェトナム系の人々はコミュニティ誌や地域新聞を創刊しては、社会・文化活動に携わってきた。そうした草の根の努力を取り上げたのが、一九九五年に出版された選集『ワンス・アポン・ア・ドリーム』である。エッセイ集『パフューム・ドリームス』（二〇〇五年）の執筆で知られ、今やヴェトナム系難民を代表する作家のひとりに成長したアンドリュー・ラムが編纂に加わったこの本には、短編小説や詩に加え、絵画・写真などの作品がカタログ的に収録される。無数の難民の声の積み重ねがあったからこそ、カオにはじまる一・五世代作家の躍動と躍進が生まれた。

カオに続き一・五世代作家の存在を明確に示すことになったのがエッセイ集『なまずとマンダラ』（一九九九年）を著したアンドリュー・ファムである。ボート難民として家族とともに脱越し、カリフォルニア大学ロサンゼルス校に学んだファムだったが、トランスジェンダーの兄が自殺したことをきっかけに、祖国ヴェトナムを目指す旅に出た。『なまずとマンダラ』はその旅から生まれた自己再発見の書であり、新しいヴェトナム系文化の存在を示す作品である。日本では、吉田美津が「ベトナム系アメリカ研究とアメリカ社会」（二〇〇一年）でカオとファムの登場をいち早く論じ、新しいヴェトナム系アメリカ文学の流れに目を向けた。

日本の一般読者にとっては、柴田元幸がサイゴン生まれの作家リン・ディンの短編集『石鹸と血液』（二〇〇四年）を翻訳したのが、ヴェトナム系作家と接する最初の機会だったのではなかろうか。一方、リンのアメリカ文壇でのデビューは、一九九六年出版の選集『夜よ、再び』による。一九八六年にはじまる経済開放政策、いわゆるドイモイ以降にヴェトナムの現地作家が書いた短編を編纂し、英語圏の読者に届けた。以来、リンは短編小説や詩を書き続け、一・五世代作家としての地位を確立した。二〇一八年には祖国ヴェトナムに拠点を戻しているが、その動機は本人いわく

「お金」である。何ともやるせないことだが、芸術家の暮らしが厳しいのは万国共通の事実だろう。ヴェトナム系も例外ではない。カオをはじめピューリッツァー賞受賞のウェンも、大学で教鞭を執りながら生活を維持してきた。「家もなければ車もない。仕事すらない」とこぼすリンにしてみれば、親族や知り合いの伝手《つて》で仕事が得られるヴェトナムに戻ることは、現実的かつ必要な選択だったと推測される（"Go Where" par. 12）。

ただし、帰越するヴェトナム系のすべてが生活のために戻るというわけではない。二〇一五年に東京・森美術館で大規模個展を開いた映像メディア芸術家ディン・Q・レは、ヴェトナムの若い芸術家を支援するためにホーチミンシティに戻りスタジオを構えた信念の人である。もちろん、ニューヨーク近代美術館に作品を収める世界的に名の知れた芸術家だからこそできたことではあろうが。

一・五世代作家の活躍とヴェトナム系アメリカ文学のさらなる展開

二一世紀に入ると新しい一・五世代作家が次々と登場し、西海岸を中心にヴェトナム系アメリカ文学の存在が徐々に難民社会の外にも浸透しはじめる。とくにロサンゼルス近郊やサンフランシスコといった大都市には、多くのヴェトナム系文化人が暮らす。そうした人々を支援するために、さまざまな地域組織が設立されてきた。

そのなかのひとつヴェトナム系アメリカ文学芸術協会（Vietnamese American Arts and Letters Association，以下ＶＡＡＬＡ）は、今から三〇年ほど前の一九九一年に設立された。サイゴン陥落から一五年余りを経て、アメリカでの生活がようやく軌道に乗りはじめたとき、難民が求めたのは自らの声を社会に届けるための手段と、文化・芸術を表現する場所だった。この願いをかなえようとＶＡＡＬＡは設立以来、ヴェトナム系の声を伝えるべく読書会、展覧会といった地域イベントを企画・実施してきた。なかでも年次企画として、秋にはロサンゼルス近郊のヴェトナム系コミュニティ、通称リトルサイゴンで、大規模な映画祭を開催する。難民芸術家による映画に加え、現在ヴェトナムで制作されている作品も上演され、多くの入場者を集めるイベントである。

　このVAALAの活動に長く携わるメンバーには、画家アン・フォンら多くの芸術家・研究者が含まれる。カリフォルニア大学アーヴァイン校で、戦争や脱越の経験を語る難民の声を編纂し、オーラル・ヒストリーとしてデータベース化する図書館司書トゥイ・ヴォ・ダンもVAALAを支えてきた。こうした草の根の努力が、広くヴェトナム系アメリカ文化・文学の形成を後押しする。

　実際二〇〇〇年代以降、一・五世代作家・芸術家の活躍は目覚ましい。二〇〇一年に詩集『蝉の歌』で文壇デビューを果たしたモン・ランもそのひとりである。ピアノ、ギターの演奏にも長け、ジャズ・タンゴの音楽アルバムをリリースするかと思えば、絵画や写真作品も制作する。日本にあるメリーランド大学分校で教鞭を執った経験もあり、東京のアルゼンチン社会を取材した『トーキョー・タンゴ・ジャーナル』を、自身のホームページで制作・公開したこともある。

　また、統一後のヴェトナムでは、アジア人とアメリカ人のあいだに生まれた混血児《アメラジアン》としてひどい差別を受けてきたキエン・グエンが、自らの過去を語る『望まれぬ者』（二〇〇一年）を出版したのも二一世紀初頭のことである。母がやり手の実業家という裕福な南ヴェトナムの家庭で生まれ育ったグエンにとって、サイゴン陥落は人生を一変させる出来事だった。社会主義政権下では、脱越を試みるも失敗し、ようやく国連の救済プログラムの下、家族とともにアメリカに渡ったのは、南ヴェトナム崩壊から一〇年を経た一九八五年のことだった。現在は歯科医として生計を立てつつ、執筆活動に取り組む。

　一方、文芸創作《クリエイティブ・ライティング》プログラムで有名なイリノイ大学で学んだダオ・ストロムが、『グラスルーフ、ティンルーフ』を世に問うたのは二〇〇三年のことだった。母とともに脱越した少女がアメリカで送る新生活を、デンマーク出身の養父との葛藤を通じて描いた作品である。一・五世代難民には、ストロムのように文芸創作で学位を修め、よりアメリカ的な作風を特徴とする作家が増えている。そうした作家たちの文体は、『ニューヨーカー』誌などの一流文芸誌に掲載されるストーリーのごとく洗練されており、難民社会の枠を超えて多くの読者を獲得する。

二〇一五年『ニューヨーク・タイムズ・ブックレビュー』誌が選ぶ今年の一〇〇冊に選ばれた『ドラゴン・フィッシュ』(二〇一五年)を著したヴュ・トランも、アイオワ大学で文芸創作を学んだ。ヴェトナム系作家の多くが難民を語り手に物語を構成するのにたいして、『ドラゴン・フィッシュ』では白人男性警察官がその役を務める。トランによれば、元友人の自殺した白人退役兵がモデルだという。「僕たちよりも、よほどヴェトナムのことを良く知っていた」というこの白人男性は、ヴェトナムをこよなく愛しながらも、「自分自身が帰属しない世界に必死にしがみつこうとしていた」(Tran par. 19)。トランがこの退役兵を通じて学んだのは、他者の視点を通じて描き表現することだった。

ところで、ラン・カオやキエン・グエンのように法律や医学の専門職資格をもつ作家が多いのも、一・五世代ヴェトナム系の特徴である。他のアジア系同様、ヴェトナム系家族では、苦労して働く親世代が子世代に専門教育を受けさせる傾向が強い。モニク・トゥルンもコロンビア大学法科大学院に通いながら、作家修業を積んだ。そのトゥルンのデビュー長編『ブック・オブ・ソルト』(二〇〇三年)は、作家ガートルード・スタインとアリス・B・トクラスの家で働くヴェトナム人料理人を語り手に、ポスト植民地主義的視点からモダニズムのパリを再現する幻想的な作品である。『アリス・B・トクラスの料理読本』(一九五四年)でわずかに言及されるスタイン家の料理人がヴェトナム出身だったことをヒントに、トゥルンが豊かな創造力を発揮して書き上げた。

若い一・五世代作家には幼い頃に脱越し、当時のことをほとんど憶えていない場合も少なくない。レ・ティー・ディエム・トゥイはそうした作家のひとりである。一九七二年生まれのレが、マレーシアの難民キャンプを経てアメリカにたどり着いたのは、まだ六歳のときだった。一九九五年発表の戯曲『赤く燃える夏』では、「生まれる頃には戦争も終わり、何も憶えていないのでは」とあやしむ周囲の人々に、ヴェトナムや戦争のことを「繰り返し母から聞いて育ってきた」ことを強調する若い主人公を描き、舞台では自らその役を演じた(“From *Mua He Do Lua*” 387-8)。二〇〇三年には、自伝的ノンフィクション『ギャングスターを探して』を出版している。

ローラ・インガルス・ワイルダーの『大草原の小さな家』（一九三五年）に触発された『パイオニア・ガール』（二〇一四年）で注目を集めたビック・ミン・グエンも、一九七四年サイゴン生まれの若い一・五世代作家である。生まれた翌年には南ヴェトナムが崩壊し、家族に連れられアメリカへ渡った。物心ついた頃にはアメリカで暮らしていたという点では、アメリカ生まれの二世となんら変わらない生い立ちをもつ。そのせいだろうか、『パイオニア・ガール』では、戦争や脱越といった過去の問題よりも、アジア系大学院生がアメリカ社会で直面する人生のサバイバル・レースが物語の中心となる。イギリス系移民の子孫であるワイルダーがかつて描いた開拓期の中西部が、ヴェトナム系難民の視点から読み替えられていく様相に、難民文学の変貌が印象づけられる一冊である。

ヴェトナム系アメリカ人作家として初めてピューリッツァー賞に輝いたヴィエト・タン・ウェンも幼くして脱越した。一九七一年生まれのウェンは、家族とともにサイゴン陥落時に渡米した。当然のことながら、ウェンがもつヴェトナムの記憶は限定的である。そこで『シンパサイザー』では、戦争や脱越の経験といった自伝的要素に頼るのではなく、架空のベトコン・スパイを語り手に据えた。その目的は、聖アウグスティヌスやハーマン・メルヴィル、ラルフ・エリソンといった欧米文学の歴史に、統一ヴェトナム政府が再教育キャンプで政治犯の再教育に用いた「告白」形式を想起させることである。文学ジャンルを幅広く横断する作品を描くことで、ヴェトナム系文学ならではの存在感を示した。執筆後のインタビューでは、「白人読者ではなく、ヴェトナム人読者のために小説を書きたかった」と述べている（Viet Thanh Nguyen par. 92）。作家デビュー以前から、すでに文学研究者として活躍していたことも関連するのだろうか。登場から四半世紀が過ぎようという一・五世代文学を新たな次元に導こうと、意欲的かつ戦略的な作品をアメリカの文壇に届けることに成功した。

広がる地平——二世が描くヴェトナム

レやグエン、そしてウェンのように幼くして脱越した世代は、正確な意味でチャンが定義する一・五世代には当てはまらない。それでも本論において彼らを一・五世代とよびアメリカ生まれの二世と区別する理由は、脱越の経験を身体的記憶として保持するからである。三歳のときに脱越した一・五世代映像芸術家ヴェト・レによれば、彼自身の幼少時の記憶からよみがえってくるのは、ボート難民として経験した大海を渡る恐怖である。成人してからもプールで泳ぐときには身体的な記憶に苛まれ、その克服には多大の努力と時間を要したことを明かしている（*Return Engagements* 7）。

一方で、アメリカ生まれの二世には、ヴェトナムの記憶はもちろんのこと身体的記憶につながる脱越経験もない。代わりに彼らの作品には、二世ならではの問題意識がみられる。この世代の作家として、いち早くデビューを果たした南カリフォルニア出身のエイミ・ファンは、南ヴェトナム崩壊を機に脱越した両親の下に生まれ育つと、地元カリフォルニア大学ロサンゼルス校で英米文学を学んだ。その後、アイオワ大学の文芸創作科に進むと、短編集『二度と会うべきではない』で二〇〇五年にデビューした。

ファンがこの作品を描くきっかけとなったのは、陥落間際のサイゴンから救出されたアメリカ軍人と現地ヴェトナム人女性のあいだに生まれた戦争孤児の存在だった。難民の裏社会を背景に、彼らの複雑な家庭環境とアメリカ社会のなかでの立場を描いた。ヴェトナム系にとっての戦争はいまだ終わっていないとは、多くの難民から聞かれる言葉だが、実際に戦争を経験していない第二世代にもその影響がおよぶことを示唆する小説である。

そして、戦争が難民社会に落とす暗い影をより多面的に示すのが、二〇一二年に出版された長編『チェリー・トゥルンの再教育』である。この作品では、米仏へと別れて脱越し、異なる国で暮らすことになった大家族の離合集散を主題にした。多くのヴェトナム系アメリカ人作家が、ヴェトナムという過去とアメリカでの現在を結びつけようと作品を描くなか、フランスに逃れた難民家族の存在も視野に入れた小説で、ファンはヴェトナム系アメリカ文学がもつ可能性を一気に広げた。

さて、ヴェトナム系では初となるグラフィック・ノベル『ヴェトナメリカ』が出版されたのは二〇一一年のことである。一九七六年アメリカ生まれの二世作家GB・トランが、自らの体験を中心に家族の過去と現在を描いた。二一世紀に入り徐々に存在感を増してきたヴェトナム系文学だったが、『ヴェトナメリカ』は出版と同時に幅広く注目を集め、全国ネットのABCニュースが伝えたほか、数々のメディアで取り上げられた。

その『ヴェトナメリカ』だが、主人公GBと彼の両親、それにヴェトナム生まれの兄や姉のあいだに横たわる深い溝と、そこから生じる家庭内不和、それにGBの身勝手な言動が出発点となる作品である。一方で、GBが二世としてヴェトナムの過去に興味を示すきっかけとなったのは、祖母の葬式のために初めて訪れたヴェトナムへの旅だった。戦争によって分断されながらも、祖国ヴェトナムの家族とアメリカの難民家族がつながり続けることを描く内容からは、難民二世の置かれた微妙な立場が浮かび上がる。

過去の悲劇から生まれる未来

続々登場するヴェトナム系文学の作品から、最後にもう一作グラフィック・ノベルを紹介し、本論を閉じたい。『シンパサイザー』とともに、マイクロソフト社の創業者ビル・ゲイツが自身のブログで取り上げ話題となったのが、二〇一七年に出版されたティー・ブイの『私たちにできたこと』である（Gates）。一九七五年サイゴン生まれのブイは、一九七八年にボート難民として脱越した若い一・五世代ヴェトナム系作家である。オーラル・ヒストリー研究に携わる一方で、絵画の素質にも恵まれた。両親が経験したホロコーストの悲劇を描いたアート・スピーゲルマンの『マウス』や、フランスで活躍するイラン出身の女性作家マルジャン・サトラピが描く自伝的作品『ペルセポリス』を参考に、独学でグラフィック・ノベルの手法を学ぶと、じつに十二年もの歳月をかけて『私たちにできたこと』を書き上げた。自らの出産をきっかけに両親が歩んだ人生の軌跡を改めてたどることで、ブイは戦禍にさらされたヴェトナムの暗い過去を描くと同時に、難民家族における世代間のバトンタッチを絶妙な筆致で読者に届けた。

戦争、脱越、アメリカでの新生活と、難民は過去の悲劇から立ち直るべく新たな文化の創造を通じて、自らの再生に挑戦してきた。その手法は一世、一・五世、二世とそれぞれ異なるものの、目指すところは過去の呪縛から逃れ、新たな人生を未来に向けて歩み続けることである。その理念がヴェトナム系アメリカ文学というアジア系文学では最も若いサブジャンルを特徴づける。過去、現在、未来が交差する創造的時空間として魅力的な作品が編み出されるかぎり、ヴェトナム系文学は今後も力強く成長を続けることだろう。

【註】

（1）一九七五年以前のアメリカにおけるヴェトナム系人口は、一万八〇〇〇人から三万六〇〇〇人程度。その多くは南ヴェトナムのエリート階級出身の留学生だった（Tram Quang Nguyen 286）。

【引用・参考文献】

Chang, Sucheng. *The Vietnamese American 1.5 Generation: Stories of War, Revolution, Flight, and New Beginnings*. Temple UP, 2006.

Gates, Bill. "5 Amazing Books I Read This Year." *GatesNotes: The Blog of Bill Gates*. 4 Dec. 2017. www.gatesnotes.com/about-bill-gates/holiday-books-2017. 21 Apr. 2020.

"Go Where You Don't Belong: An Interview with Author Linh Dinh." *Neonpajamas*. 20 May 2018. neonpajamas.com/blog/linh-dinhinterview. 16 Apr. 2020.

Janette, Michele. "Vietnamese American Literature in English, 1963-1994." *Amerasia Journal* 29.1 (2003): 267-86.

lê thi diem thúy. "From *Mua He Do Lua/Red Fiery Summer*." Ed. Rajini Srikanth and Esther Y. Iwanaga. *Bold Words: A Century of Asian American Writing*. Rutgers P, 2001. 387-94.

Lê, Việt. *Return Engagements: Contemporary Art's Traumas of Modernity and Historicity in Sai Gon and Phnom Penh*. MS.

Mong, Lan. Tokyo *Tango Journal: Argentine Tango in Tokyo*. N.d. <https://www.monglan.com/tokyo_tango_journal.htm>. Accessed 2 May. 2021.

Nguyen, Tram Quang. "Caring for the Soul of Our Community: Vietnamese Youth Activism in the 1960s and Today." Ed. Steve Louie and Glenn Omatsu. *Asian Americans: The Movement and the Moment*. USLA Asian American Studies Center P, 2006. 284-97.

Nguyen, Viet Thanh. "Author Viet Thanh Nguyen Discusses 'The Sympathizer' and his Escape from Vietnam." Interview by Terry Gross. *NPR books*, 17 May 2016, www.npr.org/2016/05/17/478384200/author-vietthanhnguyendiscusses-the-sympathizer-and-his-escape-from-vietnam. Accessed 31 Mar. 2019.

Tran, Vu. Interview by Terry Hong. "Q & A with Vu Tran." *BLOOM*, 5 Aug. 2015, bloom-site.com/2015/08/05/qa-with-vu-tran/. Accessed 24 Apr. 2020.

Truong, Monique T. D. "Vietnamese American Literature." Ed. King=Kok Cheung. *An Interethnic Companion to Asian American Literature*. Cambridge UP, 1988. 219-46.

"Vietnamese Americans." *Wikipedia*, 10 Aug. 2020, 10:40 a.m. (UTC), en.wikipedia.org/wiki/Vietnamese_Americans#Demographics. Accessed 12 Aug. 2020.

ウェン、ヴィエト・タン『シンパサイザー』上岡伸雄訳、早川書房、二〇一七年。

カオ、ラン『モンキーブリッジ』麻生享志訳、彩流社、二〇〇九年。

トゥルン、モニク『ブック・オブ・ソルト』小林富久子訳、彩流社、二〇一二年。

トクラス、アリス・B『アリス・B・トクラスの料理読本――ガートルード・スタインのパリの食卓』高橋雄一郎・金関いな訳、集英社、一九九八年。

ヘイスリップ、レ・リ『天と地――アメリカ篇』飛田野裕子訳、角川書店、一九九三年。

――『天と地――ベトナム篇』渡辺昭子訳、角川書店、一九九三年。

リン、ディン『石鹸と血液』柴田元幸訳、早川書房、二〇〇八年。

ブイ、ティー『私たちにできたこと――難民になったベトナムの少女とその家族の物語』椎名ゆかり訳、フィルムアート社、二〇二〇年。

吉田美津「ベトナム系アメリカ研究とアメリカ社会」『アメリカ研究』三五号（二〇〇一）二一―三八頁。

第2章　初期アジア系アメリカ文学のトランスボーダー性

——スイシンファーの作品を再読する

松本　ユキ

初期アジア系アメリカ文学のトランスボーダー性

本稿では、「アジア系アメリカ文学」の先駆者であるスイシンファーの作品を再読することにより、初期のアジア系アメリカ文学において、時代や場所の制約を超えたトランスボーダーな視点や人種・ジェンダー・階級の多様性が描かれていることを明らかにしたい。ここでは、「初期アジア系アメリカ文学」という枠組みを広くゆるやかに捉え、「一八八〇年代から一九六〇年代の間に、アジア系の作家によって英語で書かれ、アメリカで出版されたもの」と定義することとする（Lawrence and Cheung, 2005）。まずは、初期のアジア系作家たちの特徴を時系列順にたどってみたい。

アジアからアメリカ本土への集団移住が増加したのは、一般的には一八四八年ごろのゴールド・ラッシュ以降である。「金山」（アメリカ）での一攫千金を目指し、中国人移民の多くは、出稼ぎ労働者として海を渡ったが、一八八二年の中国人移民排斥法、一九二四年の移民法により、労働者の入国が制限されることとなった。一九世紀末ごろから二〇世紀半ばごろには、アジア各国からの一時滞在者たちが、留学生、政府高官、商人などのステータスで渡米したが、女性の場合は単身での移動は難しく、男性の同伴者として渡航するケースがほとんどであった。エンプー・リーの『中国における私の少年時代』、エッ・スギモトの『武士の娘』、イルハン・ニューの『朝鮮における私の少年時代』などはその代表例である。さらに、ヨネ・ノグチの『日本少女の米国日記』、オノト・ワタンナの『日本のナイチンゲール』など、一時滞在者の日記をジャポニズムの流れに組み込んだものもある。その後、三〇年代、四〇年代になるとアメリカに定住することを選択し、一時滞在者ではなく、アメリカ人であることを主張する作家たちが自伝的文学作品を発表した。たとえば、H・T・チャンの『ユニオン・スクエアで首吊り』、ヤンヒル・カンの『東洋、西洋へ行く』、そしてカルロス・ブロサンの『我が心のアメリカ』などが挙げられる。

アジア系アメリカ文学研究者のエレイン・キムによると、初期のアジア系作家たちは、アメリカでは客人あるいは一時滞在者として、親善大使の役割を期待される傾向にあったが、アメリカへの永住の意志が強いカンやブロサンは、現在のアジア系アメリカ作家の先駆的存在であった（キム　三八）。

しかしながら、これらの作品群の中でわずかに言及されてはいるが、長らく周縁に追いやられてきた作家たちがいる。それは、複数の人種・民族・文化を引き継いだ混血の作家たちである。その代表格といえるのが、世紀転換期に作家として活躍した、オノト・ワタンナとスイシンファーである。彼女たちは白人でも有色人種でもない、アジア人でもアメリカ人でもない、その複雑な立ち位置ゆえに、「アジア系アメリカ文学」という固定化された枠組みからこぼれ落ちてきた。以下では、人種・ジェンダー・階級などさまざまな境界を越えるスイシンファーのトランスボーダー性を明らかにし、時代や場所の制約を超えて初期アジア系文学作品を再読していくことの可能性を探求したい。

イーディス・イートン（スイシンファー）とその作品

本稿では、まだアジア系アメリカ文学という概念が確立していない黎明期に、スイシンファーというペンネーム（中国語で「水仙花」を意味する）で活躍した作家、イーディス・イートンに焦点を当てる。イーディスは、イギリス人の父エドワード・イートンと中国人の母アーチュン・グレース・アーモイ（グレース・トレフュシス）の長女として誕生した。彼女は一家でイギリス、アメリカ、カナダを往来する幼少時代を過ごしたが、やがてカナダでの生活に落ち着き、速記者、ジャーナリストなどの職に就きながら、一八八〇年代ごろからモントリオールで創作活動を始めた。その後、一八九六年ごろから一年間ほど、ジャマイカでの記者生活を経たのち、作家としての市場をアメリカに広げていく。

彼女の妹のウィニフレッド・イートンも、オノト・ワタンナという日本風の筆名で、初期アジア系アメリカ文学の発展に貢献した。妹のワタンナと比較すると、ファーの作品は長い間人々に忘れ去られ、再評価されるまで、一世紀ほど待たなければならなかった。中国人を母親に持つ作家であっても、それ以外に中国との結びつきをほとんど持たない彼女を、「アジア系」と呼ぶことには抵抗があり、人生の大半をカナダで過ごした彼女を「アメリカ人」の作家と一括りにすることもできない。このような彼女の立ち位置は、「アジア系」そして「アメリカ人」のどちらにも当てはまらない流動的なものであり、あらゆる批評の枠組みをすり抜けてきたのである。

生前に出版された著作は、一九一二年の短編集『スプリング・フラグランス夫人』のみであるが、出版後八〇年以上の時を経て、一九九五年に、二人の研究者の手によって、『スプリング・フラグランス夫人とその他の短編』として再編された。さらに初版から一世紀以上経た二〇一六年には、新たな作品群を加えた著作集『ビカミング・スイシンファー』が出版された。昨今の研究においては、場所や時代の制約を超えた、スイシンファーの文学実践を再評価しようとする動きが見られるようになった。

一九〇九年に発表された自伝的な作品、「ユーレイジアンの心象を綴ったポートフォーリオ」において、彼女は幼少期からの人生の経験を振り返りながら、母とも父とも違う自らの異質性、二つの文化間で揺らぐ「ユーレイジアン」としての自己意識を表現している。

結局のところ、私には国籍はなく、いかなる国籍も主張しようと思わない。国籍よりも個人の方が大事だからだ。孔子曰く「あなたはあなた、私は私」。私の右手を西洋人に、左手を東洋人に捧げよう。ただ私という些細な繋がりが、東と西の間で完全に引き裂かれないよう願うのみだ。(230)

この引用では、古代中国の賢者の言葉を引用しながら、「個人」という西洋の近代的な価値観を称揚しているように読める。しかしながら同時に、個人の自由と平等を重んじているはずのアメリカという国家が、実際には個人の差異を重視せずに、「人種」「国籍」「民族性」「階級」などにより「個人」を判断し、他者として排斥していることの矛盾を浮き彫りにしている。このようなスイシンファーの「個」の主張は、「一元的でナショナルなアイデンティティに固定化されることへのハイブリッドの抵抗」である（植木 三二〇）。

国家と個人の間に引き裂かれそうになりながら、自己を犠牲にしてでも、個人と個人の繋がりを築こうとする彼女の真摯な姿勢、切なる思いが込められたこの言葉を、一世紀以上の時を経た読者はどのように受け止めればよいのだろうか。現代の私たちは、東洋と西洋、国家と個人、自己と他者、白人と非白人、資本家と労働者といった二項対立的な構図を乗り越えた個人の差異を尊重することができているのだろうか。

彼女の扱う主題は、その後に続くアジア系アメリカ文学の展開を予見するものであった。雑誌『ウエスタナー』に連載されたノンフィクションの作品「アメリカの中国人」では、「中国系アメリカ人」という言葉が使用されており、アメリカ社会に生きる中国人あるいは中国系アメリカ人の生き方や人柄が生き生きと描写されている。現在は当たり前のように使用されているが、その言葉が人口に膾炙する半世紀も以前に、すでに中国系アメリカ人の権利を訴えていた事実は注目に値する。当時はまだ中国人に対する差別的描写が多く、彼らを人間らしく描くことは一種のタブーであった。スイシンファーが批判しているのは、アメリカ人が中国からの来訪者を歓迎する偽善的な態度をとる一方で、アメリカに定住しようとしている中国系アメリカ人に対しては無関心であり、排他的な姿勢を見せているという矛盾である。彼女は、中国系アメリカ人たちがアメリカ人についての自らの考えを手紙に書き記し、中国に送ることにより、中国人のアメリカ人に対する認識や態度に影響を及ぼすことができると強く主張している。このように、アメリカの独善的な自国中心主義を批判することで、それを乗り越えた双方向的な国家間、人種間の関係性を築くことの必要性を説いている。

そして、いつの日か世界中が自分のようなユーレイジアンで溢れ、世界が一つの家族になったとき、人々は偏見に左右されることなく、はっきりと見聞きすることができるのだとファーは主張する（223-24）。自らの先駆者としての苦悩を受け入れ、未来へと望みを託した彼女の姿勢は、今日のアジア系アメリカ文学にも受け継がれている。

アメリカについて書く中国人

前節で述べたように、スイシンファーは、アメリカの中国人がアメリカについて書いた内容を、中国人が読む可能性について触れ、彼らの考えがアメリカという国家の外交や貿易に影響を及ぼしうる貴重なものであることを強調していた。

それでも、これらの中国人、私が中国系アメリカ人と呼んでいる人たちは、ここに居住している間もずっと、彼らの故国にいる親戚や友人と熱心に文通を続けており、彼らがアメリカ人について考えること、書くことは、彼らの同国人のアメリカ人に対する態度に大きな影響を与えるだろう。それゆえ、彼らは関心に値しない人々ではないのである。(233)

中国人労働者、中国人女性、中国系アメリカ人、混血の子供たちなど、スイシンファーの作品に登場する人物たちは、当時のアメリカ社会では見えない存在であり、彼らの発言や文章は、アメリカ人にとって何ら影響力のないものだと考えられていた。アメリカ人の書いたものを読む中国人、中国について書くアメリカ人がほとんどであった時代には、その逆の可能性があることすら、認識されていなかっただろう。

彼女の文学実践は、このような既存の社会的構造を逆さにした物の見方を、実験的に取り入れており、今日の視点で見ても挑戦的な試みであった。二項対立的権力構造の転倒は、彼女の短編小説「スプリング・フラグランス夫人」と「劣った女」でも取り上げられている。

この二作はいずれも、中国からアメリカに渡った商人の妻、スプリング・フラグランス夫人を主人公としている。

以前はアメリカの言葉が全く話せなかった彼女だが、五年でもうこれ以上学ぶ必要がないほど英語が流暢になり、夫もまるでアメリカ人のようだとお世辞を言うまでに成長した。二つの短編では、彼女が近隣問題を解決する姿を軽妙に描きつつ、鋭い社会批判が織り交ぜられている。

夫人の自宅の右隣には中国系アメリカ人のチンユエン一家が、左隣にはアメリカ人のカーマン一家が住んでいるという設定がされており、そこには作家であるスイシンファーの意図が汲み取れる。一見するとたわいない隣人間の問題に思えるものが、じつは中国とアメリカという国家間の関係性や人種、階級、ジェンダーなどのさまざまな要素により形成されていることを示唆している。

短編「スプリング・フラグランス夫人」では、主人公が、右隣に住む中国系アメリカ人の娘ローラの結婚をめぐる親子の問題、アメリカと中国の価値観の対立を解きほぐしていく。ローラの両親は、学者タイプで教養のある教師の息子を娘のお見合い相手として選んでいたが、ローラは、スポーツ万能かつビジネスの才気も兼ね備えた中国系アメリカ人、カイツーと恋愛結婚したいと考えている。そこで、スプリング・フラグランス夫人が男女間、親子間の問題に介入し、全ての問題を円満に解決する。この短編に登場する中国人たちは、中国的価値観を保ちながらも、アメリカ的価値観を柔軟に吸収していくのだ。

連作の「劣った女」にもスプリング・フラグランス夫人が登場し、左隣に住むアメリカ人の青年ウィル・カーマンの恋模様を通して、女性同士の階級的対立を橋渡しする役割を果たしている。ウィルの思い人、アリス・ウィンスロップは、一四歳で法律事務所の事務職に就いてから、男性たちと同等に仕事をし、周囲にも認められる働く女性であったが、他の女性たちからは貧しく教養のない「劣った女」として蔑まれていた。ウィルの母親であるカーマン夫人は、アリスではなく、「優れた女」のエセル・イブブルックこそ息子の相手にふさわしいと考えていたが、夫人の仲立ちにより、「劣った女」だと思われていたアリスこそ、本当の意味で「優れた女」であることを知ったのである。

この短編を読むうえで重要なポイントは、中国人である夫人が、アメリカ人についての本を書こうと構想していることである。

多くの米国人女性が本を書いたのだから、中国人にも書けるのではないかしら？　彼女は、中国人女性の友達のために、米国人についての本を書くことにした。米国人はとても興味深く、奥ゆかしいのだから。（「劣った女」28）

夫人は、本について構想しながら、スイシンファーの作品の登場人物である混血の子供たちや中国系アメリカ人女性が、中国人女性の読み上げる文章を聞いている姿を想像し、心躍らせている。前作においては、白人男性ウィルが中国人コミュニティの様子をレポートし、本作品では、中国人女性のスプリング・フラグランス夫人がアメリカ人のコミュニティを聞き取り調査するという役割が与えられている（里内 二九三）。

本を書こうとする夫人は、「ああ、米国人って！　どうしてこんなに神秘的で、謎めいていて、不可解なのかしら！もしも私に学問という神聖なる権利があれば、米国人についての不朽の本を書くことができるでしょうに」（33）と嘆き、学問を重要視していたが、中国からの留学生を支援し、故郷にも経済的援助をし続けている商人の夫の姿を通して、何かを成し遂げるには必ずしも教育は必要ないことに気づかされるのだ。本作において、中産階級の女性が労働者階級の女性から教えられたように、現実においてアメリカ人が中国人から教訓を得る可能性がある[233]ことを、スイシンファーは示唆したかったのではないだろうか。その意味で、前作では中国人がアメリカ人（テニスンは英国人であるが、夫人は米国人だと思い込んでいる）の詩を朗読し、本作ではアメリカ人が中国の古典（孔子の『詩経』に収められた小雅の「伐木」）を読み聞かされている点は興味深い。

中国人がアメリカ人についての本を書くという構想は、前述した「アメリカの中国人」という連作の中にも登場している。「アメリカ人についての中国人の本」というセクションに、「中国に帰ったら、アメリカ人についての本を書くつもりだ」(236) と発言する人物が登場する。その人物は、アメリカ人は中国人について正しい知識を得る術を持っていないが、アメリカにいる中国人たちは「使用人としてアメリカ人の家に入り、学生としてアメリカの学校や大学に入り込むことができる」(236) ため、アメリカ人について十分な知識を得ることができるのだと述べている。アメリカについて書く中国人は、中国について書くアメリカ人にはない特権を持ち合わせているのだ。

フィクションに登場するアメリカについて書く中国人、すなわちスプリング・フラグランス夫人のスタンスは、ノンフィクションの中でアメリカ人についての本を書きたいと述べている中国人、そして作品の書き手であるスイシンファー自身の姿と重なっている。ユーレイジアンである彼女が、中国人、中国系アメリカ人、混血の子供についての物語を書くことで、実際にアメリカ人について本を書く中国人が登場し、その本が中国の読者に影響を与え、アメリカ人もその重要性を認識する、そんな未来図を描いていたのではないだろうか。

スイシンファーの挑戦は、中国語への翻訳、中国人読者の獲得にも向けられる。一九〇九年の一〇月九日、彼女はサンフランシスコを拠点とした新聞『チャイニーズ・ワールド』(短編「スプリング・フラグランス夫人」でスプリング・フラグランス氏が読んでいる) の編集者宛てに手紙を送り、同年の九月に雑誌に掲載された自分の物語「自由の土地で」を中国語に翻訳し、中国人の読者に読んでもらいたいと述べている。本章で取り上げた二つの短編が出版されたのは一九一〇年の一月と五月であり、この手紙は、その数か月前に書かれたものである。カリフォルニア大学バークレー校で閲覧可能 (Him Mark Lai Papers, AAS ARC 2000/80, Box 45, Folder 36, Ethnic Studies Library, University of California, Berkeley.) であるが、編集者からの返事が現時点では見つかっておらず、実際にスイシンファーの物語が中国語で掲載され、中国人の読者に読まれることがあったのかは不明である。しかし、現在すでに彼女の作品は水仙花の『春香夫人』として、中信出版社から中国語翻訳が出されており、中国の読者にも読まれている。スイシンファーの名前と作品が、彼女のもう一つのルーツである中国の人々に知られるまで、かなりの時間を要し、遠回りしたものの、アジア系アメリカ文学が翻訳され、それがアジアの人々に読まれるという彼女の思い描いた未来は、すでに実現されているのである。

アジア系アメリカ文学の意義は、アメリカ人の読者に、マイノリティの視点で見たアメリカ像を見せること、そしてアジアの読者には、アジア系の書き手が描いたアメリカ社会を見せることにある。今日、アジアにいる私たちがなぜアジア系アメリカ文学を読むのか、その答えを、スイシンファーはすでに知っていたのかもしれない。

時代や場所の制約を超えて

二〇一二年六月、北京外国語大学において、アジア系アメリカ研究関連の国際会議が開催された。本会議には、中国とアメリカを中心に、その他台湾、香港、日本、ロシア、カナダ、オーストラリアなど国内外から多くの研究者および作家たちが参加していた。筆者はアメリカ、中国、ロシア、日本からの研究者で構成されたパネルにおいて、スイシンファーの短編集についての報告を行った。短編集の出版後百年を記念する年に、彼女の母方のルーツと結びついた中国という場所において発表する機会を得ることができたことは、非常に有意義な経験であった。スイシンファーについて研究している中国の大学院生や研究者の方々と意見交換し、彼女の作品が中国でも読まれ、研究されていることを確認することもできた。今後のアジア系アメリカ研究は、「アメリカ」だけでなく、何らかの形で「アジア」そして他の地域との結びつきを保ちながら、互いの境界を交錯させつつ、発展していくものではないかと実感させられた。

あらゆる文学作品がそうであるように、スイシンファーの作品は、ある時代や場所の限界を示しつつも、さまざまな制約を超えて読まれる可能性に開かれている。人種・ジェンダー・階級の境界を撹乱するスイシンファーの文学は、そのトランスボーダー性ゆえに既存のアジア系アメリカ文学研究の枠組みからもれてきたが、現代のグローバルな読者が彼女の作品を再読するとき、アジア系アメリカ文学の新たな息吹を感じることができるのではないだろうか。

※本稿はＪＳＰＳ科学研究費（科研番号：20K12971）の助成を受けた研究成果の一部である。

【引用・参考文献】

Bulosan, Carlos. *America Is in the Heart.* 1946. Penguin, 2019.（ブロサン、カルロス『我が心のアメリカ』井田節子訳、勁草書房、一九八四年）
Chapman, Mary. *Becoming Sui Sin Far: Early Fiction, Journalism, and Travel Writing by Edith Maude Eaton.* McGill-Queen's UP, 2016.
Chin, Frank, et al., eds. *Aiiieeeee!: An Anthology of Asian American Writers.* 1974. 3rd ed.,U of Washington P, 2019.
Far, Sui Sin. *Mrs. Spring Fragrance and Other Writings.* Edited by Amy Ling and Annette White-Parks. U of Illinois P, 1995.
Kang, Younghill. *East Goes West.* 1937. Penguin, 2019.
Kim, Elaine H. *Asian American Literature: An Introduction to the Writings and Their Social Context.* Temple UP, 1982.（キム、エレイン『アジア系アメリカ文学――作品とその社会的枠組み』植木照代・山本秀行・申幸月訳、世界思想社、二〇〇二年）
Lawrence, Keith, and Floyd Cheung, eds. *Recovered Legacies: Authority and Identity in Early Asian American Literature.* Temple UP, 2005.
Lee, Yan Phou. *When I Was a Boy in China.* D. Lothrop Co., 1887.
New, Ilhan. *When I Was a Boy in Korea.* Lothrop, Lee & Shepard Co., 1928.
Noguchi, Yone. *The American Diary of a Japanese Girl.* F.A. Stokes Co., 1902.
Okada, John. *No-No Boy.*1957. Penguin, 2019.（オカダ、ジョン『ノーノー・ボーイ』川井龍介訳、旬報社、二〇一六年）
Sugimoto, Etsu Inagaki. *A Daughter of the Samurai.* 1925. Doubleday Page & Co., 1926.（杉本鉞子『武士の娘』大岩美代訳、筑摩書房、一九九四年）
Tsiang, H.T. *The Hanging on Union Square.* 1935. Penguin, 2019.

Watanna, Onoto. *Miss Nume of Japan: A Japanese-American Romance*. Rand McNally, 1899.
植木照代「イートン姉妹の自伝とフィクションに見るハイブリディティの政治学」アジア系アメリカ文学研究会編『アジア系アメリカ文学——記憶と創造』大阪教育図書、二〇〇一年、三〇三—三二四頁。
里内克巳『多文化アメリカの萌芽——一九～二〇世紀転換期文学における人種・性・階級』彩流社、二〇一七年。
水仙花『春香夫人』張義・謝世雄訳、中信出版社、二〇一八年。

第3章　日系日本語文学におけるトランスボーダー性
——移民地文芸の探求において

水野　真理子

一世の日本語文学におけるトランスボーダー性とは

日系アメリカ一世の日本語文学におけるトランスボーダー性を考えるとき、複雑な要素が脳裏に浮かんでくる。まず、渡米がはじまった一八八〇年代から、在米日本人は日本語新聞を主な発表の場として、文学活動を開始した。その後、在米生活が少しずつ安定していく、一九一〇年代から一九二〇年代頃までが、とくに一世世代の文学活動の隆盛期と捉えることができよう。この流れにおいて、まず彼らは、アメリカへと国境を越えたわけであるから、地理的な意味でのトランスボーダーを経ている。その一方、文化的にはどうか。彼らは、移住先において、日本語の活字に飢え、日本語の書物を本国から送ってもらい、また移住地に形成された古書店のネットワークにより、あるいは故郷の親戚、知人から雑誌を送ってもらうことで、日本の文壇の状況も追いかけていた（日比 六八―一二四）。そして日本における新聞と酷似した、アメリカ版の日本語新聞を充実させ、そこに文芸欄を設置し、作品を積極的に発表することによって、切磋琢磨してきた。もちろん、アメリカで発行される英字新聞や書籍にも目を通していただろうが、作品創作においては、概して日本語によって、日本語を読む読者を想定して、移民地における出来事を題材に作品を生み出してきた。それが、西海岸地域を中心とする移民地文芸の動きであったが、この文学活動はトランスボーダーという観点からどう捉えられるのだろうか。

そもそもトランスボーダーの定義が問題である。近年、この概念は、人文社会分野の研究では、人類学や社会思想の領域で注目されている。たとえば、二〇〇四年に国立民族学博物館で国際シンポジウム「トランスボーダーの人類学――その可能性をさぐって」が開催され、ここではトランスボーダーの定義について、「逸脱、侵犯」というイメージを伴う「越境」とは異なり、「越える」だけではなく「超える」「貫く」「すり抜ける」という意味も含まれるとされた。そして、トランスナショナリティも包含するが同義ではなく、既存の国民国家のボーダーに限定されない、グローバリゼーションに付随するさまざまなボーダーだと説明されている。この定義によれば、日本人が国境を「越えた」だけでなく、文化的諸相について、どのようにそのボーダーを「超えていこうとした」のかを考察することは理にかなっているだろう。

これまで日系日本語文学の研究においては、一世たちの文学活動は、トランスナショナリズムや越境がもたらす二重性に悩みながらも、日本文学の強い影響を受けて、日本の伝統、思想を基盤としつつ、在米日本人というアイデンティティのもとに、日本の文学とは異なる独自の移民地文芸を生み出す活動だったと論じられてきた。(1) これを踏まえ、さらに、トランスボーダーという観点から改めて移民地文芸を考えるためには、どのようにそれを日本文学と差異化したのかという点が、重要な視点と思われる。日本の思想、文化的影響下にありながら、日本文学との差異化を試みる際に、彼らの強みは、単に移民地の生活を描くという題材の特殊性だけだったのだろうか。

そこで本稿では、一世たちの移民地文芸論を再考し、その動きの中に、日本文学との差異以上の特殊性を求める、ボーダーを超えようとする志向がなかったかを探ってみたい。そして、トランスボーダーという観点から、初期日系日本語文学の特徴について再検討したい。

移民地文芸論争の再考——移民地文芸論に対する中西さく子の批判

移民地文芸論の『日米』紙上における最初の盛り上がりは、一九一五年から一九一七年にかけてである。さらに一九一五年当初は、「植民地」「殖民地」文芸（文学）という語が使われ、移民地文芸と明確化されるようになったのは、一九一七年の翁久允の「移民地文芸雑感」からである。本稿では基本的には「移民地文芸」と統一するが、原文からの引用の場合などは、「植民地」「殖民地」文芸（文学）の語を適宜使用する。また読みやすさを考慮し、引用においては、旧漢字は新漢字に改めて記述する。

一九一五年から一九一七年までの一連の移民地文芸論において、とくに興味深いのは中西さく子と翁による論争である。男性が主体となっている新聞界の中で、女性が文学について発言するのは、かなり勇気が必要だっただろう。中西の論説「婦人の見たる加州の文芸界（全六回）」（一九一七年一月二六日〜三一日）の書き出しは興味深く、「でもアメリカつて恐いとこなのよそりやほんとにうるさいんですからね、少しでも文学のお話でもしやうものなら、女のくせに生意気だとか、ありや新らしい女だとかつて直ぐに評判が立つんですよ。」（中西 一九一七年一月二六日、傍点原文）と、発言の難しさを述べている。中西の人物像は不明であるが、この評論の記述によると、この時点で在米経験が二、三年、文学や演劇にも興味がある知的な女性という印象である。この執筆以降に、「かけおち（全五回）」（一九一七年一一月二三日〜二七日）や、「大海を尋ねて――劇『狂人』より」（一九一八年一月一日）などの作品も寄稿し、創作の分野でも一時的に活躍している。

かなり手厳しく、移民地文芸論について述べているが、彼女の主張の要点はおおよそ三つである。第一に、翁を皮切りに、南国《みなみ》太郎、伊藤七司、長沼重隆による「植民地文学」についての議論があり、寄稿者の全てが植民地文学の出現に同意し、実現に向けて努力しているが、植民地文学の必要性をことさらに主張し騒ぎすぎだと述べる。第二に、植民地文学が扱う題材の範囲に着目し、翁の唱える植民地文学論では、植民地の人々による植民地の題材だけを扱うと理解できるが、それだけでは範囲が狭く、植民地文学と担ぎまわるほどではないと述べている。作品の質さえ良ければ、アメリカや世界の事象を扱っても構わないと論じる。第三には、作品に見られる視点についての批判である。長沼が、意義ある文学を生み出すには文明批評の立場が求められると主張した点（長沼 一九一六年六月二五日）には賛同するとしながら、『日米』に掲載された作品は、文明批評の側面も断片的には見られるが、結局は料理屋遊びや酌婦を追い廻す内容ばかりだと指摘する。

翁から中西への反論

こうした中西の三つの論点に対して、翁は「移民地文芸雑感――中西さく子氏に（全六回）」（一九一七年二月五日～一〇日）でどのように反論したのだろうか。中西の第一の批判について、翁は騒いだ覚えはないと述べる。自分は「今日世界にその覇を争ふ所謂文豪の一人」ではなく、「今これから道を拓かうとする一寒の書生である」と捉え、彼の移民地文芸論の後に続いた、南、長沼の議論に対して沈黙し、作品創作に専念してきたと言う（翁 一九一七年二月五日）。ここで翁が世界の文豪と自身の書生としての位置を比べている点は興味深い。

さらに中西の第二の論点に対しては、移民地の生活を題材とするその意義を強調する。彼が思い描く移民地文芸は、「郷土及び国土独特な匂を薫らせる所に深い意味がある」とし、「在米同胞もこの地に生活する限りこの地の生活に意味を発見」しなければいけない、そして「その発見の花を匂はせるものは文芸家である」と主張する（翁 一九一七年二月六日）。世界の事象よりも、あくまで移民地の現状を取り扱うことこそが重要だとしている。

また第三の批判については、「世界の文芸品」の中から遊女生活を抜き去れば意味がないとし、日本の文壇で話題となった「遊蕩文学撲滅運動」の不毛さに、この議論の無意味さが表れていると述べる。そして、無知な人間を描いて哲学を語るゴーリキー、「暗黒の人生を暴露し虚偽の仮面を剝奪した」ゾラやモーパッサンの作品はすばらしいものであるから、いかなる人間をモデルとしてもそこに哲学が見出せるのだと主張する（翁 一九一七年二月七日）。続けて世界の文学という視点からも、移民地を題材とする意義を、翁は述べる。

> 植民地生活（この言葉を今後移民地生活なり移民地文芸なりと改めたい。それは実際に於て吾々の生活は移民の生活であるのだから）はその気分なり根底のない生活状態なりが国家生活（今日世界の民衆は国家を離れて生活を安定する事が出来ない）を営んでいる世界の最大多数者よりも奇異である。この奇異な生活の中から私達は世

界に通ぜる有意義な作品を提供しなければならぬ。（翁 一九一七年二月八日）

ここで注目しておきたいのは、国家生活にもとづいて生み出される文学と、国家という枠組みの外で生み出される文学とに分けて、翁が文学を捉えている点である。前者を国民文学と言えるかもしれない。そして後者が翁の目指す移民地文芸である。それはいまだ世界の文学では扱われていない、国家から逸脱した移民たちの奇異な生活が描かれたもので、世界に通用する作品、すなわち世界の文学の一つとなるべきものだと述べている。先の翁の見解によれば、ゴーリキー、ゾラ、モーパッサンらの文学は世界に名を馳せる文学で、それらには具体的題材を通して会得される哲学があるという。文学として世界の人々に読み継がれるべき価値を、もしここで文学の普遍性と仮に呼ぶとしたら、翁はゴーリキーらの作品に現れる哲学を、その普遍性と捉えているのではないだろうか。そして翁は移民地文芸についても、酌婦を扱うことで、そうした普遍性を描けるのだと主張している。ただ、自分たちは、「世界の文壇に炳《へい》乎《こ》とした位置を占めてる文豪さへも手をつけてゐない様な不思議な生活の再現に努力してる習作者に過ぎない」（翁 一九一七年二月八日）とし、そのためにまだ作品は未成熟だと付言する。

中西と翁の論争から見えるもの――「世界文学」という概念

翁の論を受けて、さらに中西は「移民地文芸に就て――翁六渓様にお答へ申す（全四回）」（一九一七年二月一五日～一八日）で翁に反論した。ただ、この論説で中西は先の論と同じ主張を繰り返し、結局のところ両者は平行線のままであった。中西はこれ以上応じる意向はないと述べてこの論争から退き、この後、翁からの反論もなかった。

作品創作の経験が少ない中西の、やや抽象的な文芸論に対して、作品創作を着実に行ってきた翁の現実的な文芸論という違いが、両者にはあるが、この二人の論争から明らかに浮かび上がってくるのは、「世界文学」という概念である。翁の主張は、世界的な文学という枠組みを見据えながら、彼らの生活に密着した範囲を描くことで、世界の文学の一つとなれる移民地文芸を実践するという、作品創作を行う立場からの主張であった。一方、中西も同様に世界的な文学という視野を持っているからこそ、他国の事象も移民地文芸の題材とすべきと主張したのである。そして彼女も、世界の文学に現れる普遍性という文学的価値を想定し、それは文明批評の視点だと、長沼の言葉を借りて表現したのではないだろうか。

さらに、他の文芸論にも世界の文学やそれが持つ普遍性という概念が見られる。南国太郎も「生れ来らんと為《し》つゝある植民地文学のために」（一九一六年六月一八日）で、植民地文学作興の声は良いが、まだ単純な提案にすぎず、シェイクスピアの作品の「奥底を流るゝ生活の核心」を掴む必要があると主張する。南も文学の普遍性なるものを想定しており、それは「時空に超越し、国境を超え、時代に聳えて光輝燦たるもの」と捉えている。さらに南は日本の自然主義文学の功罪についても言及し、自然主義は現実暴露などの方法で「真」に近づく術を与えたが、その一方で「『真』の範囲を極めて狭隘に限定」し、「あるがまゝのものをあるがまゝに扱ふのみに止《とど》まつた」と述べている。そして、作家自身が知り得る範囲の出来事をありのままに描こうとする、この自然主義の傾向が、植民地文学の作者たちにも受け継がれていることを問題視している。植民地に住む人間の姿が描かれているだけでは文学ではなく、もう一歩踏み込んで「敬虔なるライフの観望者として、真実一路力あるヒューマン・ドキューメント」を生み出すべきなのだと言う。そして参考すべき作品として、年月が経ても忘却されることのないエドガー・アラン・ポーやウォルト・ホイットマンの作品を挙げる。

彼らの議論において、「世界文学」という語は使われていないが、「世界」の語は頻繁に用いられている。また、挙げられる作家の例にも見られるように、世界の文学というものが各自の文学論の延長線上に想定されていることは確かである。もともと「世界文学」（ヴェルトリテラトゥーア）という語は、一八二七年に、ドイツの文豪ゲーテがエッカーマンとの対話の中で、中国の小説を読んでいるゲーテに驚いたエッカーマンを諭す際に使った言葉とされ、それが『ゲーテとの対話』（一八三六年）の出版によって広く知られることとなった。しかし、日本においてはゲーテ由来の「世界文学」という語が入ってきたのは、明治末期であり、それ以前には、一八九〇（明治二三）年の三上参次、高津鍬三郎による『日本文学史』の中で、初めて使用されたという。このとき、三上と高津は、「世界文学」を西洋におけるイポリット・テーヌらによる文学史から引用したようであり、彼らは日本において国民文学を作り上げる範として世界文学の概念を持ち出していた。さらに、内村鑑三も一八九五（明治二八）年に『国民の友』に発表した論文「何故に大文学は出ざる乎」「如何にして大文学を得ん乎」において、大文学＝世界文学ととらえ、西洋の古典のみならず、非西欧文学の作品についても言及した（秋草 一―四、二七―三二）。すでに日本文学の潮流においては、日本文学という国民文学を作り上げる際の比較対象として、世界文学という概念が浸透し始めていたようである。

日本文学の潮流を追いかけていた移民地文芸作家たちも、この世界文学という概念を知っていたのではないかと思われる。さらに彼らはアメリカに居住しているという環境上、肌身で世界文学の状況については感じていただろう。たとえば、一九一三年七月一九日の『日米』においては、「英文学者の講演」として、カリフォルニア大学の夏季講座「世界文学の建設者としてのポー」という講演の紹介記事も掲載されている。長沼などはとくに外国文学に対する関心が強く、オスカー・ワイルド論も執筆し、また一九一八年以降はホレス・トローベルやウォルト・ホイットマン研究に打ち込んでいく（関・経田 一〇〇―一五九）。こうした背景を踏まえると、日本の作家が、国民文学を生み出すために世界文学を鏡としたように、翁たちも、彼らの移民地文芸との比較対象として世界の文学作品を念頭に置き、移民地文芸で描くことのできる、文学としての普遍性が何かを模索していたのではないか。その普遍性の有無について、中西は、題材の狭さ、文明批評の視点の欠如という点で指摘し、翁はまだ習作の域を脱していない模索過程にあると弁解しているのである。そして南は、その普遍性を持った作品を「ヒューマン・ドキューメント」と呼んだ。したがって、彼らが日本文学と異なるものとして位置づけていた移民地文芸は、世界文学を視野に入れて想定されていたのだ。

翁の後半の移民地文芸論――世界文学を目指して

一九一七年二月、『日米』の編集者没羽箭（山中曲江の筆名か）が、「編輯上より見た所謂移民地文芸――人と時と場所とを離れて文芸無し（全七回）」（一九一七年二月二二日～三月二日）を発表した。ここでは、移民地の人々の生活を題材とすべきという、翁の移民地文芸論に通じる主張が展開されている。そして翁もその後、移民地の生活を描くことが移民地文芸であると主張し続けていった。ただ、在米日本人社会が、独身青年時代から家庭を持った定住時代に変化していくにつれ、第二世代と一世世代との葛藤の問題など、新たに生じてきた家庭問題も、移民地文芸において描かれるべきだという具体性を帯びていった。

こうした主張に加え、さらに翁は、移民地文芸を世界文学の一つとして作り上げていく意図をより鮮明にしていく。その鍵を握るのは、彼ら在米日本人のアイデンティティであった。これまで筆者は、翁の後半の移民地文芸論は、彼が在米日本人というアイデンティティを確実にしたことによって、日本文学との差異を明確にしたと捉えてきた。しかし、世界の文学を念頭において、移民地文芸を志向したことを考慮すると、日本文学との差異はすでに超え、その先を見据えていたと言えないだろうか。そう考えると、一九一九年以降の評論における翁の主張が腑に落ちるのである。「在米日本人主義（全五回）」（一九一八年一月三〇日～二月三日）では、翁は「在米日本人族」という日本人ともアメリカ人とも異なる独立した民族として自分たちを捉え、また「移民地文芸の宣言」（一九一九年九月二九日）では、「吾々は民族として米大陸に出現したるアダム、イブである」とし、その祖先の一人として子孫（二世以降）のために不滅の文芸を伝承していくと主張した。もし一民族に一つの文学カテゴリーがあるとすれば、この主張は、それを自分たち在米日本人にも当てはめた論理だったのではないか。加えて翁は、「移民地文芸と移民地の生活（全七回）」（一九一七年八月二二日～二九日）で、「日本人であり乍ら日本の国運と共に動く能はず、米国に在住しながら米国の国運と共に進む能わぬ」といった、不自然な生活状態にいる彼らが描く「不自然な悲劇なり喜劇なりが所謂移民地文芸の特色」だと述べていた（翁 一九一七年八月二四日）。この特色とは、移民地文芸が世界文学となるための文学の普遍性だったのではないか。つまり、一世たちは、単に日本の文学と異なる文学を目指したのではなく、日本文学という国民文学のボーダーを超え、世界の文学の一つとなることを目指し続けたのではないだろうか。

しかし、その試みを成功させるためには重要な要素が抜け落ちていた。それは使用される言語の問題である。一世たちの移民地文芸が、概して日本語によってしか書かれなかったということは、どうしても読者を在米日本人か日本人に限定することになり、それゆえに、一世たちが物理的に逆トランスボーダーを経て日本に戻ったときには、彼らの作品は、日本の文学の一部として捉えられるという立場上の脆弱性を持つことになった。つまり、日本文学のボーダー内にまた戻ってしまったのである。野口米次郎の『日本少女の米国日記』（一九〇二年）のように、英語で日本人少女のアメリカ生活を描いた小説が、英米の文壇で評価されたのとは異なっている。また、翁自身も移民地文芸の立ち位置の弱さについては承知していたようだ。というのは、彼は短編集『移植樹』（一九二三年）の「追憶（著者のことば）」において、「二十世紀中庸を過ぎたら、私達は、私達の子弟の中から世界的な言葉―英語をもつて物語を書く人々を得るのであらう。」（翁 一九二三、一六）と二世世代以降に、英語による移民地文芸の創作を託し、自分たちはその中継としての存在にすぎないと述べているからである。

移民地文芸のゆくえ──日本文学への回帰

移民地文芸は、世界文学を目指し、日本文学のボーダーを超えようとしたが、言語という壁を超えることはできなかった。そして、作家の帰国によって、日本文学へと回収されてしまう立場上の脆弱さを伴うことになった。たとえば、翁の例を見てみよう。翁は父の病状の悪化や子供の国籍問題を考慮し、一九二四年三月に帰国する。その後、朝日新聞社に勤務し、『週刊朝日』の編集を担当して文壇人との交流を深め、かつて彼が夢見ていた日本文壇でのデビューを、一九二八年出版の『道なき道』『コスモポリタンは語る』によって果たすことになる。両著作の書評や反響を鑑みると、世界文学の中で位置づけられることを理想としてきた移民地文芸は、日本文学の中の新風として捉えられ、日本文学の中に回帰することとなった。

しかし、一つ、興味深い書評もあった。それは清水夏晨（本名暉吉）による「翁久允氏の二著を読んで――日本文壇への突風的出現」（一九二八年［推定］）である。清水はこの中で、まずシェイクスピア研究で著名なデンマークの文芸批評家ゲーオア・ブランデスによる『一九世紀文学主潮』の第一巻『移民文学』（一九〇一年）に言及する。ヨーロッパの文学は地方間を移動する移民の文学であったと、ブランデスが述べたことを紹介し、その移民文学の観点から日本の文学を眺めてみると、芭蕉や西行のように旅の文学はあるが、移民的色彩には欠けていると言う。その中で出現した翁の作品は「国際的移民小説だ」と評し、翁の移民地文芸を、再び世界文学の視点から位置づけようとしているのである。清水は一九一五年からカリフォルニア州バークレーに居住し、翁や長沼と同時期に文芸欄を賑わせていた一人でもあった。一九二一年には詩集『永遠と無窮』を自費出版している。彼の翁への批評は、かつて一九一七年頃に、自分たちの文学を、世界の文学という鏡をもって捉えようとしていた移民地文芸論の片鱗を示してはいないだろうか。

移民地文芸――文化的トランスボーダーの実践

以上見てきたように、一世世代の移民地文芸は、言語という面を考えると、文化的トランスボーダーとして不完全であったと言えよう。しかし、彼らが日本から離れて、アメリカの在米日本人社会という場で、日本文化には見られない、また世界の文学にもいまだ詳述されていない移民としての生活を描き、世界文学の普遍性を得ようと鋭意努力したことは、多くの面で文化的トランスボーダーを実践した活動だったのである。この不完全ではあったが真摯に追い求めた文化的トランスボーダー性は、文芸人たちが日本に帰国したことで、日本文学の範疇におさまってしまうという、移民地文芸の立ち位置の不安定さを伴ったけれども、一世世代の文学活動の極めて重要な特徴だったと明言できよう。

※本稿は、ＪＳＰＳ科研費 20K00412 の助成を受けたものである。

（1）翁久允の移民地文芸論を中心に、かなりの研究蓄積がある。主なものとしては一九九〇年代、中郷芙美子の先駆的な研究があり（中郷）、また立命館大学の「翁久允研究会」のプロジェクトを中心に、翁のスクラップブックの保存が行われ、翁の移民地文芸論に焦点が当てられた（翁久允研究会）。とくに山本岩夫は、移民地文芸論の流れ、その反響や意義について詳述した（山本）。その後、移民地文芸論の独自性に加え、その立場の両義性がトランスナショナルや越境の観点からも着目され（バシル）、移民地文芸の独自性は翁のアイデンティティの変遷と関連づけられること（水野）、また独自性に加えて複雑な二重性の問題も論じられた（日比）。

【引用・参考文献】

秋草俊一郎『「世界文学」はつくられる――一八二七―二〇二〇』東京大学出版会、二〇二〇年。

伊藤七司「在米同胞生活と殖民地文学――邦人特殊の文学未だ生まれず（全三回）」『日米』、一九一六年五月一五日〜一七日。

――「明石氏の脚本『汽笛』を読みて――所謂『植民地文学』に就ての雑感」『日米』、一九一七年八月一一日。

翁久允「私の狭き要求（一）」『日米』、一九一五年一一月二一日。

――「私の狭き要求（二）――植民地文芸の使命」『日米』、一九一五年一一月二八日。

――「移民地文芸雑感――中西さく子氏に（全六回）」『日米』、一九一七年二月五日～一〇日。

――「移民地文芸と移民地の生活（全七回）」『日米』、一九一七年八月二二日～二九日。

――「在米日本人主義（全五回）」『日米』、一九一八年一月三〇日～二月三日。

――「移民地文芸の宣言」『日米』、一九一九年九月二九日。

――「呼び寄せ青年の悲哀――移民地文芸に現れた印象」『日米』、一九一九年一〇月六日。

――「移民地文芸雑感――小説の選をしつゝ」『日米』、一九二〇年一月一日。

翁久允研究会「特集：翁久允と移民地」『立命館言語文化研究』第五巻五・六合併号、一九九四年二月。

国立民族学博物館　国際シンポジウム「トランスボーダーの人類学――その可能性をさぐって」二〇〇四年三月一八日～二〇日。

清水夏晨『永遠と無窮』出版社不明、一九二一年。

――「翁久允氏の二著を読んで――日本文壇への突風的出現」公益財団法人　翁久允財団資料、一九二八年のスクラップブック。

関雄一・経田佑介『草の葉の人――長沼重隆　評伝』ブルージャケットプレス、二〇一九年。

ダムロッシュ、デイヴィッド『世界文学とは何か？』秋草俊一郎他訳、国書刊行会、二〇一一年。

中郷芙美子「『移民地文芸』の先駆者翁久允の創作活動――『文学会』の創設から『移植樹』まで」『立命館言語文化研究』第三巻六号、一九九二年三月、一―二三頁。

中西さく子「婦人の見たる加州の文芸界（全六回）」『日米』、一九一七年一月二六日～三一日。

――「移民地文芸に就て――翁六渓様にお答へ申す（全四回）」『日米』、一九一七年二月一五日～一八日。

長沼重隆（SN生）「植民地文学の真意義」『日米』、一九一六年六月二五日。

南山老人「『日米』新年号文藝作品拝見――道上、翁、中西、大谷諸氏の作を読みて」『日米』、一九一八年一月二〇日。

野網摩利子編『世界文学と日本近代文学』東京大学出版会、二〇一九年。

バシル、クリスティーナ「トランスナショナリズムと翁久允の『コスモポリタンは語る』」『日本近代文学』七五巻、二〇〇六年、二一六―二二四。

日比嘉高『ジャパニーズ・アメリカ――移民文学・出版文化・収容所』新曜社、二〇一四年。

没羽箭「編輯上より見た所謂移民地文芸――人と時と場所とを離れて文芸無し（全七回）」『日米』、一九一七年二月二一日〜三月二日。

水野真理子『日系アメリカ人の文学活動の歴史的変遷――一八八〇年代から一九八〇年代にかけて』風間書房、二〇一三年。

南《みなみ》国太郎「生れ来らんと為つゝある植民地文学のために」『日米』、一九一六年六月一八日。

山本岩夫「翁久允と『移民地文芸論』」『立命館言語文化研究』第五巻五・六合併号、一九九四年二月、一一―四二頁。

第4章　野口米次郎の翻案探偵小説探訪
――『幻島ロマンス』（一九二九年）の東京府地図

宇沢　美子

序　ゲールと野口

野口米次郎が一九二九年に出版した『幻島ロマンス』（以下『幻島』と略記）は、アメリカ人女流作家ゾナ・ゲールが一九〇六年に出した英文の長編第一小説『ロマンス島』を原作とする翻案小説である。『幻島』は単体で取り上げられることのまずない忘れられた作品だが、彼が著した唯一の探偵小説であり、翻案者の遊びや工夫、同時代観などが多々散見されるなど、詩人野口の仕事として再検討に値する作品ではないかと思う。

『幻島』は改造社の円本『世界大衆文学全集』（全八〇巻）の第三二巻として上梓された。改造社はリベラル左派の最先鋒で、「良書を安く」をモットーにいわゆる円本ブームに火を付けた出版社である。各種広告や定期購読方式の力を借りて、安価な円本全集ものは、日本国内ならびに植民地においてもよく売れた（Mack 118-120, 124-126）。一九一〇年代半ばまでにはコスモポリタンな高踏派の詩人・批評家として評価を内外に確立した野口だが、『幻島』の出版によって、探偵小説というジャンルのみならず円本という出版形態においても、新しい一歩を踏み出したことになる。

原作の『ロマンス島』もまた、長らく評価外に置かれてきた作品である。ゲールにピューリッツァー賞をもたらした堅実な地方色文学とは異なるトランスナショナルな空想文学であったことが、そうした低評価の一因だろう。大西洋の孤島の王となったアメリカ人男性の失踪事件をめぐり、その娘と彼女を慕うニューヨークの新聞記者青年が島へおもむき、王を陰謀から無事救出しアメリカへ帰還する、という筋書きだ。これだけ読むと実にたわいもない冒険恋愛小説のようだが、探偵推理、SF、フェミニスト・ユートピア、マックレイカー・ジャーナリズム的諸要素も併せ持ち、複雑な味わいを醸し出す。

この原作を自由に改作した翻案小説『幻島』は、まごうことなく「アメリカ産日本詩人」野口の仕事であった。それは、本論で原作との比較を通してみていくように、舞台をすべて同時代の日本・太平洋へと移し、あまつさえそこに翻案者自身のアメリカ移民体験や「ポー・マニア」、さらには一九二九年当時の東京府の地図をも挿入し、現実味や説得力のスパイスを香らせた点に看取される。

冒頭シーンから——原作と翻案の遠くて近い関係

原作『ロマンス島』は、主人公の青年セント・ジョージが所有するヨット「アロハ号」を自慢するニューヨークの埠頭のシーンに始まる。自慢のヨットの舳先に立ち、行き交うさまざまな船を眺めながら、主人公は心のなかで叫ぶ。「小帆船も、屋形船も、ヨール型帆船も、こっちを見ろ、これが僕の蒸気遊船。彼女［ヨット］は僕のだ。これまで縄一本持っていなかった僕、セント・ジョージのものだぞう」（Gale 1）。かなり子供っぽい宣言ではあるが、「遊船」・「アロハ」・「彼女」を自分のものだと主張するこの独白は、主人公の「男性的」な自己定義にもなっている。

何かを所有することがそれほど重要であるのは、主人公セント・ジョージが成り上がり者であるからだ。彼は無一文から幸運にも（方法は不明ながらも）アメリカの夢を実現した、もと新聞記者の前歴をもつ、アメリカ人青年である。そして持たざる者から持つ者への転身の象徴がすなわち、豪奢なアロハ号であり、近代的アパートメント住居（住所不明）であり、雇用できる有能な従者といった、彼の新しい「持ち物」なのである。

比較のため野口の翻案作品『幻島』の冒頭シーンをみてみよう。「舞台も全て亜細亜へ持つて来た」と序文にあるように、冒頭は「横浜埠頭」の情景から始まる。特筆すべきは、原作では数行にも満たない埠頭や行き交う船舶への言及が、翻案では何十行にも及んでいるところだろう。一部抜粋の形で、冒頭箇所を引く。

この物語は横浜で始まる。いな、横浜埠頭の水上で始まるといつた方が正確だ。時は青葉の五月も末の午後四時すぎ…湾の水はゆつたりと午睡から目覚めたもののやうに、一段の新鮮を湛へてゐる…。その寛やかな音律を聞くと、水はどんなに濁つても自然の純性は決して汚れないといふ感が深い…。いふまでもなくここに群衆する船舶の種類大小は千差万別である。…そのなかに幾万噸といふ恐ろしい大きな定期航海の郵船もあれば今に沈みさうなぼろぼろの漁船もある。この驚くべき船の雑音を無遠慮に掻き分けながら、如何にも軽快な近代的の姿を顕はした一艘の遊船《ヨット》がある…。この米国式遊船の持ち主は誰か。（八）

季節や時間の設定もあり、船舶の描写や水景なども、原作よりはるかに叙述的で叙情的な文章である。この連綿と続く水景描写のあとで主人公大河内洋三の登場となるのだが、先に引用した原作主人公の心の叫びに該当する箇所が翻案ではこう変わる。

遊船アロハ丸の所有者は青年成金の大河内洋三である。彼は自慢の遊船で横浜埠頭に乗り入つた時その船首に突立ちあがり、伝声器を通じて精一杯の大声で叫びたいやうに思つた。「遠からぬものは音にも聞け、近くば寄つて目にも見よ。われこそは清和天皇の後裔源氏の嫡流…どつこいさうでない。昨日まで一文なしの素寒貧大河内洋三であつたが、今日は諸君のご覧の如くこの遊船の所有者たる光栄を有するものだ。御希望とあらば如何なる人にも本船をお見せする。自慢ではないが諸君を歓待するに足る特別上等の葡萄酒も用意してある。（九）

この肩透かしの清和源氏の講談調の名のりから、葡萄酒のお誘いまで、原作主人公と比べても、翻案主人公の方がはるかにおしゃべりで洒落っ気も旺盛、一言でいうならお調子者である。セント・ジョージと同じように、翻案の大河内も新興成金で、新聞記者だった前歴を持ち、ヨットを所有している。（銀座帝劇裏の）近代的な豪華マンションに住まい、従者に世話をされているが、その従者は、セント・ジョージの召使ロロとはだいぶ違って、大河内の長年の友人でもあるという設定で、その名はなんと原作の主人公名にちなんでか、「セント」のないただの「ジョウジ」という。大河内はセント・ジョージのように高等教育の機会をもたなかったが、そのかわりにアメリカで貧しい移民として苦節一〇年を過ごした経験をもち、従者のジョウジもまたアメリカで辛苦をともにした大河内の移民仲間だった。こうして主人公（と従者）の設定にアメリカ移民史が加えられているのが翻案小説の新味である。

この設定変更がどこからきたのか。翻案者野口の存在をぬきに語ることはできないだろう。大河内のアメリカでの貧しい移民経験は、創作のかたわら、日本人学僕や皿洗い他肉体労働に従事せざるをえなかった野口自身のアメリカ生活と酷似する。(1) また大河内の洋三の名も、原作主人公名よりも翻案者野口の名に音声的に類似するものがあり、Yozo Ōkōchi と Yone Noguchi は、同じ音節数をもち、最初と最後で同じ音（yo, chi）を共有する。つまりは、この大河内という主人公は、原作中のセント・ジョージの翻案作品上の代役という以上に、翻訳者野口の物語内分身（アバター）となるべく命名されていたと推定されるのである。

セント・ジョージはきわめてドライな男だが、野口のアバターとしての大河内は感傷性をも味方につける。一〇年の滞米窮乏生活の後に帰国した直後の、大河内と母親との邂逅シーンは、読者の情に訴える。「彼の粗末なトランクのなかに大学卒業証書の一枚もなければまた銀行の貯金通帳もなかつた。彼の母親がそのなかに着古したシャツと安全剃刀のみを見出した時、大河内洋三は正に祖先に顔向けのならない失敗者であると思つて私かに悲嘆の涙を流した」（一一）。野口の純然たる加筆部分だが、妙にセンチメンタル（悲嘆の涙）で写実的（安全剃刀！）なこの場面は、三人称「彼」を使い、翻案・虚構という言い訳があってこそ吐露できた、かなりリアルな野口の実体験を思わせる。少なくとも、誰と特定することなくとも、成功体験を得ることなく日本へ舞い戻った帰朝者たちの忸怩たる思いの発露たりえているだろう。

米国移民の前史が主人公に与えられ、原作にはなかった日系アメリカ移民史との連続性を翻案『幻島』は新たに獲得したわけだが、それはまた、翻案テクストの風景に原作テクストの風景を異なるレベルでつなぎ結ぶ、叙述の方法の一助ともなっている。たとえば「大河内洋三がどうして遊船を買入れてその成功を実現しなければならないと思ふに至つたか…それには訳がある」（一〇）に続く回想シーンである。そこに大河内がニューヨークの新聞社町で高いビルの窓拭きをしながら、羨望の眼差しで見つめた夏のイースト・リバーに浮かぶヨットの追想が挿入される。日本小説化するために削除を余儀なくされた原作冒頭のニューヨークの水景は、大河内の米国移民時代追想という形式をとり、時間的にも空間的にもテクスト的にも、遠くから眺められた原（作）風景として、翻案テクストに再回収されている。

それにしても原作の主人公はなぜセント・ジョージなのか。この姓はいうまでもなく、キリスト教の聖人、ドラゴン退治の英雄の誉れ高い殉教者のセント・ゲオルギオスに由来する。歴史的文脈に照らして考えてみるなら、この物語のなかでセント・ジョージの姓は、その持ち主のアングロ・アメリカの血統を示唆するのみならず、大英帝国の植民地の代表的地名とも結びつく点で興味深い参照枠を提示することに気づくだろう。

実際、大英帝国領には、この聖人の名にちなんで命名された地名は今なおたくさん存在する。たとえばバミューダ島にある古都セント・ジョージ（・タウン）は、アメリカのニューヨークの南東の大西洋上にある、最古の成功したイギリス植民地である。それに続いたのが現カナダのニューファンドランド・コロニーで、その州都もまたセント・ジョージの名をもつ。コロニー繋がりでいえば、冒頭に登場するヨット「アロハ」はいうまでもなく、アメリカによる一八九八年のハワイ併合を想起させる船名に違いない。というように、これらの名を連記することで、『ロマンス島』の冒頭場面は、大西洋を越えて侵攻した一七世紀来の大英帝国植民地史と、一九世紀後半から二〇世紀初頭にかけてアジア・太平洋地域へ広げたアメリカ合衆国の外交・植民地政策をすみやかに結びあわせてみせている。

『幻島』においても西欧植民地史の解釈線はさらに延長され、日本の海外移民史ならびに植民地史へと繋がれている。冒頭、大河内がセント・ジョージの独白にのっとり、「アロハ丸」は自分のものだと自慢するとき、原作ではあくまでも伏線にとどまっていたアメリカのハワイ併合は、日本の海外移民史ならびに植民地主義（軍事史）と繋がり、より複雑な意味を響かせる。一九二九年時点での大河内のアロハ丸は、日本からの労働移民が多数入った場所としてのハワイとともに、日本の韓国併合の際に準拠されたアメリカのハワイ併合（アメリカに併合されたハワイ）までをも示唆する象徴的な船名に他ならなかったからである。(2)

明暗――東京府地図を読む

『幻島』において、現実感を紡ぎ出すもう一つの仕掛けは、この作品に描き込まれた同時代の東京府の地図である。地図が探偵小説にとって重要であることはいうまでもない。原作ではおろそかにされがちだった地図という探偵小説必携の小道具を、野口は地名やランドマークとなるような代表的建築物を配し、この翻案作品の下絵に写し込んだ。

野口が用意したのはやや偏向的な、西洋近代都市へと急変貌する東京府の地図である。登場する主要な建物は例外なく全てハイカラな洋風建築となる。大河内の自宅は、銀座帝劇裏の近代的なビルの一角、その8ＬＤＫの内装はニューヨークのリヴァーサイド・ドライヴの邸宅に似る。ヒロイン酒井不二子嬢が住まうのは、最新式洋風集合建築お茶の水文化アパートメントハウス、殺人未遂犯として逮捕されたヤクイ島人の女性が収監されるのは、東中野駅近くの東郷感化院という、赤煉瓦作り三階建の瀟洒な建物。付け加えるなら、当時の東京府は一五区六郡時代で、東中野は立派に東京市外の「郊外」という取り扱いである。東中野が東京市外の西の端なら、東の端には、謎のヤクイ島人タビット伯爵が潜伏する貧民街「深川新網町」（のなかの謎の二階建西洋館）がある。

作品内に記された地名ならびにそのランドマーク的建物は、実在の土地や建物に準拠する。大河内の豪奢な洋風アパートメントは「銀座帝劇裏」という目印以外ないのだが、不二子嬢のお茶の水文化アパートメントハウスは明らかに、経済学者森本厚吉主催の文化普及会が一九二五年に竣工した、日本初の純洋風共同住宅御茶ノ水文化アパートメントがモデルである。地上五階建ての鉄筋コンクリート造りのスパニッシュスタイルの外観に、全館完全な西洋風室内装飾をもつ建物は、アメリカ人建築家ウィリアム・メレル・ヴォーリズの設計だった。

　大河内が訪ねた東郷感化院は東中野の駅から徒歩圏内の東赤煉瓦の西洋館で、正面門から建物への歩道がゆうに百メートルはある、という二特徴からいって、まず間違いなく隣の中野駅が最寄駅となる豊多摩監獄（のちの中野刑務所）を意識していただろう。東大建築学科卒で司法省につとめていた後藤慶二の設計・監督による豊多摩監獄（一九一九年竣工）は、建築史家の長谷川堯の『神殿か獄舎か』の言葉をかりるなら、「日本の洋風建築に『芸術』と呼びうる作品が誕生した」（三二）はじめての事例であり、「監獄という特殊な用途ながらも、収監する側ではなく、収監され「閉じ込められている人間の側から発想された…実存的空間」（三二）を作り為す大正期の傑作であった。

　これらのランドマーク的な東京の西欧建築物（をモデルにしたと思われるテクスト上の相関物たち）の、対極に位置付けられるのが、西欧化するモダン都市東京の間に点在し続けた「最暗黒の東京」たる細民窟である。『幻島』のなかの地名でいえば、それは「深川新網町」となる。この地名はおそらく、大正一二年の関東大震災で焼失した三大貧民窟の一つ「芝新網町」と震災後に復興した本所深川から浅草あたりの新細民街を掛け合わせて作られた地名であり、いわば比喩としての貧民街である。

　ちなみに、原作小説にも貧民街は登場し、伯爵らの潜伏先の住所はマックドゥーガル・ストリート一九とある。小説出版当時のこの住所はワシントン・スクエア公園の北西端で、この南側に数ブロック離れて広がっていたのが、当時のスラム街の代名詞であるファイヴ・ポインツやマルベリー・ベンド（現チャイナタウンからリトル・イタリー内）だった。同時代の、たとえばジェイコブ・リースが写真と文章で綴ったような、スラムの汚穢や犯罪性を暴くルポルタージュは、明らかにゲールの小説の目的ではない。貧民街の子供たちの薄汚れたエプロンをみて、「ここまで南にくると、熱病という熱病にかかってしまいそうだわ」（Gale 60）とオリヴィアの叔母へイスティング夫人が汚染感染に怯える、多分に喜劇的な味付けを施された階級侵犯的不安が前景化されるばかりで、貧困の実態は見えないからである。

　原作同様、野口の『幻島』の深川新網町の記述にも、たとえば実際に芝新網町を取材して書かれたルポルタージュの傑作、松原岩五郎の『最暗黒の東京』（一八九三年）のような、塵芥、不潔、混雑、汚水、腐鼠、汚穢、堕落、砲撃といった言葉をひたすら連ねて最暗黒を文字化しようとする志向はない。野口の『幻島』の新網町は、かつて西欧人の社会研究者が「マホメットのやうに花を愛する貧民は確に御伽噺の貧民だ」と述べた場所として提示され、しかるのちに、今日の新網町は「犯罪と不潔（異臭）の温床が、ここ四、五年で悪化するばかりの危険地帯と化している」と記される（八二―八三）。貧民街のおぞましきリアリティでも、階級侵犯的不安（のパロディ）でもなく、野口の新網町はむしろモダン都市東京の光に対する闇という明暗の対比を描き出すことに終始する。

この翻案小説において西欧化が進む近代都市東京と対比的に描かれるもう一つの場所、それが「詩と夢の国」南洋のヤクイ島である。その中心にはメッドの町があり、王国の象徴的建築物であるリタニ宮殿と庭園が人工楽園のごとき姿をあらわす。深川新網町が犯罪と不潔の温床であり、光の近代都市東京に対する闇であり負であるという対比であったなら、南洋の島ヤクイは逆に、近代都市を負とするほどの超近代科学・美・神秘・詩が渾然一体となった蠱惑の都として語られる。ヤクイ島にあって近代都市東京にはないものは、大河内によれば、（近代的利便性と清潔感に対する）「虹のやうなロマンス」であり、（散文に対する）「呪文のような詩歌」だという（一一五）。新聞記事は「借金の言訳のように書け」と叩き込まれた記者が、ヤクイを語るのに比喩的・詩的言語を欲してやまないのもまた、大河内が詩人野口のアバターであることの証であるだろう。

ポーとラングと南洋と

大河内がヤクイの「虹のようなロマンティシズム」と「呪文のような詩歌」にもっとも近づく瞬間は、夜のヤクイ宮殿内でおとずれる。そこかしこに潜む耳語にそそのかされたか、大河内はエドガー・ポーの「幽霊宮」を口遊む。それはまさしくヤクイにふさわしい「呪文のような詩句」には違いない。「そは奇異な姿に動く、／乱れ詩調子の音につれて。／また魔の流れの如くに急に、／蒼白き扉を排し、／見悪き悪魔は永劫に進出し、／且つあざ笑う…されど最早や微笑は帰らじ」（三九四）。野口の「ポー・マニア」[3]を抜きには考えられない展開である。

詩のみならず、『幻島』においてとくに顕著なのは、「アルンハイムの地所」ほかのポーの人工庭園志向である。ヤクイという島国文化文明の具現である自然美と融和する人工庭園や豪奢な建築物は、先の大河内が口遊んだポーの詩がそうであるように、原作以上にポーの作品世界に近くあり、一つの自己完結した理想郷の表現となる。「典雅絶妙」な庭園のたたずまい、天から降り注ぐ「法悦の寂光」、情景は千変変化する光や空気のアウラを纏い見る者を蠱惑する。描き込まれたごくごく小さな細部にも、ポーが見え隠れする。たとえばヤクイの宮廷で朝を迎えた大河内が漏らす一言「なぜ羽翼が生えないか、なぜ空中が飛べないかを考えた方がヤクイ島にふさわしい」（一九九）が、ポーの「妖精の島」への暗示でないとしたら、いったいどこからこの飛躍はきたというのか。

原作『ロマンス島』にも詩は使われている。が、面白いことにその内容も効果も翻案小説のポーの「幽霊宮」とは真逆なのである。セント・ジョージがタビット伯爵に初めて面会するシーンで、彼は人類学者アンドリュー・ラングの諧謔詩「未開人のダブル・バラード」の一節を思い出す。この詩は、「朝食にはオイスターと敵」を何皿か平らげ、「気が向けば貝殻でひげもそる」未開の食人者の暮らしぶりをうたい、「それが未開人のやり方さ」というリフレインを繰り返す（Lang 44）。人には人の文化や仕様があるという、人類学的な他文化への鷹揚な見解とは裏腹に、食人への忌避、ひいては「未開」への蔑視を前提とした「笑い」を醸し出す作品であり、その前提には白いネイティヴィズムがあることはいうまでもない。翻案作品のなかでは西欧文明以上の存在として憧憬されるヤクイも、原作小説においては逆に西欧文明以下の「原始的な文明」として一瞬でも揶揄される対象となるのであり、そのことをこの引用された詩句が雄弁に物語っている。

原作でこの未開人の詩が取り沙汰されているのとちょうど同じ箇所で、翻案小説の大河内もまた全く別種の興味深い憶測にふけっている。酒井照人氏がヤクイ王になる以前南洋航海の旅に三年を費やしたのは、彼が「軍事探偵として日本政府から内密に南洋に送られた」か、さもなくば「有力な財団を後にして商権を掌握せんが為に独身南洋へ乗込んだ」か、と大河内は考える。そして彼はまた酒井氏の動向の裏には、移民への門戸を閉ざした「米国の排日」ゆえに、移民先を求める「日本人の目を急に南洋へ向けさせるに至つたといつても不合理ではない」という時代状況を読んでいた（一〇四）。旧ドイツ領の委託統治のための一九二二年のパラオの日本南洋庁の設置、二四年のアメリカ移民法の成立をふまえれば、大河内の南洋熱の説明は、同時代日本の植民地主義拡大へ向かう動向にさおさしたものであることはみてとれる。

ちなみに、ヤクイ島の位置は、原作では「アゾレス群島から南西の方向にある島」とぼやけた説明がされるが、翻案では、「ポルネシア群島から遠く離れていない」「赤道直下南緯一五度」の位置にある（一二〇）、と地図指標つきで再設定されている。物語の上では、ヤクイの鎖国は続き、東京府の地図にこの南洋島が挿入されることなく終わるのだが、物語の未来は不確定だ。物語の最後の場面で、日本へ帰る船上、大河内は「身内総出」でまた南洋をアロハ丸で回りましょうと不二子嬢へ結婚をほのめかす。この結びの言葉に暗示される物語の未来において、ヤクイ島という、比喩として南洋諸島の東京府への同化は、少なくとも拒絶されるものではない。

※本論は拙論 "'In the Mastery of the Fourth Dimension': Yone Noguchi's Style of Literary Adaptation in *Gentō-romansu* (1929)" に大幅な加筆修正を施した改作版であることを付記する。なお以下では、野口の『幻島ロマンス』からの引用は頁数のみを漢数字にて、またゲールの『ロマンス島』からの引用は、すべて拙訳を用い、引用は頁数を算用数字にて本文中に示す。

【註】

（1）野口の家庭内労働者としての移民経験は、明治の近代日本女性のアメリカ体験を描いた野口の朝顔嬢小説第二弾 *The American Letters of a Japanese Parlor Maid*（1905）に様々な逸話を与えている。一九〇〇年代初頭のニューヨークで野口は一時期アッパー・ウエスト・サイドの「80 Riverside Drive」にて家庭内労働に就労していたと推定される（Marx 241）。

（2）日本の植民地主義政策がアメリカのそれと衝突と妥協を繰り返していたことは、アジア太平洋地域への植民地政策ならびに既得権益を相互に認め合うべく結ばれた一九〇五年の桂―タフト協定や一九一七年の石井―ランシング協定に顕著にみてとれる。日本の韓国併合はこの二つの協定の間の時期になされた。韓国併合賛成派はアメリカのハワイ併合をモデルとして準拠し、そのことをアメリカも認知していた。たとえば『ニューヨーク・タイムズ』の記事“Urges Japan to Take Korea: Hayashi Says It Would Be Similar To Our Annexation of Hawaii,” 26 Dec, 1909 を参照。もとは『時事新報』に掲載された林董前外務大臣のインタビューを、一部英訳し転載した記事だが、アメリカのハワイ併合と同じように日本も韓国を併合すべき、とする林の植民地化賛成論が紹介されている。

（3）「（わが）」ポー・マニアは野口のポー剽窃騒動に起源をもつ自己弁護の表現である。某ハドソン牧師（Jay Thomas Hudson）の投稿記事（“Is It Plagiarism?”）が火をつけた野口へのポー剽窃疑惑は、一八九六年の冬にサンフランシスコの新聞紙上で展開し、アメリカ初の英語で詩を書く「日本詩人」となった野口の第一歩が、エドガー・アラン・ポーの擬態から始まったという事実をあぶり出した。批判は根拠のないものではなかったが、英詩を学ぶための辞書のごとくポーを学んだ外国人青年を慮って、騒動はじきに収束した。野口はこの剽窃騒動について、英文自伝をはじめ複数の著作において触れている。一九二六年には日本初の『ポオ評伝』（第一書房）を著し、そのなかで再びこの事件に触れ、「自分は憚り乍らポオである少なくとも第二のポオである」（九四）と信じていられた、若く未熟でその分大胆だった自分自身の昔年の姿を偲び懐かしんだ。この剽窃騒動の意義については、拙論「ポーになった日本人」、ならびにポー自身の剽窃（弁護）戦略との野口のそれとの類似を指摘する Takayuki Tatsumi, “Origins of Originality: Poe, Hawthorne, Noguchi.” を参照。

【引用・参考文献】

Gale, Zona. *Romance Island*. Bobbs-Merrill, 1906.

Hudson, Jay Thomas. "Is It Plagiarism?" in "Newest Thing in Poets, A Borrower from Poe." *San Francisco Chronicle*, 22 November 1896, p.16.

Lang, Andrew. "Double Ballads of Primitive Man." *Ballades & Rhymes: From Ballads in Blue China and Rhymes à la Mode*. Longmans, Green and Co., 1911. Project Gutenberg. www.gutenberg.org/files/3138/3138-h/3138-h.htm#page44

Mack, Edward. *Manufacturing Modern Japanese Literature, Publishing, Prizes, and the Ascription of Literary Value*. Duke UP, 2010.

Marx, Edward. *Yone Noguchi: The Stream of Life*. Vol.1. Botchan Books, 2019.

Noguchi, Yone. *The American Letters of a Japanese Parlor Maid*. Fuzanbo, 1905.

Tatsumi, Takayuki. "Origins of Originality: Poe, Hawthorne, Noguchi." *Young Americans in Literature: The Post Romantic Turn in the Age of Poe, Hawthorne and Melville*. Sairyusha, 2018, pp. 63-77.

"Urges Japan to Take Korea: Hayashi Says It Would Be Similar To Our Annexation of Hawaii." *New York Times*, 26 Dec, 1909, p.2.

Uzawa, Yoshiko. "'In the Mastery of the Fourth Dimension': Yone Noguchi's Style of Literary Adaptation in *Gentō-romansu* (1929)." *AALA Journal*, No.25 (2019): pp.39-48.

宇沢美子「ポーになった日本人――ヨネ・ノグチの一八九六年剽窃騒動」『三田文学』Vol.88, No.99 (2009): pp.186-189.

野口米次郎『ポオ評伝』第一書房、一九二六年。

――『幻島ロマンス』改造社、一九二九年。

長谷川堯『神殿か獄舎か』鹿島出版会、二〇〇七年。

松原岩五郎『最暗黒の東京』岩波書店、一九八八年。

第5章　根《ルーツ》を下ろす場所を求めて

――トランスボーダー文学としてのジュンパ・ラヒリ『その名にちなんで』

志賀　俊介

現代インド系アメリカ文学への系譜

二〇〇一年、二一世紀の幕開けにあたり、イェール大学教授のワイ・チー・ディモックは論文「惑星のための文学」で、テクストの地理的な起源と文学的活動の展開する範囲はかならずしも一致しなくなっていると指摘したうえで、アメリカ文学を地理上の領域と等しく考えるべきではないと主張した（Dimock 175）。エモリー・エリオット責任編集による一九八八年の『コロンビア版アメリカ文学史』は従来の白人男性中心のアメリカ文学史を大幅に書き替えたが、アメリカ文学の人種的地図の変容を考えるとき、一九六五年の改正移民法（ハート＝セラー法）の重要性を強調しすぎることはない。なぜなら同法により、一九二四年の移民法（ジョンソン＝リード法）以来設けられていた出身の国籍によって受け入れ数が決定される割当制が廃止されたからである（Fleegler 1-2）。東半球の国にはそれぞれ二万、西半球の国にはそれぞれ二万九〇〇〇の移民の受け入れが認められ、年間の総数は東半球で一七万、西半球で一二万とすることが定められたことで（Ngai 258）、アジア出身の移民の数は飛躍的に増加した。

一九六五年以後のアジア系移民の中でも、ディモックのいう地理的領域にとどまらない文学的な拡がりという点では、南アジア系アメリカ文学は際立っている。もっとも、ケトゥ・カトラクが指摘するように、「南アジア系アメリカ文学」をなす移民の第一世代から第三世代の作家たちは民族的、宗教的、言語的、文化的に多様な背景をもっているため、ひとつの範疇に括ることは困難である。出身地ひとつをとっても、インド、パキスタン、バングラデシュ、スリランカと多岐にわたり、中にはこれらの国と同様にかつてイギリスの植民地であった東アフリカや西インド諸島を経由してアメリカへ移住した作家もいる（Katrak 192-93）。

このような多様性をもつ南アジア系アメリカ文学の中でも、アメリカにおいて中国系に次いで二番目の人口を誇るインド系移民が生み出す文学の重要性は見逃すことができない。ハート＝セラー法制定前の一九六〇年のインド系移民の数は約一万二三〇〇だったが、二〇一五年にはその数は約二三九万にまで増加している（Whatley and Batalova, Zong and Batalova）。インド系移民が他のアジア系集団と大きく異なるのは、その多くが英語による高い教育を受けており、アメリカで科学分野の専門職や技術職に就いたという点である（Ahmad 84）。当時ソヴィエトと激しい科学技術競争の最中にあったアメリカにとって、一九五七年のソヴィエトによる世界初の人工衛星スプートニク一号の打ち上げは大きな衝撃であった。遅れをとるまいとしたアメリカが海外から優秀な科学者や技術者を積極的に受け入れる必要に迫られたことと、ハート＝セラー法の成立は無関係ではない（Prashad 95）。

エリート層のインド系移民が冷戦期のアメリカで受け入れられることになった要因のひとつである高い英語力は、一八五八年から一九四七年まで続いた「ブリティッシュ・ラージ」と呼ばれるイギリス統治時代にインドで推し進められた英語教育の遺産である。イギリス政府主導の英語教育は、インドの若者を従来のカースト制度から解放し、英語を頂点とする新たな言語的階層を生み出すことを目的としたが、その裏には経済的搾取があったことも事実である（Viswanathan 116, 20）。しかしこのブリティッシュ・ラージ期の英語教育が、インドのエリート層の人々にアメリカへわたる自由を与えたことも否定できない。

冷戦期のアメリカでは、科学分野だけでなく人文学の分野においても英語教育を受けたインドの若者がアメリカへわたった。第二次世界大戦後、詩人ポール・エングルがアイオワ大学で小説の創作ワークショップを立ち上げたが、これには冷戦期特有の明確な目的があった。それは、民主主義の旗手としての「アメリカの物語」を生み出し、共産主義陣営に対抗することである（Bennett 10-11）。

国外へのアピールのために留学生も積極的に受け入れたワークショップには、インド系アメリカ文学の道を切り拓いたバラティ・ムカジーも参加した（Mukherjee 1999）。ムカジーはインドのカルカッタ大学とバローダ大学に学んだ後、同ワークショップに参加するため、一九六一年にアメリカへ留学した。アイオワ大学で英文学と比較文学の博士号を取得すると、作家として一九八八年の短編集『ミドルマン』で全米批評家協会賞を受賞するなど活躍したほか、カリフォルニア大学バークレー校の英文科で長年にわたり教鞭を取った。アメリカ・ロマン派文学研究の大家ローレンス・ビュエルは、アメリカ国籍を取得したムカジーが移民作家としてアメリカの主流文学を押し広げることに強い意識をもっており、とりわけピューリタン時代のマサチューセッツ州セーラムを舞台とした『世界の掌握者』はナサニエル・ホーソーンの『緋文字』をインド系移民の視点から再創造し「脱地方化」した作品であると看破する（Buell 73）。

そして、現代アメリカ文学の地平を拡げるインド系アメリカ人作家の筆頭として挙げられるのがジュンパ・ラヒリであろう。この作家もまた、南アメリカ系アメリカ文学の定義が困難であるのと同様に、特定の範疇におさめることがむずかしい（Dhingra and Cheung xii-xiii）。ラヒリは一九六七年にロンドンでベンガル人の両親のもとに生まれ、ハート＝セラー法制定後の一九七〇年にアメリカ東海岸のロードアイランド州へ一家で移住した経験をもつ。すなわち、「アメリカ国外で生まれ、一三歳未満の年齢でアメリカへ移住した」人々と定義される「一・五世代」の移民である（Portes and Rumbaut 246）。彼女の父親はロードアイランド州立大学の図書館員であり、当時の多くのインド系移民のような科学分野の専門家や技術者ではなかった。中流家庭で育ったラヒリはボストン大学でルネッサンス研究により博士号を取得した。そしてピューリッツァー賞を受賞した一九九九年のデビュー短編集『停電の夜に』で作家としてのキャリアをスタートさせると、二〇一四年にはその文学的功績から米国人文科学勲章を授与された。

しかし、作家としてのキャリアを順調に積み上げながらも、ラヒリにとってインドとアメリカの狭間に置かれた根なし草としての苦悩がやむことはない。彼女にとって「インド系アメリカ人」という括りは、「一足す一は二でなく、ゼロ」を意味する（Lahiri 2006: par. 3）。ラヒリは愛好する作家としてアントン・チェーホフやレフ・トルストイ、あるいはトマス・ハーディの名を挙げ、これらの作家が語る農業社会における人々の土地への根付きに魅せられると語っている（Lahiri 2008）。この関心は、人の根を下ろす場所への希求という文学的主題を示唆する。ラヒリの文学には、地理的なボーダーを越えながら、どこにも根《ルーツ》を下ろすことのできないインド系移民のディアスポラとしての葛藤が通奏低音のように響く。

とりわけ、ラヒリにとって最初の長編小説『その名にちなんで』は、根を失ったインド系移民の一家の物語である。ナタリー・フリードマンが「さまよう物語」と称するこの小説で（Friedman 113）、ラヒリは自身の文学に通底する根の問題を、アメリカとインドのボーダーを越えるインド系移民の一家をとおして描き出す。ラヴィナ・ディングラとフロイド・チュンはラヒリを南アジア系アメリカ人作家ではじめてアメリカの第二世代の移民に焦点をあてた作家であるとしている（Dhingra and Cheung xii）。しかし本作品が提示するのは、世代的にも一・五世代という中間地点に立つ視点である。そして彼女の文学が明らかにする移民の根なし草としてのさまよいをたどれば、イギリス植民地支配の影を感じずにはいられない。だからこそ、ラヒリの作品を分析するにあたって、インド系知識人によるポストコロニアル理論は重要な視座を与えるものである。本稿ではポストコロニアル理論を下敷きにしながら、『その名にちなんで』のトランスボーダー性に注目し、第一世代と第二世代のインド系移民がそれぞれどのように根を下ろす場所を求めるのか考察する。

インドとアメリカのあいだの「中間的空間」

『その名にちなんで』の主人公ゴーゴリ・ガングリーは、一九六八年にアメリカへ移住して間もないインド系移民のアショケとアシマのあいだに生まれる。ラヒリは彼がアメリカとインドのどちらにも属せない葛藤を綴る。二つの文化の閾に立つ主体としての移民について考察するとき、インド出身のポストコロニアル理論の大家ホミ・バーバの論はきわめて重要である。

人種、社会的な性差、世代、組織や機構の場所、地理的政治的な地域性、ホモ、ヘテロといったような性的欲望のありよう――こうした主体の位置が、現代世界でアイデンティティを主張するとき、必ず付きまとう。理論のうえでも革新的で、また政治的にも重要なのは、そうした主体性を考えるにあたって、起源を語る物語を越えることだ。代わりに必要となるのは、文化の差異が分節される際のプロセスや契機に注目することである。すでに示唆したような「中間地点の」空間こそは、こうした自己の主体性についての戦略を磨く領域となる。その戦略によって、自己は単一のものだろうが共同体的なものだろうが、新たなアイデンティティのしるしを帯びるようになる。(バーバ 二)

バーバはアイデンティティをめぐる既存の枠組を疑ってみせる。ラヒリの『その名にちなんで』は、バーバのいうインドとアメリカのあいだに生じる中間地点を提示する。それは根の喪失を戦略的にアイデンティティの拠り所へと転換させる試みである。

タイトルが示すとおり、『その名にちなんで』は登場人物の名前が大きな意味をもつ。本来ならば、カルカッタに住む母方の曾祖母がゴーゴリの名付け親になるはずだったが、名前を書いた手紙はアメリカへ送られた後、どこかで失われてしまう。そこで、父であるアショケが愛好する作家ニコライ・ゴーゴリからとって当座の愛称としたものが、そのまま正式な名前となったのである。アショケはインドで学生生活を送っていた頃に列車事故に巻き込まれ、救助隊員が横転した列車の窓から出た彼の手を発見したことで一命を取りとめた経験をもつ。そのとき手に握られていたのが、事故発生時に読んでいたニコライ・ゴーゴリの「外套」の一ページだったのである。

しかしこの因縁浅からぬ名前は、成長とともにゴーゴリに違和感を抱かせるようになる。インドとアメリカのあいだで失われた手紙のように、彼は二つの国のあいだで行き惑う。一四歳の誕生日に、アショケは息子のゴーゴリにニコライ・ゴーゴリの短編集をプレゼントするが、彼はその本に興味を示さない。自分の名前に嫌気がさしていたからである。

こんな名前は不条理で不明瞭だ。つけられた人間とは何の関わりもない。インド風でもアメリカ風でもない。こともあろうにロシア風だ。来る日も来る日も、毎秒ごとに、この名前と暮らしていなければならないことがいやだ。［…］この名前という代物が、形も重さもないくせに、現実の痛みとして感じられることがある。こすれて痛いラベルのついたシャツを無理やり着せられ、脱いではいけないと言われたようなのだ。（ラヒリ二〇〇七、一二六）

この「インド風でもアメリカ風でもない」名前は、どちらの国にも居場所を見出すことのできないゴーゴリの苦悩を体現している。さらには、作家のファミリー・ネームが自分のファースト・ネームであることで、「その名にちなんだ人でさえ同じではない」と感じる（一三二）。ゴーゴリにとって、自身の名前は拠り所を求めることのできない虚無の象徴にほかならないのである。

ゴーゴリがこの虚無から逃れることはできない。自分の名前への嫌悪を深めた結果、大学入学前に「ニコライ」を連想させる「ニキル」への改名を果たす。このとき彼は、「囚人が解き放たれた」ような喜びに浸る（一六八）。しかしながら、改名を聞かされた妹のソニアが言う「だめよ、そんなの。［…］だってだめなんだもの」という言葉は（三五四）、ゴーゴリの宿命を暗示する。「ニキル」（Nikhil）という名前が示唆するものは、ゴーゴリなんだもの」という言葉は（三五四）、ゴーゴリの宿命を暗示する。「ニキル」（Nikhil）という名前が示唆するものは、ロシア語では「k」の音が脱落し「ニヒル」と発音されることを考慮すれば、虚無そのものだからである。ソニアが彼の改名に抗議するように、たとえ名前を変えようとも、どこにも居場所のないゴーゴリはゴーゴリ以外になることはできない。

虚無を宿命づけられたゴーゴリにとって、最終的に帰る場所となるのがニコライ・ゴーゴリの「外套」である。一八四二年に発表されたこの掌編小説は、ペテルブルクで単調な仕事に明け暮れる下級役人アカーキー・アカーキエヴィッチが一念発起して新たな外套を買うべく仕事に燃えるも、外套を手に入れてまもなく追剥に遭い、やがて熱を出して命を落としてしまう物語である。外套を強く欲し、それを手に入れながらも、アカーキーが最後に得るものは虚無《ニヒル》にほかならない。『その名にちなんで』において、三〇代となったゴーゴリは同じく第二世代のインド系移民の女性と結婚するが、まもなく離婚してしまう。それは、同じ境遇のインド系移民の女性でさえ、彼の理解者とはなりえないことを意味する。離婚後に実家を訪れたゴーゴリは、ソニアに幼少期からのからかい半分の愛称で「おかえりなさい、ゴーグル」と迎えられる。そして、かつての自分の部屋で、すでに亡くなったアショケからプレゼントされたニコライ・ゴーゴリの短編集をはじめて手に取る。そこで、アショケが残した「この男が名前をくれた――名前をつけた男より」という書き込みを発見する(四五七―五八)。ずっと忌避してきた「外套」を読み始めることは、インドとアメリカの中間地点に生ずる虚無の空間を拒否するのではなく、自らの根の在り処として受け入れようとする変化を暗示する。つまり、ゴーゴリは虚無を回避するのではなく、むしろ虚無そのものに根を下ろすべき空間を求めるのである。

第一世代のインド系移民の失われた故郷《ホーム》

『その名にちなんで』はゴーゴリだけでなく、もうひとりの物語でもある。それは、「果てしない、限りない」という意味の名をもつアシマである(ラヒリ 二〇〇七、四七)。[1] この登場人物の名が象徴するものは、ディアスポラとしてインドとアメリカの地理的なボーダーを越えて生きる宿命そのものである。彼女をとおして、ラヒリは第一世代のインド系移民までもが、根を下ろすべき故郷を喪失しうることを明らかにする。二つの世代へ向けられる視座は、彼女自身が世代の狭間たる一・五世代にあるからこそもちうるものであろう。

第一世代の故郷の喪失について考察するとき、物語の冒頭は注目に値する。アメリカにわたってまもなく、ゴーゴリを身籠るアシマはマサチューセッツ州ケンブリッジのアパートでインドのスナック菓子を作るが、一部の材料はアメリカの食品で代用せざるをえない。

じっとり暑い八月の晩、予定日を二週間後に控えたアシマ・ガングリーは、セントラル・スクエアにあるアパートのキッチンで、〈ライス・クリスピー〉のシリアルと〈プランターズ〉のピーナッツと赤タマネギのみじん切りを、ボウルの中で混ぜ合わせている。これに塩、レモン汁、小口切りの青唐辛子を入れながら、ついでにマスタードオイルもあればよいのにと思っている。妊娠中ずっと、こんなものをつくって食べてきた。インドなら、カルカッタの街頭でもどこの駅のホームでも駄菓子として売っている。あの三角に丸めた新聞紙からこぼれそうなスナックに一応は似たもののつもりなのだ。［…］いつものことだけれど何か物足りない。（一一二）

故郷を遠く離れたアメリカで子供を産もうとしているアシマにとって、自身の拠り所としてのインドは失われつつある。インド系アメリカ文学の研究者アニタ・マナーは、ディアスポラの郷愁は料理と結びつくものとして、故郷を喪失した移民は料理をとおして新たな土地での生活を再構築すると論ずる（Mannur 15）。アメリカでは、インドで作っていた料理を完全に再現することはできない。インドの食材をアメリカのもので代用せざるをえないことが示唆するように、彼女が作るスナック菓子はインドとアメリカのあいだに存在する文化的に混淆した新たな空間を表象する。

だからこそ、アシマはインドへ一時帰国しても、もはやそこに根を下ろす場所を求めることはできない。ゴーゴリが一四歳のときに、研究者となったアショケの長期在外研究期間を利用し、ガングリー家は八ヵ月にわたりインドに滞在する。その間、一家は親戚の家を転々として過ごす。現在は叔父一家が住んでいるカルカッタのアシマの実家に到着したとき、「値段の高そうな鮮やかなスニーカーを履いて、アメリカ風の髪型をして、バックパックを一方の肩にかけ」た一家を待ち受けていたのは、外国人に向けられるような近隣住民の好奇の目である（ラヒリ二〇〇七、一三六)。アシマが八ヵ月のあいだずっとキッチンに入らないことは、アメリカとインドの食材を組み合わせた料理を作る彼女にインドでの居場所はないことを思わせる。

アメリカで生まれ育ったゴーゴリとソニアがインドの生活に馴染めないばかりでなく、インドが生まれ故郷であるはずのアシマまでも旅行者のように振る舞う点は注目すべきであろう。なかでも、もっとも有名なインドの建築物のひとつであるタージ・マハールがあるアグラに家族で旅行する場面は印象的である。

アグラというところはアシマとアショケにとっても、ゴーゴリとソニアと同様、まるで知らない町なので、数日間、ただの観光客になり、プールのあるホテルに泊まって、ボトル入りの水を飲み、レストランでナイフとフォークの食事をし、クレジットカードで支払いを済ませる。[…] それなりのレストランへ行くと、インド系の人間は従業員のほかに自分たちしかいないことがある。(一四〇)

同じインド国内であっても、ヒンディー語が主言語であるアグラではベンガル出身のアシマやアショケまでもが外国人のように振る舞うのは無理もない。しかし、一家が多くのインドの人々には縁のない高級レストランで食事をし、はからずも裕福な外国人観光客として現地のインド人から距離を置いてしまう姿は、第二世代だけでなく第一世代の移民もが、根を下ろすべき故郷を喪失しうることを明らかにする。

根《ルーツ》から経路《ルーツ》への転換

第一世代の移民であるアシマが根を下ろすべき場所をどこに求めるかは、地理的ボーダーを越える移動が鍵となる。黒人文化研究の権威ポール・ギルロイは『ブラック・アトランティック』において、大西洋を越えて移動を続けるアフリカ系ディアスポラにとって、特定の土地への「根」（roots）ではなく移動の「経路」（routes）がアイデンティティの拠り所になりうることを指摘するが、この議論は根なし草となったインド系移民にも応用することが可能であろう。アシマはまさに、絶え間ない移動の経路によって、自身の根の拠り所を求めようとする。

『その名にちなんで』において注目すべきは、インド滞在を終えたガングリー家がアメリカの自宅に戻った後、バーバのいう脱領域的な「家を失う」感覚にとらわれ続けていることである（バーバ　一六）。一家はアメリカの自分たちの家《ホーム》にいてさえも、「いまだに乗り継ぎの途中のような感覚」を覚える（ラヒリ　二〇〇七、一四四）。ここで一家が抱く移動中であるかのような錯覚は、故郷と異国のボーダーの揺らぎを示唆する。これはまさにバーバのいう「越境と文化横断の通過儀礼に内在する『故郷の喪失』」を体現した状態であるといえよう（バーバ　一六）。ラヒリはここで、両国を隔てるボーダーを攪乱させている。そこでは、インドとアメリカという地理的な距離は意味を失う。どこにも根を下ろすことのない旅行者としてのインド系移民のあり方を、インドから戻ったガングリー家は体現する。

つねに移動中であるかのような感覚は、アシマをとらえ続ける。ゴーゴリは自身の根についての葛藤を、名前が暗示する虚無の空間をあえて拠り所として抱き込むことで象徴的に乗り越えようとする。一方、アシマは移動そのものを自身のアイデンティティとして確立しようとする。子供が自立し、夫のアショケが心臓発作で亡くなった後にしばらくひとりで暮らした彼女は、長年住んだマサチューセッツ州ボストンの家を売り、一年のうち六ヵ月ずつをインドとアメリカで暮らすことを決める。それはまさに彼女の名が意味するボーダーを越えた生き方である。アメリカのパスポートをもち、財布にはマサチューセッツ州の運転免許証や社会保障カードを入れたアシマにとって、もはやカルカッタは「かつては故郷であり、いまでは異国と言えば言えるような都市」である（ラヒリ　二〇〇七、四四二）。同時に、家を売ってしまえばアメリカでの居場所をも失う。ゴーゴリはアシマの出発への準備を手伝いながら、一家のアメリカで過ごした日々が失われつつあることを感じる。

母の荷造り、口座の整理を手伝う。それから車でローガン空港へ連れて行き、警備員にとがめられる手前まで見送る。あとはもう他人の住む家があるだけで、自分たちの痕跡は消える。うっかり入るわけにはいかない。電話帳に名前もない。ここで家族が暮らし、がんばって築きあげたものは形としては残らない。(四四六)

長年過ごした家を手放すことは、インドを離れてアメリカへ移住して以来積み重ねた家族の歴史に別れを告げることでもある。アシマはすべてを置き去りにし、「国境もなく、故郷もなく、どこにともなく暮ら」す存在となる(四三八)。

この部分の原語において、ラヒリがアシマの居場所として「あらゆる場所」(everywhere)と「どこでもない場所」(nowhere)という相反する語を並べて表現していることは見逃せない(Lahiri 2003: 276)。アシマの地理的な移動は物理的な空間を表すとともに、形而上的な空間を浮かび上がらせる。バーバと並ぶインド出身のポストコロニアル理論の権威ガヤトリ・スピヴァクの言葉を借りるならば、「緯度線と経度線で覆われた抽象的な球体」としての地球を越えた視点に立つ「惑星思考」によって(スピヴァク 一二三—一二四)、ラヒリはボーダーを地理的に飛び越えるだけでなく、あらゆるボーダーを包括する「惑星に住まう主体」を提示してみせる(一二五)。それはまさに、二一世紀の幕開けにディモックが提言した「惑星のための文学」をわれわれに想起させる。ラヒリの視線はアメリカという地理的領域を越えるばかりか、地理的な空間そのものの向こうを見据えている。特定の場所に根を下ろさず移動そのものをアイデンティティとするアシマをとおして提示される「あらゆる場所」と「どこでもない場所」が共存する両義的な空間は、地理的ボーダーという概念さえも逸脱する。この地理的な枠組を越えた空間に、ラヒリは第一世代のインド系移民の居場所を創り出してみせるのである。

地理的ボーダーの向こうへ

『その名にちなんで』は、作者のラヒリがいだく自身の根についての虚無感を反映している。しかし、その視線は自身の境遇に近い第二世代の移民にのみ向けられているのではない。ラヒリはその細やかな筆致により、故郷を失った第一世代の哀しみも静かに描き出す。それはこの作家自身が、アメリカとインドという地理的ボーダーの中間地点の空間に生きるだけでなく、世代としても第一世代と第二世代のあいだにあることに起因すると考えられる。

ラヒリが紡ぎ出すインド系移民のディアスポラとしての葛藤は、イギリスやアメリカといった覇権国家の影響を抜きにしては語ることはできない。ブリティッシュ・ラージ期のインドで行われたイギリス政府主導の英語教育は、経済的搾取という裏の顔を隠しながら、エリート層のインドの若者に地理的ボーダーを越える自由を与えた。アメリカの移民受け入れ政策はソヴィエトとの争いで優位に立つという打算があったが、多くのインド系移民にアメリカでの社会的成功をもたらした。そのボーダーを越えた成り立ちが、自由とともに根の喪失という問題をインド系移民に与えることになった。この自由と喪失の相克こそが、ラヒリの文学を貫く主題である。

『その名にちなんで』がゴーゴリを身籠るアシマとともに幕を開けることは、物語がこの二人を中心として展開することを予示する。自身の宿命を暗示する名前を与えられた二人は、それぞれの世代がいだく苦悩とともに生き、それとどう折り合いをつけるか、その道を見つけ出さねばならない。アメリカで生まれ育ったゴーゴリは、インドとアメリカの中間地点でさまよいながら、いくら嫌悪しても決して捨て去ることのできない虚無の中に自分の根の所在を求める。一方、母のアシマは移動する経路そのものを根として確立しようとする。ラヒリは惑星的な視座から地理的なボーダーを越え、さらには領域的区分さえ撹乱する空間を立ち上がらせるのである。

『その名にちなんで』以後も、ラヒリは境界を飛び越える活躍を見せている。二〇一三年に長編の第二作『低地』を発表した後、三年にわたりイタリアのローマで生活をした。それ以来、幼少期に家庭で使っていた母語のヒンドゥー語でも、アメリカ社会に生きる中で第一言語となった英語でもなく、大学生の頃に初めて学んだイタリア語で執筆を続けている。その言語的実験は、エッセイや短編小説を集めた『べつの言葉で』と長編『わたしのいるところ』として結実した。言語にも及ぶラヒリのトランスボーダー性は、南アジア系アメリカ文学どころかアメリカ文学とは何か、という問いをわれわれに投げかけている。

【註】

（1）アシマの名前の意味については、原語では「制限のない、ボーダーのない」（limitless, without borders）と表され（Lahiri 2003: 26）、彼女がボーダーを越える存在であることがより明確に示される。

【引用・参考文献】

Ahmad, Aijaz. *In Theory: Classes, Nations, Literatures*. Verso, 1992.

Bennett, Eric. *Workshops of Empire: Stegner, Engle, and American Creative Writing during the Cold War*. U of Iowa P, 2015. *JSTOR*, www.jstor.org/stable/j.ctt20p59bn.

Bhabha, Homi K. *The Location of Culture*. Routledge, 1994.（ホミ・K・バーバ『文化の場所――ポストコロニアリズムの位相』本橋哲也ら訳、法政大学出版局、二〇〇五年）

Buell, Lawrence. *The Dream of the American Novel*. Belknap, 2014. *ProQuest Ebook Central*, ebookcentral-proquest-com.kras1.lib.keio.ac.jp/lib/keio/detail.action?docID=3301419.

Dhingra, Lavina, and Floyd Cheung. Introduction. *Naming Jhumpa Lahiri: Canons and Controversies*. Ed. Lavina Dhingra and Floyd Cheung, Lexington, 2012, pp. vii-xxii.

Dimock, Wai Chee. "Literature for the Planet," *PMLA*, Vol. 116, No. 1 (2001): pp. 173-88. *JSTOR*, www.jstor.org/stable/463649.

Elliott, Emory, general editor. *Columbia Literary History of the United States*. Columbia UP, 1988.

Fleegler, Robert F. *Ellis Island Nation: Immigration Policy and American Identity in the Twentieth Century*. U of Pennsylvania P, 2013. *ProQuest Ebook Central*, ebookcentral-proquest-com.kras1.lib.keio.ac.jp/lib/keio/detail.action?docID=3442095.

Friedman, Natalie. "From Hybrids to Tourists: Children of Immigrants in Jhumpa Lahiri's *The Namesake*." *Critique*, No. 50, Vol. 1 (2008): pp. 111-25. *JSTOR*, doi:0.3200/crit.50.1.111-128.

Gilroy, Paul. *The Black Atlantic: Modernity and Double Consciousness*. Harvard UP, 1993.（ポール・ギルロイ『ブラック・アトランティック――近代性と二重意識』上野俊哉ら訳、月曜社、二〇〇六年）

Katrak, Ketu H. "South Asian American Literature." *An Interethnic Companion to Asian American Literature*. Ed. King-Kok Cheung, Cambridge UP, 1997, pp. 192-218.

Lahiri, Jhumpa. *Interpreter of Maladies*. Mariner, 1999.（ジュンパ・ラヒリ『停電の夜に』小川高義訳、新潮社、二〇〇三年）

---. *The Namesake*. 2003. Mariner, 2004.（ジュンパ・ラヒリ『その名にちなんで』小川高義訳、新潮社、二〇〇七年）

---. "My Two Lives." *Newsweek*, 6 Mar. 2006, www.newsweek.com/my-two-lives-106355.

---. Interview by Isaac Chotiner, *The Atlantic*, Feb. 2008, www.theatlantic.com/magazine/archive/2008/03/jhumpa-lahiri/6725.

---. *The Lowland*. Bloomsbury, 2013.（ジュンパ・ラヒリ『低地』小川高義訳、新潮社、二〇一四年）

---. *In Altre Parole*. 2015. Guanda, 2016.（ジュンパ・ラヒリ『べつの言葉で』中嶋浩郎訳、新潮社、二〇一五年）

---. *Dove Mi Trovo*. Guanda, 2018.（ジュンパ・ラヒリ『わたしのいるところ』中嶋浩郎訳、新潮社、二〇一九年）

Mannur, Anita. "Culinary Nostalgia: Authenticity, Nationalism, and Diaspora." *MELUS*, Vol. 32, No. 4 (2007): pp. 11-31. *JSTOR*, www.jstor.org/stable/30029829.

Mukherjee, Bharati. *The Holder of the World*. Fawcett, 1993.

---. "A Tale of Two Fathers." *A Community of Writers: Paul Engle and the Iowa Writers' Workshop*. Ed. Robert Dana, U of Iowa P, 1999, pp. 89-92. *ProQuest Ebook Central*, ebookcentral-proquest-com.revproxy.brown.edu/lib/brown/detail.action?docID=859274.

---. *The Middleman and Other Stories*. 1988. Grove, 2007.

Ngai, Mae M. *Impossible Subjects: Illegal Aliens and the Making of Modern America*. Princeton UP, 2004.

Portes, Alejandro, and Rubén G. Rumbaut. *Immigrant America: A Portrait*. U of California P, 2006.

Prashad, Vijay. *Uncle Swami: South Asians in America Today*. New Press, 2012.

Spivak, Gayatri Chakravorty. *Death of a Discipline*. Columbia UP, 2003.（G・C・スピヴァク『ある学問の死——惑星思考の比較文学へ』上村忠男・鈴木聡訳、みすず書房、二〇〇四年）

Viswanathan, Gauri. *Masks of Conquest: Literary Study and British Rule in India*. Columbia UP, 1989.

Whatley, Monica, and Jeanne Batalova. “Indian Immigrants in the United States.” *Migration Policy Institute*, 13 Aug. 2013, www.migrationpolicy.org/article/indian-immigrants-united-states-0.

Zong, Jie, and Jeanne Batalova. “Indian Immigrants in the United States.” *Migration Policy Institute*, 31 Aug. 2017, www.migrationpolicy.org/article/indian-immigrants-united-states-2015.

第6章　ボルヘスとオースティン
——カレン・テイ・ヤマシタの『三世と多感』における迫害言説への抵抗

牧野　理英

エスニック文学とヤマシタ

迫害経験を通してその民族の文化を紹介するのはエスニック文学のスタイルの一つであるが、それによって文化を多角的に見る能力を麻痺させる副次的産物をも伴う。こうした点から鑑みると、日系アメリカ作家カレン・テイ・ヤマシタが執筆当初から一貫して描くパラレルな世界観は、アジア系のみならずエスニック文学全般において極めて特異なものといえる。第二次世界大戦における日系収容というテーマを背負いながらも、それを経験していないこの作家の集団的記憶に対する距離感は、作品を迫害の語りから逸脱させている。

カリフォルニア大学バークレー校の大学院生であったユージ・イチオカが、西欧文化から見る差別的なアジア系表象――オリエンタル――に反発し、アジア系アメリカという言葉を提唱したのが、一九六八年のことである。公民権運動に触発されたアジア系アメリカ集団がイエローパワー・ムーブメントを起こしていた六〇年代後半から、ピークを迎える七〇年代にかけて青年期を迎えていたヤマシタは、七五年から執筆活動を始め、ブラジルへ渡り、この運動に対し距離を保っていたように見える。なるほどヤマシタの作品の日系登場人物には、迫害に基づく集団的記憶やサバルタンといったポストコロニアル的発想がない。これは初期作品である『ぶらじる丸』（一九九二年）に描写されるブラジルへ渡り、自然と対峙しながら生き抜く罪深き日系移民の植民者的姿（22）や、『オレンジ回帰線』（一九九七年）や『I ホテル』（二〇一〇年）などに描かれる収容所で生まれながらも迫害の記憶のない日系三世の姿に一貫して投影されている（Yamashita1997: 170-171, 2010: 198, 419, 508）。また『記憶への手紙』（二〇一七年）では、自身の家族の残した文書、手紙や写真から収容所を想起しているが、ルース・ベネディクトの日本人論に基づきここでも単なる悲劇的史実として収容所をとらえる姿勢は極力抑えられているように見える（48-49）。そして最新作『三世と多感』（二〇二〇年）に至っては、その迫害言説に対する抵抗は、ヤマシタが影響を受けた南米アルゼンチン作家、ホルへ・ルイス・ボルヘスそして一九世紀のイギリス作家ジェイン・オースティンという、国家で「正典」とみなされた文学者との絶妙な混淆によって作り出されていると考えられるのである。(1)

ボルヘスとオースティン

第一部「三世」と第二部「多感」で構成されるこの短編集は、イギリス作家ジェイン・オースティンの初期の小説『分別と多感』（一八一一年）を捩ったものである。これは本作の表紙の装丁において、オースティンの肖像画のパズルを起用していることからも明白である。『分別と多感』では、ダッシュウッド家の二人の娘、慎重で理性的な長女エリナーと情熱的で奔放な次女マリアンの恋愛の行方と結婚を綴ったものであり、エリナーの体現する「分別」（"Sense"）とマリアンの「多感」（"Sensibility"）の二つのプロットにより、ロンドンから離れた地方中流階級の女性の姿が描かれている。英米の「正典」に対し極めて意識的なヤマシタの視線は、本作ではこのオースティンに向けられているのだが、ここでは一九七〇年代における日系アメリカ人女性の姿を一九世紀イギリスの片田舎の中流階級に見ていることにもなるだろう。四〇年代に大戦を迎え日系収容を体験し財産を失ったものの、七〇年代にモデルマイノリティとしてアメリカの上中産階級の立場を確立した日系アメリカ人の主体的位置を冷静に受け入れる視点——分別——と、資本主義的欲望によって国家のさらなる上層部へとのし上がろうとする情動——多感——を描き出している点において、確かにオースティン的空間をヤマシタは共有している。

このオースティンと同等に本作において強い存在感をもっているのが、南米作家ボルヘスの存在である。ボルヘスの短編と同じタイトルで書かれた「ボルヘスとわたし」が本作に収録されているように、この作家に対するヤマシタの興味は並々ならぬものがある。ところでこのボルヘスの傑作「ボルヘスとわたし」は、作家ボルヘスを見つめる無名の語り手である「私」が次第にボルヘスに同化、吸収されていくという不条理な経緯がプロットとなっている。消滅しつつある語り手は、自身の存在を以下のように語る。「いずれにしても、わたしは滅亡し、無に帰す運命にある。そしてわたし自身のある瞬間だけが、もう一人の男（作家ボルヘス）の内に宿って生き続けることになろう」（『ボルヘスとわたし』一一二）。対立しているように見える二人の登場人物の一方が、他方に自分自身の投影を見出す瞬間とは、主体と客体が混濁するボルヘスのテーマである。

ところで、このボルヘスがアメリカ文学の巨匠であるマーク・トウェインの名言を引用し、揃ってオースティンを酷評しているということは興味深い事実である。文学的感性においてボルヘスが思い起こすこととは、以下のようなトウェインの言葉であったという。「…これで思いだすのは、蔵書を立派なものにするためには、まずジェーン・オースチン（原文ママ）の作品を取り除かねばならない、そして仮に蔵書が全くみすぼらしいものであっても、彼女の本がない限り、それは素晴らしいものだ、というマーク・トウェインの言葉である」（『ボルヘスとわたし』一七九）。事実トウェインは、オースティンの『分別と多感』を含む主要作品を文学としては無意味であると断じ、生理的嫌悪感に満ちたコメントを列挙している[2]。

このボルヘス対オースティンという対立構造は、一見異なったスタイルに見えながらも、自我に対する両作家の近似した観点を前景化している。たとえばオースティンの二つの主体「分別」と「多感」はダッシュウッド姉妹として換喩的におのおの具現化されているように見えるが、同時にこれは合わせ鏡として、お互いがお互いの欠落点を補う対話的関係性が成立している。理性を重んじる一八世紀とロマン主義を重んずる一九世紀の狭間で活躍したオースティンには、分別のある知的なエリナーに比重を置きつつも、マリアンの急進的な考えである「多感」に共感している側面も窺える。こうしたことからエリナーとマリアンは一人の女性の多面性を具現しているとも考えられるのだ[3]。

ボルヘスの、他者に自己の投影を見、その瞬間にそれを語る語り手の存在が消失する事象とは、実際のところ、このオースティンの二項対立的発想をさらに発展させたものとも考えられる。オースティンの文学的手法に対する嫌悪感を文字化する行為は、この作家を自身の視界から追いやることができないボルヘスの心理を逆照射している。そしてそのオースティンのフレームを恣意的に使用し、ボルヘス的空間を創出するヤマシタは、この二つの文学形態を日系アメリカというテーマによって統合させる類まれな筆力をもっていたということにもなるだろう。以下においてヤマシタがこれらの「正典」作家のモチーフを使用して、エスニック・ナラティヴからの逸脱をどのように試みたのかを分析していきたい。

「多感」な日系アメリカ

本作後半部「多感」において、ヤマシタはオースティンの小説の書き換えによって七〇年代アメリカ社会を俯瞰している。短編「仕方がない&もったいない」では、ダシモリ家（文字どおりダッシュウッドの日本語訳）の二人の娘、日系アメリカ人三世のエリナーとマリアンの恋愛事情を描いている。

ただしこの短編ではオースティンが描くエリナーの幸せな結婚というエンディングは用意されていない。またオースティン作品において、エリナーの恋敵で、エドワードと秘密裡に婚約しているルーシーは、ヤマシタのバージョンでは欧亜の混血となっており、これはより白人社会に近いアジア系が欲しいものを手にいれるという構図を前景化している（118)。そして収容所を経験した親の世代の日本的美徳である分別「仕方がない、もったいない」はこの社会では評価されることなく、エドワードはそのような価値観をもつエリナーをあっさりと見限るのである。その理由として、彼はエリナーの聡明さが結婚における障害になるという（120)。ここでも理性をともなったエリナーの「日本人女性らしく」慎ましい知性は倦厭されてしまうのである。事実小説後半に至っては、エリナーとマリアンの母であるダシモリ夫人が夫の死後すぐに再婚し、ラスベガスから娘たちにその結婚の報告をしているくらいである。「おそらく二世は本能的に生きることを学んだみたいだ。別にそれはわるいことじゃないしね」と古くからの友人に言わしめるほど、二世の日本的「分別」はここでは原型をとどめていない（121)。このように「仕方がない、もったいない」

という理念で戦時中を生き抜いてきた二世の美徳をエリナーは継承しているものの、それがほとんど価値のないものに転じている世界観がこの作品には広がっているのだ。それを象徴するかのように、この短編の始まりと最後はダシモリ家が池で飼っているモビィ・ディックというアルビノの鯉が、蝶や蛙を絶妙なタイミングでとらえ食すシーンである。一九世紀アメリカの文豪ハーマン・メルヴィルの傑作『白鯨』における怪物モビィ・ディックは、ここでは白人社会におけるアメリカの欲望の具現である。とどのつまり白人的「多感」が勝利し、収容時代の「仕方がない、もったいない」という日本的「分別」は意識下へ追いやられ、迫害のナラティヴは歴史的遺物として埋葬される。そしてそうした社会を冷静に「分別」をもって批判的に描くのが、三世のヤマシタの語りということになろう。

トランスボーダーな日系女性を語るということ──「ボルヘスとわたし」

作品前半の「三世」は後半部の「多感」の軽快なパロディとは趣向が異なる「分別」を焦点にあてた構成になっている。ヤマシタの「ボルヘスとわたし」では、実在する三組の芸術家の日系、および日本人の妻の話を語るが、一見サバルタン的に見える妻の存在はヤマシタの語りによって覆されていく。

本短編は盲目のボルヘスを介護し、彼の死ぬ直前の一九八六年に結婚した日系アルゼンチン人のマリア・コダマの話から始まり、チカーノ文学の巨匠、アメリコ・パレーデの妻で日本人とウルグアイ人の混血であるアメリア・ナガミネ、そして最後はイギリスのロックバンド、ビートルズのギタリストでシンガーソングライター、ジョン・レノンの妻である前衛芸術家ヨーコ・オノの話で終わる。この三組の夫婦に共通するのは、国を代表する芸術家を夫に持ち、地理的、人種的ボーダーで活躍する日本人・および日系人の妻の存在である。ボルヘスの通訳者でもあり、死後残された作品を継承し、翻訳したコダマ、パレーデの門下生でもあったナガミネ、オノに至ってはレノンと出会う以前から芸術家であり、彼を心身共に支えていたという人物である。ヤマシタは魂の半身である妻の存在を以下のように表現する。「（コダマとの）親密な関係は、ボルヘスの必要性を完全に予想するものであった」（56）。後年盲目となったボルヘスにとってコダマは彼の「目」となっている。またメキシコのボーダー近くのテキサスで過ごすナガミネは、ペラーヨが死んだ二か月後に追うようにして亡くなっている（58）。オースティンのフレームに添うならば、「分別」を持つ日系の妻らは、芸術家である夫の「多感」なる創造力を終生管理していたことにもなろう。このことは彼女たちが夫の関係においてポストコロニアルな従属的位置にはないことを示唆する。

オノに関しては、レノンとのより相互的な関係性が強調されている。ヤマシタは「レノンのヨーコに対する執着は、この東洋の恋人への盲目的な服従のようにみえたかもしれない」とレノンがオノに従属している関係性を暗示する（59）。レスリー・ボウが、オノのレノンとの結婚を、レノンのファンを裏切ると同時に白人男性同士の「ホモソーシャルな同盟を壊すセイレーンの神秘的能力」を喚起させる（5）と解釈しているように、白人の夫とアジア系の妻という組み合わせは、アジア系の女性性に対するエキゾチズムを想起させる危険性をはらんでいることは否めない。これに対しヤマシタは「分別」と「多感」が逆転している彼らの関係性を以下のように語る。「彼（レノン）は運命の人を見つけたのだろう。父親になるための知識とそのフェミニズムによって、彼は主夫、パンを焼く食事係、介護人にさえ生まれ変わっていった。これは啓発であり、穏やかな革命なのである」と（59）。ここではレノンがオノの「多感」を管理する側にさえなっている。

「分別」と「多感」で表されるオースティン的な夫婦関係は、ボルヘス的交錯によって終焉する。他者に自己の投影を認識し、その語り手が他者に吸収され消滅するというボルヘスのテーマは、今まで語り手で傍観者である「私」が銃の引き金を引き、芸術家の夫らを抹殺する行為の中に逆説的に表される。

彼の銃を手にもって私は引き金を引いた。目の前で倒れたのが、八〇歳かその半分の年齢の男なのかわからない。私にとってどれが博識な中国学者か、メキシコの民族学者、あるいは無意味な言葉を発する叙情詩人であったのか知る由もないのだ。彼はその盲目の目で、その国境の境界線を通して、自分の理想郷を見たのかもわからない。私が手にしていたのは彼の銃と彼のポップ・ミュージックだった。そしてその飛び散った近眼の眼鏡の破片でしかなかったのである。私のプライマル・スクリームはメディアの独断に閉じ込められ、扇情的に報道される。私とあなたと、どちらがこの頁を書いているのか、私はわからなくなる。(59)

「私」という名もない語り手は物語に終止符をつけるためにここで初めて登場し、著名な芸術家たちを作品の舞台から消滅させる。ジョン・レノン暗殺を喚起させるこの殺害のシーンにおいて、ボルヘスの作品のように消滅するのは語り手ではなく、世に知られた芸術家たちの方である。そして彼らの死によって顕在化されるのは残された妻らの存在と彼女たちの「言葉」である。ボルヘスのパロディである本作は、芸術家の作品が彼らだけのものではなく、日系の妻らによるボーダーレスな共同制作であることを示唆している。清少納言が話す「完全なるスペイン語」(56)で召喚されるこれらの妻たちは、自身の夫らを表現する言葉をもち、白人の彼らに従属するサバルタン的存在ではありえない。

「インディアン・サマー」——二層の抵抗

第二次世界大戦後直後の四〇年代後半から冷戦期初頭の五〇年代まで日系アメリカ人の集団が収容経験を語らず、なかったものにしていたということは史実として残っている(Kashima, 219)。しかし自身の屈辱の記憶を抑圧する語りには、逆説的に語られぬ経験そのものを読者に無意識に喚起させることにも連関していく。抑圧され、埋もれてしまったものは、特権や支配階級とつねに表裏一体の共犯関係であり、故に語りの裏に同時に語られないものの存在を認識することができる(Jameson, 298-99, ジェイムソン 五四七—五四八)。戦後直後、アメリカ社会にいち早く順応することを最優先に、その迫害の記憶を語らなかった日系アメリカ社会は、他のエスニック集団とは袂を分かつアメリカへの同化意識とそれに抗う抵抗を同時に介在させる特異なる主体的位置を形成せざるをえなかった。したがって戦後生まれのヤマシタに課せられる使命とは、この語られないもの、あるいは語ることを拒む者を自身の想像力で補強しながら言語化するという行為になっていく。

「インディアン・サマー」は、二人の語り手によって構成される。一方は一人称「私」を用いて語り、作品の中心人物である日系アメリカ人二世の建築家、そしてもう一方は、この建築家を「あなた」と二人称で呼ぶ謎の語り手が交互に「私」の人生を語っている。ところでインディアン・サマーとは日本語では晩秋（一〇月）から初冬（一一月）にかけての小春日和を意味し、人生晩年における穏やかで幸せな一時期のことを指す。これは作中において紆余曲折を経験しながらも安定した壮年期を迎える建築家「私」の晩年を示していることにもなろう。しかしその語り手である当人の「私」は戦時中の日系アメリカ人としての歴史を語ることは一切なく、その関心事は、青年期に出会ったモデルの女性に対する異常なまでの執着心に終始している。

壮年期の「私」はある小春日和の日、大学での講義中突如めまいを感じるが、それで想起するのは若き日の自身の過ちである。一九七六年のコロンビア大学で建築学を学んでいた大学院生の「私」は、白人とアジア系の混血モデルの豊満な肉体に目を奪われる。「私の欧亜混血のアフロディーテがそこに立っていた」（75）とあるように、「私」は彼女に惹きつけられ、その異常な執着心はストーカーまがいの事件まで引き起こしてしまう。そしてあるハロウィンの夜に、このモデルは「私」から逃げる際中に、アメリカを代表する建築家で「私」の師匠でもあるフランク・ロイド・ライトが制作した建築物の上から、恐怖のあまり身投げしてしまうのである（80）。制御できない「多感」な日系アメリカ人の「私」はこのようにしてモデルを死へ追いやるが、この帰結は同時に日系である「私」が白人のアメリカ人建築家で億万長者のライトのようになろうとする欲望を象徴してもいる。欧亜のモデルへの執着は、このモデルの中に自身の投影をみるというボルヘス的自我のテーマが混入されている。白人ではないが限りなく白人のようにみえるこの混血のモデルは、アメリカ資本主義社会を上り詰め、まさに白人に近い生活形態を手に入れんとする七〇年代の日系建築家「私」の分身なのである。しかしそのモデルがあっけなく目の前から消滅したように、白人建築家の複製でしかない「私」もすぐに世間から忘れ去られる存在でもある。

「私」の日系としての語られぬ歴史的背景を「あなた」という二人称を用いて補強するのが、もう一人の謎の語り手である。この二番目の語り手から判明する事実とは、「私」がアメリカへ移民してきた日本人の両親を持ち、モンタナ州の片田舎で生まれ、園芸を父親から学んでいたということ。のちにライトに師事し、建築家をめざしたということ。そして第二次世界大戦中は、ワイオミング州のハートマウンテン収容所で過ごすものの、ライトへの忠誠は衰えず、戦後は師の技術を一寸たがわず再生することのできる著名な日系アメリカ人の建築家になったという経緯である。つまり「私」が意識下にいれた日系としての背景を語るのがこの二番目の語り手であり、語り手は「分別」をもってこの二世の建築家を傍観していることになる。

これら二層の語りから表面化することは、「私」が迫害の記憶を意識下へ押しやり、政治的には「白人」としてアメリカ社会に同化している実態である。そしてこの人生は、機能不全な形でまさに「白人もどき」としての終焉を迎えることになる。作品終盤では、自身の作品が展示されている博物館に突如やってきた男のテロ行為によって彼の一家が斬殺されるかもしれないという不気味な予兆を残して終わるが、皮肉なことに、一家を殺害されるという経緯まで、フランク・ロイド・ライトと酷似した生き方をこの日系建築家は踏襲していくことになる。[4] マイノリティとしての自身の歴史的背景ではなく、白人同化願望を貫徹する建築家の破滅的人生は、およそエスニック文学のナラティヴとは似ても似つかぬものである。またこの多感な「私」を冷静にみている「分別」ある語り手は、日系の語らざる歴史を言語化する迫害経験をもたぬ語り手であり、この二層の抵抗の語りによって日系二世の建築家のエスニシティを多角的に理解することができる仕組みになっている。

抵抗のナラティヴ

本短編集は白人文化と交錯することで、「多感」な白人、および白人に近接する日系の存在が、「分別」ある三世の語り手の修辞法によって描写されるという独特な形式をとっている。そしてヤマシタのエスニック文学に対する抵抗の所作は、『三世と多感』では日系性に連関する迫害言説に対する抵抗によって絶妙に表出されていると考えられるのである。

【註】

（1）インタビューにおいてヤマシタは、自身が影響を受けた作家にボルヘスを上げている。グリクスマンの "An Interview with Karen Tei Yamashita" を参照。

（2）トウェインのオースティンに対する嫌悪感は *Who Is Mark Twain?: Never Before Published*（2009）の "Jane Austen" という章に明白に書かれている。トウェイン曰く、「オースティンは自分の作品の登場人物たちを、あえて私たちに嫌悪させるように描いている」（48）とまで言っている。

（3）オースティンの作家としての身振りに関しては、エリナーではなくマリアンの「多感」に作家自身の主張を見るという見解もある（川口 二〇一一、六三、鈴木 一九九五、一一七、惣谷 一九九三、八九―一〇九）。

（4）ライトは、不倫関係にあるマーサ・ボースウィック・チェニーという女性と駆け落ちをし、その後二人の子供たちを儲け、タリアセンという豪邸を構えるが、自身が出張中に使用人がその豪邸に火を放ち、チェニーと子供たちを斬殺したことは有名な出来事である。この事件の詳細はクリストファー・クラインの解説を参照。

【引用・参考文献】

Austen, Jane. *Sense and Sensibility*. 1811. Oxford Up, 2016.

Bow, Leslie. *Betrayal and Other Acts of Subversion: Feminism, Sexual Politics, Asian American Women's Literature*. Princeton UP, 2001.

Glixman, Elizabeth P. "An Interview with Karen Tei Yamashita." *Eclectica Magazine*, Oct/Nov, 2007, www.eclectica.org/v11n4/glixman_yamashita.html. Accessed 13 July, 2021.

Jameson, Frederick. *Political Unconscious: Narrative as a Socially Symbolic Act*. Routledge, 2002.（フレドリック・ジェイムソン『政治的無意識――社会的象徴行為としての物語』大橋洋一・木村茂雄・太田耕人訳、平凡社ライブラリー、二〇一〇年）

Kashima, Tetsuden. *Judgement Without Trial: Japanese American Imprisonment during WWII*. U pf Washington P, 2003

Klein, Christopher. "The Massacre at Frank Lloyd Wright's 'Love Cottage.' *History*, Jun. 8. 2017, www.history.com/news/the-massacre-at-frank-lloyd-wrights-love-cottage. Accessed 11 July, 2021.

Twain. Mark. "Jane Austen." *Who Is Mark Twain?* Harper Studio, 2009.

Yamashita, Karen Tei. *Brazil-Maru*. Coffee House, 1992.

---. *I Hotel*. Coffee House, 2010.

---. *Letters to Memory*. Coffee House, 2017.

---. *Sansei and Sensibility*. Coffee House, 2020.

---. *Tropic of Orange*. Coffee House, 1997.

川口能久『個人と社会の相克――ジェイン・オースティンの小説』南雲堂、二〇一一年。

鈴木美津子『ジェイン・オースティンとその時代』成美堂、一九九五年。

惣谷美智子『ジェイン・オースティン研究――オースティンと言葉の共謀者達』旺文社、一九九三年。

ボルヘス、ホルヘ・ルイス『ボルヘスとわたし』牛島信明訳。新潮社、一九七四年。

第Ⅱ部　アジア系文学のジャンル的トランスボーダー

第7章　ＳＦとしてのアジア——アジアＳＦ前史
——ディック、ロビンスン、チャンへ至る歴史改変想像力

巽　孝之

序　『メッセージ』が象徴するもの

二〇一六年、ドゥニ・ヴィルヌーヴ監督のファースト・コンタクトSF映画『メッセージ』（英題 "Arrival"）は、封切られるや否や高い評価を獲得し、第八九回アカデミー賞音響編集部門賞のほか、アメリカ脚本家協会脚色賞、高名なSF&ファンタジー作家の名を冠したレイ・ブラッドベリ賞映像部門賞、世界SF大会の参加者投票で決まるヒューゴー賞映像部門賞を軒並み受賞するという栄誉に輝いた。しかし、同作品が中国系アメリカ作家テッド・チャンの手になる二〇〇〇年度ネビュラ賞ノヴェラ部門賞受賞作「あなたの人生の物語」（初出　一九八八年）を原作にしていたことは、さほど広くは意識されていないように思われる。

同短篇はサピア＝ウォーフの言語理論やフェルマーの物理学原理をもとに展開する異星人言語の解読とそこから得られた時空観の革命を主題とするため、物語そのものは決して派手なものではない。映画向きというよりは抽象的であり、空想科学小説《サイエンス・フィクション》というよりも思弁小説《スペキュラティヴ・フィクション》としてのSFである。原作にはそもそも、今回の映画ポスターにまでなっている未確認飛行物体（UFO）、通称「殻《ザ・シェル》」は登場せず、半円形の鏡状で「姿見《ルッキンググラス》」と呼ばれる双方向通信装置がおびただしく地球へ到来し、人類はあくまでその姿見を介しつつ、軌道上の宇宙船を操っているであろう七本足の典型的なシーフード型エイリアン（ヘプタポッド）と交信するのみ。姿見の大きさも高さ三メートル強、幅七メートル弱なので決して大きくないため、軍が設営した大きなテントにすっぽり収納されている。それにひきかえ、ヴィルヌーヴ監督の「殻」はあたかも通常の巨大UFOを垂直に傾かせたかのようなデザインだ。

ここで注目したいのは、原作の通信装置「姿見」が世界中に一一二個も降って来たのに対し、映画版の宇宙船「殻」は世界でも一二個と絞られたことである。これなどは、SF映画の金字塔『二〇〇一年宇宙の旅』（一九六八年）を製作するにさいし、アーサー・C・クラークの初期の構想ではエイリアンが送り込んだ人類進化の触媒モノリスが無数に地球に降って来て、エイリアン自身も全貌を現すという設定なのに対し、共作者キューブリック監督が頑としてそのアイデアを受け付けず、地球上のモノリスをたったひとつに限定し、エイリアンの姿も最後まで露呈させなかったことを想起させる。無数のエイリアンやUFOが画面にひしめくと、どうしても印象がB級になってしまう。にもかかわらず、『二〇〇一年』から半世紀を経たヴィルヌーヴは、偉大な先覚者を全面的に踏襲するわけにはいかない。宇宙船を複数飛来させ、エイリアンの実体も登場させて、それでもなおB級通俗には堕さない思弁的水準をいかに保つか。おそらくはこの課題を前に、彼は悩み苦しんだにちがいない。そこで、飛来する宇宙船も地球上に一二基と限定し、エイリアンも外観的にはこれまでのシーフード系を思わせながらもあたかも巨大な象にも似たすがたで造型したのだ。いよいよ第一種接近遭遇を描写すべく「殻」に潜入するくだりの光景は、『二〇〇一年』において月面のモノリスが発見された場面への明らかなオマージュとして観ることができる。

それでは、このアダプテーション『メッセージ』では、原作「あなたの人生の物語」の主題はいかに料理されたか。人類とエイリアンの初邂逅を描きつつも、主人公の私的生活が随時さしはさまれるので、これは『二〇〇一年』と並ぶSF映画の傑作『惑星ソラリス』同様、主人公の過去のトラウマがところどころ顔を表す物語なのかと錯覚しがちだ。けれども、話はまったく逆で、ヒロインである言語学者ルイーズ・バンクスはエイリアンの言語解読を通して自身の未来を知り、その結果に即して物理学者ゲーリー・ドネリーと結婚し、娘ハンナをもうけていく。原作では、エイリアンの言語が表意文字ならぬ表義文字《セマグラム》と呼ばれ、その形状が「書道の意匠」にたとえられ、しかもその一群は「曼荼羅」とすら形容されており、ルイーズはその異言語を解読すればするほど異様な世界観に入り込み「夢見めいた状態」に陥る。「気がつくと、瞑想状態にあって、前提と結論が交換可能なやりかたで黙考していた」（チャン 二四四）。ここでは、人類が過去・現在・未来として考える時間軸そのものを超越した非線形世界観において、未来の記憶が可能となる根拠が示されている。ただし、チャンはそうした主題を論理的に語ったが、他方ヴィルヌーヴは、むしろ映像の利点を活かし、エイリアンとルイーズが接触する一瞬の描写に賭けた。そして、原作には登場しない中国の将軍によるエイリアンへの強硬姿勢を、未来の歴史を先取りしたルイーズの言葉が緩和し、UFOは遠未来における真の異種族間の助け合いの可能性を示唆しつつ、蒼穹の彼方へ飛び去っていく。ルイーズとハンナの何気ない会話から飛び出す「双方が勝者となる関係」すなわち「ノンゼロサムゲーム」というモチーフは、「メッセージ」によってファーストコンタクトSF映画が疑いなく新たな水準へ到達したことを告げる。

ところで、この映画が実現するに至るには、二〇一一年から五年もの歳月を必要とした。それは、もともと脚本を書き上げていたエリック・ハイセラーがそれにふさわしい映画会社と映画監督、および主演女優を見出すまでの期間に相当する。

だが、まったく同じこの五年間が、中国系SFの英語圏における躍進時代にも相当することを、忘れるわけにはいかない。一九八〇年代以来、日本の漫画やアニメが国際人気を博し、それに付随するように現代日本文学の翻訳が進み、二一世紀初頭にはその現象が「クール・ジャパン」の名で親しまれた。村上春樹がノーベル文学賞候補となり、北米のヴァーティカル、ハイカソル、ミネソタ大学出版局といった出版社が続々現代日本文学の英訳に精を出し始めた。ゼロ年代までの時点で、日本SF第一世代の代表格である小松左京の代表長編は一冊も英訳による完訳が刊行されていないが、しかしそうした苦境が克服されるのは時間の問題だろうと思われた。

ところが二一世紀も第二の一〇年間に入ると、日本SFの国際的躍進に陰りが差す。二〇一一年、中国生まれながらハーバード大学で法律を修め、英語で小説を書く若手作家ケン・リュウが短編小説「紙の動物園」で翌年二〇一二年のヒューゴー、ネビュラ両賞のみならず国際幻想文学賞をも受賞するという快挙を成し遂げる。そればかりではない。彼は自身の同胞のSF作家たちの英訳にも手を染め、二〇一四年には中国SFの代表格劉慈欣の長編三部作第一作『三体』の翻訳が評判を呼び、翌年二〇一五年のヒューゴー賞長編部門賞を、初の翻訳による受賞という形で獲得する。さらに中国の女性SFを代表する郝景芳の傑作短編「折りたたみ北京」（二〇一六年）も彼の翻訳によりヒューゴー賞を受賞し、すでに前掲ハイセラーを脚本に据えた映画化も進行中だ。

このように、二〇一〇年代は日本SFが中国SFに圧倒された期間のように見える。だが、実際には目下、韓国SFやイスラエルSF、イラクSF、インドSFなど、これまでの欧米SFのパラダイムでは収まりきらなかった地域、とりわけアジア全域の作品群が続々と登場した一〇年間と見るのが正しい。こうした現象を包括的に語るのは、一種のトレンド予測になりかねないため困難を極めるが、ただし、そうした趨勢へ一気に飛びつく以前の段階で、我々はいましばらく腰を落ち着かせ、再検討すべきアジアSFの諸問題があるのではないか。それは、アジアSFという動向が生じるよりもはるか以前より、アジアそのものがSF的に捉えられてきた系譜の問題である。

歴史改変小説の系譜――ディックからトライアスまで

旧来のSF小説では、アジアそのものがSF的に表象されてきたのではないか？

この問題を検討するのに一つのきっかけとなるのは、二〇世紀後半より勃興してきた歴史改変小説（alternate history）である。基本的に大衆小説ジャンルの枠組内部において描かれることが多いとはいえ、この文学サブジャンルは、一種のオブラートにくるむかたちで、人間の危機とその打開策を模索してきた。たとえば宗教改革が起こらず二〇世紀になってもローマン・カトリックが覇権を握り、プロテスタンティズムは北米東部のニュー・イングランドに限定されている並行世界を描いたイギリス主流文学作家キングズレイ・エイミスの『去勢』（一九七六年）や、ヴィクトリア朝イギリスにおいてチャールズ・バベッジが発明しエイダ・バイロンがプログラミングした蒸気機関コンピュータ「ディファレンス・エンジン」が完成し、二〇世紀に至ると世界をネットワーキングしているという並行世界を描いたサイバーパンクの両巨頭ウィリアム・ギブスンとブルース・スターリングによる『ディファレンス・エンジン』（一九九〇年）はその典型だろう。

しかし、ここで焦点を絞りたいのは、アメリカ合衆国の覇権をめぐって、長く西欧近代の外部を成してきたアジアが大きな役割を演じる作品群である。

たとえば、リドリー・スコット監督の映画『ブレードランナー』(一九八二年)以来、同映画の原作者として我が国でも人気のアメリカ作家フィリップ・K・ディックのヒューゴー賞長編部門賞受賞作『高い城の男』(一九六二年)は、第二次世界大戦以後、日本とドイツが北米を分割統治する並行世界を描き出す。支配者である日本人に媚びへつらわねばならないアメリカ美術工芸品商会の経営者ロバート・チルダンは、ある晩、恐ろしく趣味のいいポール&ベティ梶浦夫妻の家へ招かれ、最近話題のホーソーン・アベンゼンによる歴史改変小説『イナゴ身重く横たわる』の話を聞く。どうやらその小説では、フランクリン・デラノ・ローズヴェルト大統領が暗殺されることなく戦時中までリーダーシップをふるい、ドイツと日本が第二次世界大戦で敗北したという前提の物語が展開されているらしいのだ。もっとも、だからと言ってこの小説内小説がそっくりそのまま、私たち自身の生きてきた二〇世紀と瓜二つかといえば、断じてそんなことはない。そもそも現実の歴史において、ローズヴェルト大統領は暗殺などされていないのだから。

この小説内小説『イナゴ身重く横たわる』では、枢軸側が敗北を喫したのは、イタリアがドイツと日本を裏切り、連合国側に寝返ったことによる。その結果、世界は何と、全ヨーロッパを支配するイギリスとアメリカとが山分けしているのである。そこには、米ソ冷戦が存在しない。なぜなら「第一次世界大戦のときとおなじで、たとえ戦勝国になっても、ほとんどが無知な田舎者ばかりのソ連は、必然的に大失敗をする」からだ(第七章、Dick 106、ディック一六八)。かくしてアングロサクソン系白人が虐待されることなく白昼堂々歩くことのできる架空世界は、日独に支配され切ったアメリカ白人を興奮させてやむことがなく、この小説内小説は一種のカルト小説として多くの白人が密かに愛読するに至る。その魅力は、現代用語で噛み砕くなら、一種のヘイト言説に満ち満ちているところにある。たとえば、チルダンは梶浦夫妻の華麗なパーティに招かれるも、ますます反発を強めていく。

事実に直面しろ。私はこの日本人たちと自分とがおなじ人間のように思い込もうとしている。だが、よく見るがいい――日本が戦争に勝ち、アメリカが負けたことに対する感謝の念を俺が口走ったときでさえ――それでもまだ共通の地盤はない。（中略）よく見るがいい。日本人はイギリス製のボーンチャイナでコーヒーを飲み、アメリカ製の銀器で料理を食べ、黒人の音楽を愛聴する。だが、それはうわべだけだ。富と権力を持った強みで、彼らはそれを手に入れたが、どこまでいってもそれは模倣でしかない。（中略）あっちこっちから風俗習慣を盗み、着る物、食べる物、話しっぷり、歩き方まで真似をする。（中略）

そして、これこそが掛け値なしの真実だ、ここにあるのが。この連中は本当の人間じゃない。服は着ているが、実はサーカスの着飾った猿とおなじだ。利口で物覚えもいいが、ただそれだけのことだ。（Dick 106-09、ディック　一六九―七三）

ここには、それまで主人公が信じきっていた西欧的人間ならざる異種族によってアングロアメリカ世界が支配されてしまったことに対する呪詛が撒き散らされている。二一世紀に入ると、ディックの『高い城の男』へのオマージュをあからさまに謳った韓国系アメリカ人作家ピーター・トライアスの『ユナイテッド・ステイツ・オブ・ジャパン』（二〇一六年）『メカ・サムライ・エンパイア』（二〇一八年）連作でも日独が分割統治している北米が舞台となるが、そこに登場するオペラ『蝶々夫人の惑乱』では、オリジナルのプッチーニによるオペラ『蝶々夫人』（一九〇四年）においてアメリカ人士官と恋に落ちるも捨てられたヒロイン蝶々夫人が名誉の死を選ぶという結末が大幅に改訂され、不貞を働いたアメリカ人士官に彼女が逆襲し彼が死ぬまで酷使するという展開に書き直される。

だが、改めて問題にしたいのは、ディックがもうひとつの歴史を描くのに、あえて日本と中国を混在させたオリエンタリズムである。『高い城の男』では、日本人が依存する易経が影響力をふるい、北米では何かを決断するときにはそれに依存する習慣が根づいている。もちろん、同書では日本人による易経の普及自体がその模倣的性格の産物であるという理由づけが施されているけれども、易経の導入は、実のところ、ディックの遺著管理人を務めた詩人兼ロック評論家ポール・ウィリアムズも指摘したように、一九六〇年代対抗文化《カウンター・カルチュア》の反映にすぎない。当時の反体制文化フラワー・ルネサンスを支えた世代にとって、東洋文化の人気とともに易経が若い世代の隠れた共通素養となっていたのはよく知られる。思弁小説作家・評論家・アンソロジストとして著名なジュディス・メリルや、当のウィリアムズ自身にしても相当にのめりこんでいた。したがって、易経英訳テクストについて言えば、翻訳者リヒャルト・ヴィルヘルムのドイツ語訳をケアリー・ベインズが英訳したエディションが一九六一年にパンテオン・ブックスから出て、それをディック自身が入手したことは、同書冒頭の謝辞でも明記されている。つまり、日独が分割統治する戦後アメリカという歴史改変の構図には、ディック自身の生きた一九五〇年代ビート世代から一九六〇年代対抗文化にかけてリアルタイムで醸成されたアメリカ的オリエンタリズムが易経を中核に刷り込まれているのであり、それを実現するには日本文化と中国文化を意図的かつ創造的に混同し錯綜させる作業が必要不可欠だったのだ。

そのような作業は、興味深いことに、かつて一三世紀のイタリア人マルコ・ポーロの『東方見聞録』や一四世紀のイギリス人ないしベルギー人ジョン・マンデヴィルの『旅行記』が半ば想像力を駆使して煽った黄金の国ジパングのみならず東洋全般をめぐる奇妙奇天烈な――それこそ怪物や小人や未開人が跳梁跋扈するような――記述を彷彿とさせるだろう。とりわけマンデヴィルは、インドには角を生やして言葉を話さない未開人がいるとか、インドシナでは友人が危篤になると木に吊るして鳥に食わせる習慣を持つとか、ミャンマー南方のアンダマン諸島では両性具有の人々が暮らし一つ目の巨人が存在するとか、チベットでは誰かの父親が亡くなると祭司がその首を叩き斬って銀の大皿に載せるとかいったエピソードをちりばめ、『旅行記』を中世のベストセラーに仕立て上げたが（ジャイルズ・ミルトン、一五七―五八、二四〇―四二）、そこに込められた「驚異」の数々は、エドワード・サイード流にいえば、まさしく西欧が支配と教育を施しやすいように多少の誇張を恐れず創出された西欧外部における原始的民族の類型的イメージ群、すなわちオリエンタリズムにほかならない。スティーヴン・グリーンブラットに倣えば、このように西欧近代の常識を超えた驚異だからこそ帝国による占有を促す大義名分が成立したということになろう。

かくして、ポーロやマンデヴィルのテクストは、もうひとりのイタリア人クリストファー・コロンブスがスペイン王室の支援によって一四九二年に自身の到達した北米をアジア、すなわち世界一富んだ国、世界一金銀が豊かな国の存在する場所と誤認するきっかけとなっている。彼らのテクストに触発されたコロンブスの創造的誤読においては、インドも中国も極東もみな西欧の外部として無差別に並存し、あくまで西欧の外部を表象する東洋的イメージ《オリエンタリズム》の混成体と化す。そして、まさにこの誤謬によって、北米大陸にはコロンブスの名が与えられず、その地を正確に計測して西欧には未知の大陸と判断したアメリゴ・ベスプッチから派生した名称「アメリカ」が、一五〇七年の世界地図に史上初めてお目見えする。

五百周年のコロンブス——すでに内なる他者

以上の経緯をふまえるならば、現代アメリカを代表する中国系アメリカ人劇作家デイヴィッド・ヘンリー・ホワンがコロンブスの北米到達後五百周年を記念して音楽家フィリップ・グラスとの共作になる歴史改変オペラ『大航海』を完成し、ニューヨークはメトロポリタン歌劇場で初演したのは興味深い。全三部から成る同作品の第一部は氷河期の時代に宇宙を大航海するうちに地球へ不時着した異星人が春の祭典を祝う地球原住民《ネイティヴ》たちと出会う顛末を、第二部はずばり西欧史上の大航海時代にコロンブスがスペイン王室の命を受け、成功したら地位も財産も権力も与えるという約束でインディアスへ旅立つ回想を、第三部は二〇九二年、すなわちコロンブスのアメリカ発見六百周年の年に、第一部の異星人たちが残した方向指示機能をもつ水晶を双子の考古学者が発見し、異星生命のありかを突き止め、それをめざす宇宙探検が始まるまでの過程を、それぞれ物語る。

ここで注目したいのは第二部である。一四九二年八月から九三年三月におよぶこの第一次航海が図らずも「東洋への新航路」を実現したため、当初こそ、コロンブスのスポンサーたるスペイン王妃イザベルを喜ばせることになるのだが、ほんとうのところ、続く第二回の航海以後は、植民者側と原住民の抗争がエスカレートするばかりか、けっきょくろくな金銀の収穫も得られなかったせいで、スペイン王室の心は徐々にコロンブスから離れていく。しかも、さいごまで寛大だった王妃イザベル本人も一五〇四年には他界したため、コロンブスは以後、念願の総督の世襲権も得られないまま、失意のどん底で息を引き取るというのが、通常の伝記的結末である。もっとも、コロンブスの新世界到達の二年後の一四九四年には、スペインとポルトガルがアフリカ以西と以東の非キリスト教世界をキリスト教の名の下に分割支配するトルデシャス条約が交わされ、西欧帝国主義が激化していくのだから、彼の誤解に満ちた大航海も全く無意味であったわけではない（Suter 8-9）。けれども、エピローグにおいて、ホワンの描くイザベルは、コロンブスの死の床へ亡霊として現れ、スペイン王室へ地位や報酬ばかりを飽くことなく要求し続けたこの超俗物に向かって「そなたは新世界を陵辱し、原住民たちを奴隷に仕立て船倉に詰め込むだけ詰め込んで帰ってきた」のだから、すでにほとんど「異端審問」の対象なのだということを思い知らせる。それに対し彼は以下のように思索する。

神が存在しないかもしれないというのに神の御心を求めようとするのは、馬鹿げたことだろうか？　混沌を原理に創られた宇宙において秩序を求めようとするのは、無益なことだろうか？　いつかすべての被造物に込められた意図を探りあてたいと願うのは、虚しいことだろうか——たとえそこに漠然と広がるのは哀れな人間の魂ばかりであったとしても？

最初にアメーバが自由を求めた時代から、ユリシーズやイブン＝バトゥータ（一〇世紀　中世アラブの旅行者）やマルコ・ポーロやアインシュタイン、さらにそれ以後に至る時代まで、わたしたちが知ろうと努めたのは、誰よりもわたしたち自身にほかならない。（Hwang 246、傍点引用者）

ここで「混沌を原理に創られた宇宙」というのは、イタリア人歴史家カルロ・ギンズブルクが名著『チーズとうじ虫』（一九七六年）で記述したように一六世紀のイタリアの粉屋メノッキオがふとしたことで知ることになり、そのあげく異端審問にかけられるに至ったイスラム教コーランの宇宙観を連想させよう。しかも、ホワンの描くコロンブスが二〇世紀において相対性理論を確立した偉大な科学者アルバート・アインシュタインにふれている創造的時間錯誤にも留意したい。ここでの彼はすでに、一五世紀大航海時代のジェノバ人というよりも、あらかじめ地球創世から二一世紀にわたる時間と空間を超え、キリスト教すら相対化しうる超時空間的主体として語っている。生前の彼は壮大な夢を実現しようと大航海に乗り出し、植民地主義者特有のさまざまな誤謬と誹謗中傷を免れない生涯を終えた。最大の汚点は、原住民との確執はもちろん、彼が死ぬまでアメリカ大陸をアジアだと信じ込み、原住民との闘争の果てに多くの犠牲者を出し、旧来の生態系にも変化を及ぼしたことだ。そこにこそ以後展開する帝国主義および植民地主義の弊害が潜み、めぐりめぐって地球環境破壊の遠因を成すとすれば、人類こそが良かれ悪しかれ地球史上の新時代を画したとする人新世の概念に連なるだろう。

　だが、コロンブスが北米をアジアと誤認して以後五百年が経ち、かつてなら誤認される客体であったはずのアジア系アメリカ人劇作家ホワンは、必ずしもポスト植民地主義の視点から一方的な皮肉を込めるわけではなく、むしろ時間と空間の限界を超えながら自己探求を図る、ありとあらゆる時代のありとあらゆる大航海者のすがたの中に、コロンブスの肖像を再創造しようとする。その意味で、オペラ第一部から登場する異星人《エイリアン》は必ずしも通俗的なギミックではない。それは、大航海時代の西欧が依然として半信半疑だった地球一周を実現し、未知の大陸における未知の原住民、すなわちエイリアンと最初の遭遇を果たしたことの意義を再確認させる。前掲ジョン・マンデヴィルの『旅行記』が、一四世紀当時のキリスト教正統に対抗し、インドを訪れた時に、キリスト教のことなど何も知らない異教徒たちが必死で神に祈っていたという記述を残したのは、神への信仰が遍在する限り、それは地球が全て神の摂理のもとで作られていて、人間は地球上どこにでも旅することができるという証明になるからだ（ミルトン、三三二―三三三）。

　かくしてホワンの歴史改変想像力は、コロンブスの大航海をアインシュタイン以後の宇宙観で見直すことにより、何よりも異民族《エイリアン》との接近遭遇の意義を問い直す。エイリアンは必ずしも時間と空間の限界を突破したところに立ち現れるのではない。それは、いつもすでに人間自身の内部に潜む他者憧憬と他者恐怖のアンビヴァレンスのうちに、あらかじめ構造化されている。エキゾティシズムがレイシズムと表裏一体を成し、最終的に植民地主義を経て地球環境にまで影響を及ぼすゆえんが、ここにある。

ロビンスン『米と塩の歳月』と豊田有恒『モンゴルの残光』

以上の問題系へ二一世紀初頭の段階で最も真摯に取り組んだのが、自然環境へ深い関心を抱くアメリカ作家キム・スタンリー・ロビンスンが二〇〇二年に発表した歴史改変小説『米と塩の歳月』であった。

ロビンスンは一九五二年、イリノイ州で生まれ、南カリフォルニアで育つ。一九八二年、カリフォルニア大学サンディエゴ校博士課程を修了。映画『ブレードランナー』『ペイチェック』の原作者フィリップ・K・ディックを対象にした博士号請求論文を、一九八四年に公刊。指導教授は、マルクス主義系ポストモダニズム理論家フレドリック・ジェイムソンであった。

この同じ一九八四年には、二大長篇『荒れた岸辺』と『アイスヘンジ』を出版して、小説家としてもデビュー。とくに前者はロサンジェルス南の太平洋岸を舞台に、核攻撃後六〇年のうちに孤立させられた近未来アメリカの運命を描いて好評を博し、続編のディストピアSF『ゴールド・コースト』(一九八八年)、さらなる続編のエコトピアSF『太平洋岸』(一九九〇年)と併せ「オレンジ群三部作」を成す。

一九九〇年代には、『レッド・マーズ』(九三年度ネビュラ賞長篇部門賞)『グリーン・マーズ』(九四年度ヒューゴー賞長篇部門賞)『ブルー・マーズ』(九七年度ヒューゴー賞長篇部門賞)と続く通称「火星三部作」が、最新の環境論の見地から惑星地球化計画の実際を導入、SF作家としての地位を確固たるものにした。その副産物として、一九九七年には自然環境保護意識を全面に押し出したエコ・テロリズム小説『南極大陸』を出版。カリフォルニア州立大学デイヴィス校で教鞭を執る彼は、最後のビート族かつ環境論的文学の担い手としても活躍中の詩人ゲイリー・スナイダーとも親交が厚く、そのためか、ロビンスン文学では、SFとネイチャーライティングとがまったく矛盾しない。昨今ではその作品群全体を讃えてロバート・A・ハインライン賞（二〇一六年）やアーサー・C・クラーク賞（二〇一八年）が与えられている。

だが、新世紀が開けて発表された歴史改変小説の傑作『米と塩の歳月』（二〇〇二年）は二〇〇三年度ヒューゴー賞長篇部門最終候補となり、ローカス賞年間最優秀長編小説賞を射止めたにもかかわらず、今ひとつ評価に恵まれているとは言えない。なぜか。

全十部構成、ペーパーバックでも七六〇ページを超える大作は、基本的にイマニュエル・ウォーラースティン流の世界システム批判やサミュエル・ハンチントン流の文明の衝突理論、さらにはヘイドン・ホワイト流の修辞的歴史学を抜本的に発展させる視点より書かれている。そこでは、中世の黒死病に急襲されたあげく、ヨーロッパ人口の三割どころかほぼ全部が失われ、以後二一世紀へ至るまでの世界史七百年間は白人キリスト教系ならぬ中国系とイスラム系の覇権で動き、啓蒙主義とそれに連なる産業革命もインドで勃興し、アメリカ大陸も彼らと北米原住民から成る三大勢力に統治されているという驚くべき設定で、一四世紀半ばから二一世紀後半まで、ゆうに七百年間におよぶ「もうひとつの世界史」が再構築される。前掲ディックは第二次世界大戦後、米ソ冷戦絶頂期において歴史改変小説『高い城の男』をものしたが、それからきっかり四〇年後、米ソ冷戦が解消したのも束の間、九・一一同時多発テロによって超大国の覇権主義が揺らいだ新世紀において構想を新たにしたロビンスンは、尊敬するディックの同書に登場する日本人タゴミとまったく同じ姓の商人を『米と塩の歳月』第七部第三章に出現させ、彼が米の分配に奔走しつつ焦燥に駆られるさまを描くに至る。かくも想像力豊かな傑作にもかかわらず評価がいまひとつなのは、九・一一同時多発テロ以後に試みられた最も本質的にして生々しい歴史的思考実験であったがゆえに、本書をリアルタイムで客観視できる欧米系読者が少なかったせいではあるまいか。

じっさい『米と塩の歳月』は、ディック小説においてはまだ枢軸国のかたちで温存されていたヨーロッパ系の覇権を根こそぎ粉砕し、米ソでもなければ日独でもない、中国とダーラル・イスラームすなわちイスラーム諸国家連合なる非白人系の二大勢力が覇権を握った、まったく新しい近代史を描く。そもそもこの世界では、ヨーロッパ系は一四世紀に壊滅してしまっているから一五世紀にはコロンブスにあたる探検者も登場せず、何と一七世紀半ばの中国系が、日本征服の野望を抱えた船団を旗揚げするも黒潮のせいで漂流したあげくの果てに、まったくの偶然から、今日でいう北米大陸を発見するのだ。陣頭指揮を執るカイムは未知の土地へさまよいこみ、自分たちが原住民のミウォク族に天然痘をもたらしてしまったことを知り、その部族の娘バタフライを連れて南米へ逃亡するも、こんどは別の部族に捕囚され、ほうほうのていで逃げ出す。だが以後、北米西海岸を支配するようになった中国はますます覇権を拡大し、イスラーム系はミシシッピの河口へ上陸。やがては中国の日本支配も成立し、その圧政にあえぐ日本人は民族離散を余儀なくされる。そう、ここでは新大陸発見も植民地化も、ヨーロッパからではなく中国から、すなわち東から西へかけて行われ、その象徴こそが米と塩なのである。

一昔前であれば、こんな発想はそれこそトンデモ本のたぐいとして一笑に付されるだけだったろう。ところが、折しも本書とまったく同年の二〇〇二年には、元英国海軍で艦長まで務めたギャビン・メンジーズが歴史ノンフィクション『一四二一』を上梓している。そこでは永楽帝の全盛期である一四二一年、まだコロンブスすら生まれていなかったころ、皇帝最大の側近でもある宦官の鄭和が中国が世界に誇る巨大なる宝船艦隊の総司令官に収まり、アメリカを発見して足跡を残し、以後の世界地図へ影響を与えた証拠が、歴史学のみならず生物学や言語学の成果をもふまえつつ盛り込まれている。しかも驚くべきことに、旧来一四四〇年あたりの作成とされ、長く眉唾物と片付けられてきた、スカンジナヴィア系ヴァイキングが一〇世紀に発見した北米大陸すなわちヴィンランドの地図もじつは捏造ではなく本物だった、それはまさしく中国によるアメリカ発見の地図から恩恵を受けていたのだ、と著者はきわめて実証的に説く。メンジーズとロビンスンに親交があったのかどうかは定かでないが、片や歴史改変小説、片や歴史ノンフィクションのかたちで酷似した発想によりまったく同年に発表されるに至ったのは、ともにルイーズ・レヴァシーズが一九九四年に出版した『中国が海を支配したとき——鄭和とその時代』に準拠したからである。九・一一同時多発テロ以後の今日、これら中国転じて黄色人種を中核にした世界秩序を謳う言説、いわばパクス・モンゴリカとでも呼べる言説が、アメリカの覇権を脱中心化する歴史的思索のひとつとして説得力を持ち始めたのは疑いない。

ただし、正確を期すならば、アメリカ文学史上初めてイスラームを意識した小説はかれこれ二二〇年も前、独立革命直後に法曹界で頭角を現したロイヤル・タイラーの手により『アルジェリアの捕囚』（一七九七年）として刊行されている。そこでは独立以後に大英帝国の庇護を受けられなくなったアメリカの船舶が地中海に接する北アフリカのバーバリ海岸沿いで海賊に襲われ、イスラーム系黒人国家における白人奴隷として苦難を耐え忍ぶ経緯がスリリングに物語られている。本書は明らかにインディアン捕囚体験記やアフリカ黒人奴隷体験記のフォーミュラを踏襲しているが、肝心なのは、それらのいずれとも異なる宗教論争をくりひろげていることだろう。白人奴隷となった主人公のアップダイク・アンダーヒルが、ひとりの背教者から、もしもキリスト教を棄てイスラム教に改宗したら特典を与えるという誘いを受けるも、仮に肉体が奴隷でも精神の自由を放棄するわけにはいかないと確信し、もとの奴隷状態へ戻ることを選ぶのだ（Tyler 139-43）。遠藤周作の『沈黙』（一九六六年）の宗教論争に一五〇年ほども先駆けて神学的・存在論的苦境が活写されているのである。

さらにいえば、我が国の日本SF第一世代に属する歴史改変小説の先覚者・豊田有恒が、かれこれ半世紀も前に、とうにロビンスンやメンジーズを先取りしていた長編小説『モンゴルの残光』（一九六七年）を放っていたことも忘れるわけにはいかない。そこでは成吉思汗紀元九世紀（キリスト教紀元の二〇世紀）、中国が世界の覇権を取り、巨大な元帝国では白人が黄色人種の奴隷と化すも日々抵抗運動が強まる中、黄色人種の女子大生・遠芳齢《ユアン・ファンリー》の性的慰みものとして搾取されていた主人公の白人青年シグルト・ラルセンがついに彼女を殺害して逃亡し、航時機《タイムマシン》刻駕を駆ってキリスト教紀元の一四世紀へ旅立ち、かつて大蒙古帝国を再統一し、かくも悲惨な白人の運命の起源を作り出した帝王・武宗の暗殺を図ろうとする。シグルトはまず、武宗の側近「星卜刺《シンボラ》」になりすまし、その陣営で武功を挙げ信頼を勝ち得ることでチャンスを狙う。肌の色こそ変えられないが、いわばここで彼は名誉黄色人の地位を獲得していくのだ。とりわけ興味深いのは、この元帝国は九世紀においてとうに恒星間飛行や時間旅行が実現していた超ハイテク国家だったという設定である。この一点においても、一九八〇年代に一斉を風靡したサイバーパンク作家随一のアイデアマンと言われるブルース・スターリングが一九八五年に執筆した短篇「あわれみ深くデジタルなる」において、二一世紀にはイスラム独自のテクノロジーがとうとう西欧のテクノロジーを出し抜き、人工生命に信仰心すら芽生える可能性を描くさまを、大統領と人工生命自身の演説形式で何ともユーモラスに描き出した奇想に、二〇年ほども先駆けている。にもかかわらず、それらがまだ荒唐無稽な絵空事のように受け止められたのは、九・一一同時多発テロ以前の段階において、いまだ非西欧が世界的派遣を握りうる可能性が実感されていなかったためではあるまいか。

ここで再び、ロビンスンが『米と塩の歳月』で達成した稀有壮大な物語学に立ち戻ろう。

本書に最初に登場するのは、疫病の猛威を目撃したモンゴル系の騎手ボールド・バーダシュ(Bold Bardash)であり、彼はトルコ系のイスラーム教徒に捕囚され、中国系の貿易商に奴隷として売られる。そして彼は、まさにその奴隷船の中で黒人少年キュウ(Kyu)と運命的に知り合い、後者が去勢され宦官にされてしまったのを慰め、中国ではともに食堂で働く。しかし、ボールドが中国文化になじんでいくいっぽう、キュウはまさしく身体的な虐待を受けたがゆえにその魔術的なエネルギーを増長させ、それを中国への復讐へ注ぎ込む。

かくして著者は以後、このふたりが死してもなお、その頭文字BとKを共有する人格に彼らが転生しては前世の因縁を継承していくという物語学的仕掛けを施す。穏和なBと激越なKが、全十部を通して、リンボーにも似た「バルドー」での滞在をはさみ、限りなく輪廻転生を繰り返すのだ。とくにわたしが惹かれたのは、第四部「錬金術師」において、いったん右手を切断されるという刑を受けながらもなお、皇帝の命に従い飽くなき知的探求を続け「楽しくも怒る」カリド（Khalid）のすがたで、それはハーマン・メルヴィルが『白鯨』（一八五一年）で描き出した復讐鬼エイハブ船長の人物造型を彷彿とさせる。

しかし、何といっても、本稿の主題との関連で見逃がせないのは、第五部「縦糸と横糸」の中で、インディアン諸部族連合がとある外国人を首長のひとりに据えるかどうかを議論するところだろう。この外国人はフロムウェストといい、どんな拷問にも屈する様子を見せず、「情熱はどんなものであれ激励だ、あなたがたがわしを憎めばそのぶんわたしは元気になるだろう」「祖国では肉を引き裂く拷問器具が無数にあったが、しかしいちばん魂を傷つけるのは、人々の無関心のほうだ」（Robinson 360）と雄弁にまくしたてる。聞けば、彼は何と中国に制圧された日本の北海道から来たサムライの血統を継ぐ男で、ブショー（Busho）というのが本名。彼は北米に着いて、いまでいうサンフランシスコ付近の金山にて少なからぬ日本からの流浪の民を発見したとき、ここを新しい日本にしようと決意する。そして、インディアンの中でもホデノソーニー族こそは、中国の日本侵略を解除させる力があると耳にし、その部族を探してはるばる旅をしてきたのだという。そう、この場面ではまさしく、アメリカン・インディアン諸部族連合の会議の中に最後のサムライとでも呼ぶべき日本人が混ざって助けを求めるばかりか、名誉インディアンとしての待遇を与えられようとしているのである。かつて一七世紀ピューリタン植民地時代において白人によるプロパガンダを代表したインディアン捕囚体験記のフォーミュラが、ここではモンゴロイド帝国の矛盾を突く絶妙な装置として援用され加工されているのが判明しよう。

結論　パクス・モンゴリカの詩学

豊田有恒の『モンゴルの残光』は主人公の白人シグルトが名誉黄色人の地位に昇りつめることで白人文明そのものの限界を内部から批判する方向へ物語が展開するが、他方ロビンスンの『米と塩の歳月』の前掲日本人ブショーは名誉インディアンとなることによって、モンゴロイド文明そのものの本質を内部から突き崩そうとする。こうした脱構築的構図から浮かび上がってくるのは、西欧系白人であれ東洋系黄色人であれ帝国主義というゲームに一度加担した者は、天然痘など疫病をはじめとして、まず間違いなく植民地の自然環境と生態系に危害を加えうる可能性だ。パクス・モンゴリカを想定した歴史改変小説が人新世と交差するのは、まさにその瞬間である。

二〇二〇年代に突入した現在、人類は人工知能の彼方に脱人類的な進化論上の特異点「シンギュラリティ」を夢見るどころではない危機を迎えている。キム・スタンリー・ロビンスン自身が比較的最近、人新世を巡って執筆したエッセイ「知りえない未来」は、その概念自体の危険性を警告してみせた。「言い換えれば、シンギュラリティとは科学を妄信することを示す暗号表現だ。本来なら科学と技術をどのように人類の発展に役立てるかについて判断を続けていかねばならないのに、何でも科学すれば道が開けると考えている状態を指すメタファーなのだ」(Robinson 75)。人類進化のはるか手前の段階においてなおも立ちはだかる「人間」という問題、さらには「民族」という言説を人新世の文脈で再考し文学の危機を切り抜けるには、東西の歴史改変想像力が最も本質的かつ実験的な地平で交錯することが、切実に求められていよう。

そこにこそアジアSFが将来開拓すべき、あまりにも可能性に富んだ沃野が開けている。

※本稿は下記の拙稿と重なるところがあるのをお断りする。「パクス・モンゴリカの人新世——ディック、ウォン、ロビンスンに見る歴史改変の想像力——」(『思想』第一一四七号［二〇一九年一一月］一六五—七六頁)。

【引用・参考文献】

Arrival. Directed by Denis Villeneuve, Based upon "Story of Your Life" by Ted Chiang, performance by Amy Adams. Widescreen ed., Paramount Home Video, 2017.

Chiang, Ted. *Stories of Your Life and Others*. TOR, 2002.（テッド・チャン『あなたの人生の物語』公手成幸ほか訳、早川書房、二〇〇三年）

Dick, Philip K. *The Man in the High Castle*. 1962. Berkley, 1974.（浅倉久志訳『高い城の男』早川書房、一九八四年）

Greenblatt, Stephen. *Marvelous Possessions: The Wonder of the New World*. U of Chicago P, 1992.（スティーブン・グリーンブラッド『驚異と占有――新世界の驚き』荒木正純訳、みすず書房、一九九四年）

Hwang, David Henry. *The Voyage*. 1992. *Trying to Find Chinatown: The Selected Plays*. Theatre Communication Group, 2000. 215-43.

Levathes, Louise. *When China Ruled the Seas: The Treasure Fleet of the Dragon Throne 1405-1433*. Simon & Schuster, 1994.（君野隆久訳『中国が海を支配したとき――鄭和とその時代』新書館、一九九六年）

Liu, Cixin. *The Three-Body Problem*. Tr. Ken Liu. Head of Zeus, 2008; 2014; 2016.（劉慈欣『三体』立原透耶監訳、早川書房、二〇一九年）

Liu, Ken. *The Paper Menagerie and Other Stories*. Head of Zeus, 2016.（ケン・リュウ『紙の動物園』古沢嘉通訳、早川書房、二〇一五年）

Menzies, Gavin. *1421: The Year China Discovered America*. William and Morrow, 2002.（ギャビン・メンジーズ『１４２１――中国が新大陸を発見した年』松本剛史訳、ソニー・マガジンズ、二〇〇三年）

Milton, Giles. *The Riddle and the Knight*. Alison and Busby, 1996.（ジャイルズ・ミルトン『コロンブスをペテンにかけた男――騎士ジョン・マンデヴィルの謎』原著一九九六年、岸本完司訳、中央公論新社、二〇〇〇年）。

Robinson, Kim Stanley. *The Years of Rice and Salt*. 2002. Bantam, 2003.

Said, Edward. *Orientalism*. Pantheon, 1978.（エドワード・サイード『オリエンタリズム』今沢紀子他訳、平凡社、一九九三年）

Sterling, Bruce. "The Compassionate, the Digital." 1986. *Globalhead*, Spectra, 1994.（ブルース・スターリング『グローバルヘッド』嶋田洋一訳、ジャストシステム、一九九七年）

Suter, Rebecca. *Holy Ghosts: The Christian Century in Modern Japanese Fiction*. U of Hawai'i P,2015.

Tieryas, Peter. *United States of Japan.* Angry Robot, 2016.（ピーター・トライアス『ユナイテッド・ステイツ・オブ・ジャパン』中原尚哉訳、早川書房、二〇一六年）

---. *Mecha Samurai Empire.* Ace, 2018.（ピーター・トライアス『メカ・サムライ・エンパイア』中原尚哉訳、早川書房、二〇一八年）

Tyler, Royal. *The Algerine Captive.* 1797. Ed. Don Cook. College & University Press, 1970.

巽孝之『アメリカン・ソドム』研究社、二〇〇一年。

豊田有恒『モンゴルの残光』原著一九六七年、角川春樹事務所、一九九九年。

キム・スタンリー・ロビンスン「知りえない未来」『日経サイエンス』二〇一七年一月号、七一―七五頁。

第8章　アジア系グラフィック・ノベルの現在

中地 幸

現代アメリカのグラフィック・ノベル

「グラフィック・ノベル」とは、絵と文字が合体した物語形式の芸術であり、日本では「漫画」のジャンルに入る（ちなみにフランスでは「バンド・デシネ（BD《ベデ》）」と呼ばれる）。カルチュラル・スタディーズの興隆により、大衆文化研究がより盛んになり、その流れの中でコミック・スタディーズも一九九〇年代ぐらいから学問領域の中に入ってきた。アメリカ文学という領域にグラフィック・ノベルが位置づけられるようになった最も大きなきっかけを作った作品は、アート・スピーゲルマンの『マウス』であるといえるだろう。ナチスによるユダヤ人大量虐殺の歴史を経験した父の姿を息子の視点からネズミの絵を使って描いた『マウス』は一九九二年にグラフィック・ノベルとして初めてピューリッツァー賞を受賞した。

アメリカのグラフィック・ノベルは『マウス』以外にも、自伝文学の伝統を強く汲むものが多い(1)。このジャンルは、「自伝」、「伝記」、「成長物語」、「回想録」などに分けられたり(2)、トラウマ文学研究の中で「証言」あるいは「ドキュメンタリー」として考察されたりする。作品として有名なものではアメリカン・ブック・アワードや英国のガーディアン賞など多くの賞を獲得したクリス・ウェアの『世界一賢い子供、ジミー・コリガン』（二〇〇〇年）、レズビアン漫画家アリソン・ベクダルによるレズビアンの娘とゲイの父親の関係を描いた『ファン・ホーム――ある家族の悲喜劇』（二〇〇六年）、叙事詩のような大作『ハビビ』（二〇一一年）で一躍有名になったクレイグ・トンプソンのキリスト教原理主義者の両親のもとに育った子供時代から青春時代をたどった『ブランケット』（二〇〇三年）などが評価の高い作品としてあげられる。コールデコット賞絵本画家デイヴィッド・スモールによる、親から虐待を受けた子供時代を描いた『スティッチ――あるアーティストの傷の記憶』（二〇〇九年）も『ニューヨーク・タイムズ』のベストセラー・リストに選ばれ、この作品でスモールは全米図書賞（若者文学部門）最終候補として残った。最近では、フィギュア・スケートに明け暮れた子供時代を描いたティリー・ウォールデンの『スピン』（二〇一七年）も日本に紹介されている。「コミック・ジャーナリズム」の分野も盛況で、パイオニアとしてはジョー・サッコの『安全地帯ゴラズデ』（二〇〇〇年）や『パレスチナ』（二〇〇一年）といった紛争地帯の状況を描いた作品がある。またジョン・ハンキーウィックスの『教育』（二〇一七年）は「コミック・アズ・ポエトリー」（Clough）とも呼ばれる新しい表現を開拓している。これらはほんの一例で、多くの名作が生み出されている。

アジア系グラフィック・ノベルの台頭

近年拡大を続けるこのジャンルで特筆すべきことは、アジア系作家たちの台頭が目覚ましいことである。そもそも日系アメリカ人たちは、早くからグラフィック・ノベルというジャンルに関与していた。鳥取出身の画家ヘンリー木山義喬による『漫画四人書生』（一九三一年）は二〇世紀初頭のアメリカにおける日系人の生活を描いた最も初期のアジア系コミックとして歴史的価値が高い。また第二次世界大戦中アメリカに亡命した画家の八島太郎の『あたらしい太陽』（一九四三年）は戦時中の日本で投獄された経験を描いたグラフィック・メモワールである。[3] さらに日系アメリカ人女性画家ミネ・オオクボの『市民一三六六〇号』（一九四六年）はトパーズ強制収容所での体験を描いた優れた作品であり、『マウス』に先立つ強制収容所グラフィック・ノベルといえる。

このような戦争の時代を経て、最近は、一九七〇年代以降に生まれ幼少時からコミックやTVアニメなどに親しんだ世代の漫画家たちが続々と活躍するようになっている。一九七三年生まれの中国系アメリカ人ジーン・ルエン・ヤンによる『アメリカン・ボーン・チャイニーズ——アメリカ生まれの中国人』（二〇〇六年）は全米図書賞（若者文学部門）の最終候補作となった。また一九七四年生まれのコリア系アメリカ人デレック・キルク・キムは『同じ違い、その他』（二〇〇六年）などでゼリック賞など多数の賞を受賞している。同じく一九七四年生まれの日系四世のエイドリアン・トミネの作品は一九九九年より『ニューヨーカー』で定期的に発表されており、『ショートカミングズ』(二〇〇七年)や『殺すことと死ぬこと』(二〇一五年)により高評価を得ている。一九七六年生まれの日系アメリカ人ジェイソン・シガは、日系アメリカ人オタクをユーモラスに描いた『ブックハンター』(二〇〇七年)などで、イグナッツ賞をはじめとする多くの賞を受賞している。そのほか、一八歳の内気な少女の旅を描く『海で迷子になって』(二〇〇五年)の作者でコリア系カナダ人のブライアン・リー・オモーリー、『スキム』(二〇〇八年)など数々の少女ものを発表する日系カナダ人作家マリコ・タマキなど、カナダのアジア系グラフィック・ノベルも好調である。また、最近は国際的視点のものも多く、日本人を母に持つが日本語が話せない日系アメリカ人マリナオミの『ターニング・ジャパニーズ』(二〇一六年)や韓国からアメリカに渡った自らの少女時代を描いたロビン・ハの『ほぼアメリカン・ガール』(二〇二〇年)がある。

東南アジア系作家と歴史に取り組むアジア系作家たち

東南アジア系の作家たちの活躍も見逃せない。アイルランド系アメリカ人の父とフィリピン系の母の間に一九五六年に生まれたリンダ・バリーは一九八〇年代からポップアートとコミックを合体させた作品を発表し続けているが、二〇〇二年に『ワンハンドレッド・デーモンズ』という自伝的なグラフィック・ノベルを出版した。マレーシア出身で一九五一年生まれのラットは『カンプーン・ボーイ』(二〇〇六年)で、マレーシアのペナ州での子供時代を描いている。また『ヴェトナメリカ』(二〇一一年)のGB・トラン[4]やティー・ブイの『私たちにできたこと——難民になったベトナムの少女とその家族の物語』(二〇一八年)は、ヴェトナム戦争と難民体験を一・五世代の視点から再構築している。マラカ・ガリブはエジプト人の父とフィリピン人の母との間にアメリカで生まれ、両親の「アメリカン・ドリーム」を実現すべき存在として育てられた子供時代を『親のアメリカン・ドリームを背負った私』(二〇一九年)とという自伝的作品に描いている。

第二次世界大戦中の日系アメリカ人強制収容所についての文学は現在も日系アメリカ文学における大きな主題だが、『スタートレック』のヒカル・スールー役を務め、最近ではゲイとしてカミングアウトしたことでも有名な日系二世のジョージ・タケイは二〇一九年に『彼らは私たちを敵と呼んだ』をグラフィック・ノベルの形式で共著で発表した。日韓関係にいまだ燻り続ける慰安婦問題は、コリア系アメリカ人作家のノラ・オクジャ・ケラーやチャンネ・リーの小説によって深められてきているが、パリで活動する韓国人漫画家キム・ジェンドリ・グムスクの『草』の英訳が二〇一九年にアメリカで出版されたことも注目すべきだろう。日本語訳も二〇二〇年二月に出版されたばかりである。一九二〇年代から三〇年代の中国で「漫画」という語を広めた豊子愷の絵を彷彿させる墨を使ったアジア的なグラフィックも特徴的で[5]、元慰安婦のトラウマ的体験を真摯に描いた傑作といえる。

絵本とのボーダー

従来サブカルチャーとは一線を画してきた「児童文学」や「絵本」とグラフィック・ノベルの境界線が完全に揺らいできていることも、現代グラフィック・ノベルの特徴といえる。この意味では、一九七四年生まれのオーストラリア人作家ショーン・タンは注目に値する。中国系マレー人を父に、アイルランド移民を母に持つマルチ・エスニックな出自のタンが描く絵本は、異文化邂逅をテーマとしている。タンの作品は、オーストラリア児童図書賞やアストリッド・リンドグレーン記念文学賞などを受賞しているが、二〇二〇年にはアジア系として初めてケイト・グリーナウェイ賞を受賞した。彼の『ロスト・シング』はアニメとして制作され、アカデミー賞短編アニメーション賞を受賞している。タンの作品では、油彩の静謐な画とコラージュによるコミック的なコマ割りが合致して、新しい絵本の形体が作り上げられている。

タンとは手法も認知度も異なるが、一九六〇年台湾生まれの中国系アメリカ人作家ベル・ヤンも長く児童書（絵本）を手掛けてきた作家である。ヤンの『悲しみを忘れて』（二〇一〇年）は版画をグラフィックとして使ったもので、やはり「絵本」との境界線に位置する作品といえるだろう。ティー・ブイもヴェトナム系アメリカ人詩人バオ・フィーの作品『違う沼』を絵本として完成させ、二〇一八年にアメリカでその年の最も優れた絵本に贈られるコールデコット賞の次席となった。ちなみに、アジア系グラフィック・ノベルの祖というべき八島太郎は一九六七年にアジア系の絵本作家として初めてコールデコット賞次席となっていた。

ジーン・ルエン・ヤン『アメリカン・ボーン・チャイニーズ——アメリカ生まれの中国人』（二〇〇六年）

ここより、作品を具体的に見ていきたい。まずは現在アジア系アメリカ人グラフィック・コミックの金字塔ともいえる『アメリカン・ボーン・チャイニーズ』であるが、神話・現実・夢の三層からなる物語が入れ子式となり、中国系アメリカ人に対する歴史的な差別問題やアジア系男性のマスキュリニティの問題に取り組んだ新しいタイプのグラフィック・ノベルとなっている。作者ジーン・ルエン・ヤンは台湾出身の父と香港出身の母を持つ中国系アメリカ人二世である。ヤンはカリフォルニア大学バークレー校でコンピューターサイエンスと創作を勉強し、大学卒業後は技師となったが、高校教師に転職し、二〇一二年よりミネソタにあるハムリン大学で児童文学の創作を教えている。

作品の神話部分は、天上界の孫悟空の物語である。マキシン・ホン・キングストンの『チャイナタウンの女武者』の手法を連想させるものだが、この部分は孫悟空が天上界で猿だと馬鹿にされ怒って暴れる場面から始まる。これは、アメリカにおける「人種形成」とアジア人差別の問題を意識して挿入されたシーンであると分析されている（Song 85）。作品の現実部分の物語はサンフランシスコのチャイナタウンに育つ中国系アメリカ人のジン・ワンのアメリカでの学校生活を描いている。主人公ジンは一〇歳のときにメイフラワー小学校に転校した。同じ小学校にはスージー・ナカヤマという日系人少女がおり、また数か月後には台湾からウェイチェン・サンという少年が転入してくるが、ジンは最初はアジア系のスージーともＦＯＢ（新しい移民）のウェイチェンとも仲間になりたくないと思っている。ジンの望みはアメリカの白人社会に溶け込むことであり、白人少年のようになることである。ジンは白人少女のアメリアをデートに誘いだすことに成功するが、アメリアの友人の白人少年に「彼女は付き合うひとを選ばなくちゃいけない」、「君は彼女にふさわしいとは思えない」（179-180）などと言われると、返す言葉もなく、引きさがってしまう。ジンは自分を白人少年と対等な男として位置づけることができない。彼のジレンマは白人に変身しなければ解決しないのである。

このジンの夢を体現したのが、白人少年ダニーと彼の中国人のいとこの弁髪で出っ歯でチャイナ服のチンキーの物語である。ダニーはジン・ワンの「もし自分が白人だったら」というあこがれを具現したアメリカ人像である。しかし全ての望みがかなわない夢のように、ダニーはチンキーに悩まされ続ける。チンキーは、大陸横断鉄道建設のために流入した中国人労働者をステレオタイプ化して描いた一九世紀の人種差別主義者の中国人イメージを利用して作り上げられた人物である。チンキーはさらに「モデルマイノリティ」というアジア系のもう一つのステレオタイプをも具現しており、コミカルな外見を持つにもかかわらず非常に賢い（Davis 280）。ダニーが高校に連れて行くと、どの科目でもみんなが答えられないような先生の質問に全て答えてしまう。またチンキーはいけ好かない白人少年のコーラを尿にすり替えておくなど、嫌がらせには必ず復讐を遂げるという、差別に決して屈しない強いキャラクターである。『アメリカン・ボーン・チャイニーズ』の面白さは、弁髪の醜い中国人という白人のステレオタイプの中国人像を使いながら、それを撹乱的トリックスターとして変容させていく点にあるといえるだろう。

物語はアメリカ社会の中でつねにマイペースにふるまうチンキーに我慢ならなくなったダニーが彼を殴ることにより急速に結論部へと収斂していく。チンキーは得意なアジア系武術でダニーに大反撃するが、最後にダニーが力を振り絞って殴り返すと、チンキーの頭がとれ、そこからは中国文化の祖である孫悟空の頭が生えてくる。孫悟空は「これが私の本当の姿だ。お前も本当の姿に戻る時だ」と言って金髪のダニーを黒髪のジンへと戻す。エスニック・アイデンティティ回復の瞬間は、文字通り「漫画のような」展開である。孫悟空はジンが仲たがいしてしまったウェイチェンは猿大王が人間世界に送った自分の息子猿が変身しているのだということを話す。物語の最後では、ジンがウェイチェンと仲直りをし、ジンのアジア系アメリカ人としての自己再定義がなされる。この作品は中国系アメリカ人が持つ中国文化へのアンビバレンス、また差別の歴史の重みとアメリカにおけるアジア系男性の男性性形成の問題を探求したグラフィック・コミックとなっている。

マリコ・タマキ『スキム』(二〇〇八年)

強制収容所時代の日系人の苦難を描いた日系二世のアメリカ人女性作家ヒサエ・ヤマモトの『十七文字』、モニカ・ソネの『二世娘』、ジーン・ワカツキ・ヒューストンの『マンザナールよさらば』、日系カナダ人作家ジョイ・コガワの『オバサン』に共通するものがあるとすれば、それはその作品の中で機能する「沈黙」であろう。アジア系アメリカ文学研究者キンコック・チャンは「沈黙」に焦点をあて、ヒサエ・ヤマモト、マキシン・ホン・キングストン、ジョイ・コガワを読み解くが、チャンは「沈黙」はアジア文化ではポジティヴな意味を持つものであるとした上で、「沈黙」による表現や技法に注目していく。(6) マリコ・タマキの作品は、こういったアジア系女性作家たちの伝統の中に位置づけられるであろう。

タマキはユダヤ系カナダ人の父と日系カナダ人の母の間にトロントで生まれ、マックギル大学を卒業している。(7)『スキム』(二〇〇八年)はイグナッツ賞などを受賞した作品で、アジア的雰囲気のあるグラフィックを担当したのは、いとこのジュリアン・タマキである。ジュリアンとは『ある夏』(二〇一四年)でも共作しており、こちらはマイケル・

プリンツ賞とコールデコット賞次席を受賞した。また『ローラ・ディーンに振られっぱなし』（二〇一九年）ではグラフィックはローズマリー・ヴァレロ・オコーネルが担当した。この作品はイグナッツ賞他ハーヴェイ賞の児童文学賞を受賞している。

『スキム』は、ゴス（ゴシック）趣味の女子高生スキムのリサとの友情、アーチャー先生へのレズビアン的恋心、両親とのぎくしゃくした関係のほか、スキムの高校生活での事件などの日常的なエピソードを軸に淡々と進む。低脂肪を意味するスキムと呼ばれる主人公は、太めでルックスに自信がない引きこもり傾向のある少女である。「ディア・ダイアリー」と日記に話しかけるジーン・ウエブスターの『足ながおじさん』のような少女小説的手法で語りが展開されているが、作品を支配するのは、つねに気の晴れない鬱々としたスキムのムードである。スキムは子供のころから思ったことをはっきりと口にできない。セクシュアル・マイノリティとしての社会への違和感、またアジア系の母を持つ人種的・民族的マイノリティ意識がスキムの「沈黙」に影を落としていると考えられるが、その理由は作品においてはっきりと説明されない。

スキムの子供時代のエピソードとして一つ重要なものに、同級生のジュリー・ピーターズの誕生会がある。それは仮装パーティで、スキムは『オズの魔法使い』に出てくる臆病なライオンの仮装をして、家を訪れる。訪れてみると、他の女の子たちは皆、バレリーナかフィギュア・スケーターのような服装をしており。バレリーナでもスケーターでもない服装の女の子は白人家庭に引き取られたヴェトナム戦争孤児のヒエン・ウォシャウスキーという女の子だけで、アジア系の二人は、パーティではずっと他のカナダ人の女の子たちの輪に入れず、孤立する。スキムは白人少女たちのアジア系への態度に痛く傷ついているはずなのだが、決してその思いを口にしない。彼女はカナダ社会の建前と本音を理解しているのである。自分がパーティに招かれたのは、アジア人を排除しているように思われてはならないと考えたジュリーの母親の配慮であること、しかしジュリーたちはアジア人と一緒の空間にいたくなかったことにスキムは気が付いている。しかしその思いは声に出されることはない。『スキム』は主人公のレズビアン・カミングアウトの物語でもあるが、ＬＧＢＴＱのテーマは白人トランスジェンダーに翻弄されるアジア系アメリカ人少女を描いた『ローラ・ディーンに振られっぱなし』にも引き継がれ、ここでも性とエスニシティのダブル・マイノリティであるアジア系少女の繊細な心理描写が際立っている。

ティー・ブイ『私たちにできたこと――難民になったベトナムの少女とその家族の物語』（二〇一八年）

一・五世代ヴェトナム系アメリカ人のティー・ブイによる自伝的作品であり、ＧＢ・トランやヴィエト・タン・ウェンといったヴェトナム系アメリカ人作家たちに続くメモワールである。この作品で顕著なのは、「異性愛的父権主義の同化のダイナミズムおよびディアスポラ主体のジェンダー化、忘却の文化ポリティックスへの抵抗」（McWilliams 316）であると言われるとおり、作品は女性視点から、サイゴン陥落と難民経験と移民経験のトラウマを描いており、いわば『ミス・サイゴン』のような西洋視点のヴェトナム戦争ナラティヴに対抗したものである。作品が主人公の生々しい分娩のシーンから始まる点はとりわけ重要であろう。主人公ティーは鎮痛剤を使わない自然分娩を試みるが、子供が出てこないために硬膜外麻酔および会陰切開もしなくてはならない。分娩ではきわめてノーマルな対処と思われるが、これをティーは「敗北」と思う。なぜこれが「敗北」なのか。こうして物語は「出産」を軸に、ティーの兄弟姉妹の誕生を遡っていく。

ティーの弟のタムは、家族が一九七八年、アメリカにわたる直前にマレーシアの難民キャンプで生まれた。ティー自身は一九七五年サイゴン陥落の年にサイゴンで生まれており、またティーを産む前年に母は死産を経験し、その悲しみを引きずっていた。姉のビチは戦争の激しい時代であった一九六八年にサイゴンで生まれており、一九六六年にメコンデルタで姉のランは生まれている。母は最初の子供を乳児期に病気で失っていた。子供の誕生とは生と死の物語であり、戦争と同様にサバイバルの物語なのである。

この後、話は二〇一五年に戻り、不仲の両親と親との確執を抱える娘の意識を描いていく。ティーの意識はカリフォルニアのサンディエゴでの子供時代の思い出へとめぐるが、母親が仕事に出ている間、仕事のない父親と狭いアパートで過ごす幼少期の思い出は陰鬱なものである。こうして作者は、移民物語が、戦後アメリカの支援と自由の物語に回収されるのに抗う。作品は父ナムの家族史、母ハンの家族史などの過去と現在を何回も行き来しながら、サイゴン陥落からヴェトナム脱出をハイライトとして描いていくが、困難な時代の中、子供を産み育てた母を作者は讃えるわけではない。母の愛は時に束縛であり、支配であり、負の心理の継承でもある。ティーは母を乗り越えようとするが、母が経験した自然分娩に失敗する。その意味では母の影はまだティーに覆いかぶさる。ヴェトナム戦争の歴史はティーに重く覆いかぶさる。

本作は二〇一七年に全米批評家協会賞の最終候補作に残ったほか、二〇一八年にはアメリカン・ブック・アワードを受賞した。なお、フランスでは、一九七〇年代のクメール・ルージュ統治下のカンボジアでの母の苦難の物語を描いたドゥニ・ドー監督によるアニメーション『フナン』が二〇一八年にアヌシー国際アニメーション映画祭でグランプリに輝いている。これまで十分に語られてこなかった東南アジアの壮絶な歴史がグラフィック・ノベルやアニメーションで表現され、高く評価されるようになっていることはこの数年の世界的動向として、注目すべきことといえるだろう。

グラフィック・ノベルの位置づけと今後の展開

以上、本稿は現代アジア系アメリカ人グラフィック・ノベルを中心に紹介をしてきた。

すでに述べた通り、欧米のグラフィック・ノベルの最近の大きなトレンドは、それが「児童文学」としての地位を獲得し始めていることである。長い間白人作家が主流をなしてきた「児童文学」や「ヤングアダルト文学」の分野は、現在、人種的マイノリティの巻き返しが顕著であり、読書を通しての人権教育や歴史教育がこれまでにも増して強調されている。二〇二〇年一月には児童文学の賞であるニューベリー賞をアフリカ系アメリカ人のジェリー・クラフトによるグラフィック・ノベル『ニューキッド』が受賞し、グラフィック・ノベルと児童文学の境界はさらに大きく崩れた。

また北米のアジア系のグラフィック・ノベルに話を戻せば、本論で見てきたように、その大きなカテゴリーは、二〇世紀のアジアの歴史に挑むものと現代社会のアジア人差別問題や白人社会での人種的コンプレックスを取り扱うものに大別されるといえるだろう。アジア系ディアスポラの帰結として、今、多くのアジア系作家たちが親世代の苦難を、またルーツから引き離された自分たちの生を描き出そうとしている。彼らの「アジア系」というエスニシティ意識の強さは、アメリカの他のグラフィック・ノベルと比較しても極めて顕著であり、グラフィックに関しても、墨と筆を使った中国の文人画的な伝統を感じさせるものが多々ある。そもそも西洋画と東洋画を分けるものは描くために使用する絵具や筆といった画材の違いであるが、西洋から発信されるアジア系グラフィック・ノベルは、意識的に、東洋的絵画手法の伝統の中に自らを置こうとするものが多いといえるかもしれない。

このように、欧米のグラフィック・ノベルには、人種や民族意識に支えられ自伝的素材から歴史に挑むものが多く出てきており、日本の漫画界とは展開が異なっているように見受けられる。現代の日本では文化庁が推進する日本博に見られるように、政府機関の主導で漫画、アニメ、コミックが日本文化発信ソフトとして使われ、欧米とは別の意味でのポリティックスがこのメディアを取り巻いている状況にあるが、今後漫画を社会がどのように位置づけていくべきか、草の根運動的なアジア系グラフィック・ノベルのありかたを考えることは、漫画大国であることを誇る日本人にとっても学ぶところが大きいといえよう。

【註】

（1）Michael A. Chaney による *Graphic Subjects: Critical Essays on Autobiography and Graphic Novels* はその伝統と発展を読み解くのに役立つ。

（2）Frederic Luis Aldama, "Multicultural Comics Today: A Brief Introduction." *Multicultural Comics: From Zap to Blue Beetle*. Ed. Frederic Luis Aldama. U of Texas Press, 2010, pp. 1-25.

（3）八島太郎については拙稿「八島太郎のトラウマ・ナラティヴ――『あたらしい太陽』と『水平線はまねく』」（『憑依する過去――アジア系アメリカ文学におけるトラウマ・記憶・再生』収録）を参照のこと。

（4）ＧＢ・トランの『ヴェトナメリカ』については麻生享志『「リトルサイゴン」――ベトナム系アメリカ文化の現在』（彩流社、二〇二〇年）の第五章を参照のこと。

（5）豊子愷については大野公賀「民国期における「子愷漫画」の流行――新興都市大衆と豊子愷」『東京大学中国語中国文学研究紀要』八（二〇〇五年）、五六―七四頁を参照。アジア圏における日本の漫画受容と影響については、さらなる調査が必要である。

（6）King-Kok Cheung, *Articulate Silences: Hisaye Yamamoto, Maxine Hong Kingston, Joy Kogawa*. Cornell UP, 1993 を参照のこと。

（7）タマキは自分の祖父母は福岡県と和歌山県からバンクーバーに移住した移民であると語っている。「あとがき――「ＧＩＲＬ」日本版によせて」『ＧＩＲＬ』（サンクチュアリ出版、二〇〇九年）。

【引用・参考文献】

Aldama, Frederic Luis. "Multicultural Comics Today: A Brief Introduction." *Multicultural Comics: From Zap to Blue Beetle*. Ed. Frederic Luis Aldama.U of Texas P, 2010. pp.1-25.

Barry, Lynda. *One Hundred Demons*. Sasquatch Book, 2002.

Bechdel, Alison. *Fun Home: A Family Tragicomic*. Jonathan Cape, 2006.（アリソン・ベクダル『ファン・ホーム——ある家族の悲喜劇』椎名ゆかり訳、小学館集英社プロダクション、二〇一一年）

Bui, Thi. *The Best We Could Do*. Abram Comicarts, 2018.（ティー・ブイ『私たちにできたこと——難民になったベトナムの少女とその家族の物語』椎名ゆかり訳、フィルムアート社、二〇二〇年）

---, and Bao Phi. *A Different Pond*. Raintree, 2020.

Chaney, Michael A, ed. *Graphic Subjects: Critical Essays on Autobiography and Graphic Novels*. U of Wisconsin P, 2011.

Cheung, King-Kok. *Articulate Silences: Hisaye Yamamoto, Maxine Hong Kingston, Joy Kogawa*. Cornell UP, 1993.

Clough, Bob. "The Treachery of Images: John Hankiewicz's *Education*." *Solrad*. March 6, 2020. www.solrad.co/treachery-of-images-hankiewicz-education-rob-clough/. Accessed 29. Sept. 2020.

Craft, Jerry. *New Kid*. Quill Tree Books, 2019.

Davis, Rocio. "*American Born Chinese:* Challenging the Stereotype." *Graphic Subjects: Critical Essays on Autobiography and Graphic Novels.* U of Wisconsin P, 2011, pp. 276-282.

Gharib, Malaka. *I Was Their American Dream: A Graphic Novel.* Clarkson Potter, 2019.

Ha, Robin. *Almost American Girl*. Harper Collins, 2020.

Hankiewicz, John. *Education.* Fantagraphics, 2017.

Keller, Nora Okja. *Comfort Woman*. Penguin, 1998.

Kim, Derek Kirk. *Same Difference*. First Second, 2011.

Kim, Keum Suk Gendry. *Grass*. Trans. Jane Hong. Dawn & Quarterly, 2019.（キム・ジェンドリ・グムスク『草——日本軍「慰安婦」のリビング・ヒストリー』都築寿美枝・李昤京訳、ころから書房、二〇二〇年）

Kingston, Maxine Hong. *The Woman Warrior*. 1975. Vintage International, 1989.

Kiyama, Henry Yoshitaka. *The Four Immigrants Manga: A Japanese Experience in San Francisco, 1904-1924*. Trans. Frederick L. Schodt. Stone Bridge Press, 2017.（ヘンリー木山義喬『漫画四人書生』新風書房、二〇〇〇年）

Kogawa, Joy. *Obasan*. Anchor, 1994.（ジョイ・コガワ『失われた祖国』長岡沙里訳、中公文庫、一九九八年）

Lat. *Kampung Boy*. First Second, 2006.

Lee, Chang-rae. *A Gesture Life*. Granta, 2000.（チャンネ・リー『最後の場所で』高橋茅香子訳、新潮社、二〇〇二年）

Lin, Grace. *A Big Mooncake for Little Star*. Little Brown, 2018.

MariNaomi. *Turning Japanese: A Graphic Memoir*. 2D Cloud, 2016.

McWilliams, Sally. "Precarious Memories and Affective Relationships in Thi Bui's *The Best We Could Do*." *The Journal of Asian American Studies* vol. 22. 2019, pp. 315-348.

Okubo, Mine. *Citizen 13660*. 1946. Reprint. U of Washington P, 1983.

O'Malley, Bryan Lee. *Lost at Sea*. Oni Press, 2005.

Sacco, Joe. *Palestine*. Fantagraphic Books, 2001.（ジョー・サッコ『パレスチナ』小野耕世訳、いそっぷ社、二〇〇七年）

---. *Safe Area Gorazde: The War in Eastern Bosnia 1992-1995*. Fantagraphic Books, 2000.

Siga, Jason. *Book Hunter*. Sparkplug Comics, 2007.

Song, Min Hyoung. "How Good It is to Be a Monkey': Comics, Racial Formation, and *American Born Chinese*." *Mosaic* vol.43, no.1. 2010, pp. 73-92.

Spiegelman, Art. *Complete Maus*. Penguin, 2003.（アート・スピーゲルマン『マウス――アウシュヴィッツを生きのびた父親の物語』小野耕世訳　パンローリング社、二〇二〇年）。

Small, David. *Stiches: A Memoir.* Norton, 2009.（『スティッチ――あるアーティストの傷の記憶』藤谷文子訳、青土社、二〇一三年）

Takei, George, and Justin Eisiner, Steven Scott. *They Called Us Enemy*. Art by Harmony Becker. Top Shelf Production, 2019.

Tamaki, Mariko, and Jullian Tamaki. *This One Summer*. First Second, 2014.

---. *Skim*. Groundwood Books, 2008.（ジュリアン・タマキ、マリコ・タマキ、谷下孝訳『ＧＩＲＬ』　サンクチュアリ出版、二〇〇九年）

Tamaki, Mariko, and Rosemary Valero-O'Connell. *Laura Dean Keeps Breaking Up With Me*. First Second, 2019.

Tan, Shaun. *The Lost Thing*. Lothian Children's Books, 2010.（ショーン・タン『ロスト・シング』岸本佐知子訳、河出書房新社、

二〇一二年）
Thompson, Craig. *Blankets*. Top Shelf Production, 2003.
---. *Habibi*. Pantheon, 2011.（クレイグ・トンプソン　小野耕世訳『Habibi 日本語版Ⅰ』ティーオーエンターテイメント、二〇一二年）
Tomine, Adrian. *Killing and Dying*. Faber and Farber, 2015.
---. *Shortcomings*. Drawn & Quarterly, 2007.
Tran, GB. *Vietnamerica: A Family Journey*. Villard, 2011.
Walden, Tillie. *Spinning*. First Second, 2017.（ティリー・ウォールデン『スピン』有澤真庭訳、河出書房新社、二〇一八年）
Ware, Chris. *Jimmy Corrigan: The Smartest Kid on the Earth*, 2000. Jonathan Cape, 2003.
Yamamoto, Hisaye. *Seventeen Syllables and Other Stories*. Rutgers UP, 2001.（ヒサエ・ヤマモト『ヒサエ・ヤマモト作品集――「十七文字」ほか十八編』山本岩夫・桧原美恵訳、南雲堂フェニックス、二〇〇八年）
Yang, Belle. *Forget the Sorrow: An Ancestral Tale*. Norton, 2010.
Yang, Gene Luen. *American Born Chinese*. 2006. Squire Fish, 2008.（ジーン・ルエン・ヤン『アメリカン・ボーン・チャイニーズ――アメリカ生まれの中国人』椎名ゆかり訳、花伝社、二〇二〇年）
Yashima, Taro. *Horizon is Calling*. Henry and Holt, 1947.（八島太郎『水平線はまねく』晶文社、一九七九年）
---. *The New Sun*. Henry and Holt, 1943.（八島太郎『あたらしい太陽』晶文社、一九七八年）
麻生享志『「リトルサイゴン」――ベトナム系アメリカ文化の現在』彩流社、二〇二〇年。
足立元『裏切られた美術――表現者たちの転向と挫折』ブリュッケ、二〇一九年。
大野公賀「民国期における「子愷漫画」の流行――新興都市大衆と豊子愷」『東京大学中国語中国文学研究紀要』八号、二〇〇五年、五六―七四頁。
中地幸「八島太郎のトラウマ・ナラティブ――『新しい太陽』と『水平線はまねく』」『憑依する過去――アジア系アメリカ文学におけるトラウマ・記憶・再生』小林富久子監修、金星堂、二〇一四年、二八二―三〇〇頁。
『「バンド・デシネ」のすべて』美術手帖、二〇一六年八月号増刊。

第9章　二一世紀のアジア系セクシュアル・マイノリティ文学
――交差する人々の物語

渡邊　真理香

インターセクショナルな領域

アメリカでは性をめぐる少数派の社会運動は一進一退を重ねながら発展してきた。レズビアン（L）、ゲイ（G）、バイセクシュアル（B）、トランスジェンダー（T）、トランスセクシュアル（T）、クィア（Q）、クエスチョニング（Q）、インターセックス（I）などのセクシュアル・マイノリティを指す総称として「LGBT」または「LGBTQ」、「LGBTQI」という言葉を用いることもすでに定着している。エイミー・スエヨシは、アメリカにおけるアジア系LGBTQの歩みを一九世紀の移民初期から現代に至るまで広範的且つ詳細に紹介し、「主流のLGBTQ運動の多くがポスト・レイシャル・アメリカの名のもとに人種やエスニシティの重要性を消そうと試みようとも、アジア・太平洋系クィアの組織作りと社会的関与は人種とセクシュアリティの交差点〔インターセクション〕でつねに起こってきた」（38）と述べる。アジア系セクシュアル・マイノリティが抱える問題のひとつにコミュニティのそれがある。彼らはアジア系の人種やエスニシティに基づく封建的なコミュニティにおいてその性的指向、性自認あるいは性表現を制限・拒絶されてきた。一方で、セクシュアル・マイノリティのコミュニティの中では人種差別によって周縁化されてきた。そのため、白人が牽引するセクシュアル・マイノリティの権利運動は有色人種の声を充分に拾うことはなかった。それぞれのコミュニティの排他性は、アジア系セクシュアル・マイノリティ独自のコミュニティの形成を促したのだが、そのコミュニティ内部にあってもジェンダーや階級等に基づく差別が存在している。このように、アジア系セクシュアル・マイノリティという交差的なアイデンティティは、アメリカ社会における複層的な差別の構造を露呈する。

アジア系セクシュアル・マイノリティ文学は、人種差別とセクシュアル・マイノリティ差別の「交差点」にいる人々の声を届ける。ただし、その交差は単純な二本の交わりではない。人と人、コミュニティとコミュニティを分かつ複雑な抑圧構造がそこには存在している。アメリカ社会の多様化に伴って展開してきたアジア系セクシュアル・マイノリティ文学は交差点の文学である。日本のアジア系アメリカ文学研究においては、その萌芽から二〇世紀末までの展開について、村山瑞穂や元山千歳（村山 二〇〇一、元山 二〇〇一、二〇一一）がまとめてきた。本稿では、二一世紀に残されたコミュニティの問題の観点から、ミサ・スギウラ、アレグザンダー・チー、青木りかの作品を取り上げる。

アジア系レズビアンをめぐる多様性

ミサ・スギウラの『秘密ってわけじゃなくて』（二〇一七年）は、アジア系レズビアンのサナ・キヨハラを主人公にした青春小説である。シカゴ生まれ、シリコンヴァレー在住の日系アメリカ人スギウラは、四六歳で本格的に創作を始め、本作品が彼女のデビュー作となった。一六歳のサナによる一人称現在形の若々しい語りは、このビルドゥングスロマン（成長物語）を臨場感いっぱいに表現する。アジア系レズビアンは、人種・ジェンダー・セクシュアリティのいずれに基づくコミュニティにおいても疎外された存在である。これまでのアジア系セクシュアル・マイノリティ文学でまったく可視化されてこなかったわけではないが、本作品ではより肯定的に、より感情移入可能な人物として描かれている。

『秘密ってわけじゃなくて』は、アジア系セクシュアル・マイノリティ文学の裾野の広がりを教えてくれる。本書は「ヤングアダルト小説」という十代の読者層を狙ったジャンルで高い評価を得ている。それは、アジア系セクシュアル・マイノリティ文学の展開に大きな前進を与えたといえるだろう。ヤングアダルト小説では、ローレンス・イエップやヨシコ・ウチダといったアジア系作家の功績が先んじてあるものの、一般的に人種的多様性という観点は軽視されてきた。というのは、マイケル・カートが指摘するように、ヤングアダルト小説のジャンルでは作家をはじめとしてイラストレーターも編集者もほとんどが白人であり、また人種的多様性を扱った作品が商業的な成功を収めるほどの需要が見えないという事情がある（x, 153-154）。一方、ＬＧＢＴＱＩを扱ったヤングアダルト小説は順調に増えてきている（Cart xi）。その多くが中産階級の白人のゲイをめぐる物語であることは想像に容易いが、一九九〇年代からは有色人種のセクシュアル・マイノリティを描く作品も登場し始めた（Cart 189-190）。『秘密ってわけじゃなくて』はこの流れに乗って、アジア系レズビアンというマイノリティの中の更なるマイノリティを顕在化させた。

ウィスコンシン育ちのサナは白人文化への同化傾向が強く、日本人の両親が人前で日本語を使うことを恥ずかしく思うことさえあった。カリフォルニアで始まった新たな生活では、サナはメキシコ系のジェイミーに恋をし、ヴェトナム系や中国系の友人たちと過ごすようになる。人種やエスニシティの豊かさを初めて経験するサナは、自分たち家族は「溶け込んでいる」（25）し「まったく目立たない」（25）と高揚するのである。

作者スギウラは多様な人々に焦点を当てた物語を紡ぎだすことを重要視する。サンタクララの高校で教鞭をとっていたスギウラは、『秘密ってわけじゃなくて』のあとがきで、彼女が教えていた高校の「現実を反映した」（381）物語を生み出すことを意識していたと明かす。多種多様な人種とエスニシティで構成されており、セクシュアリティの多様性にも理解があったその高校では、話題にせずともつねに人々の意識の中にそれらをめぐる問題があったという（381）。

スギウラと問題意識を共有する作家にニーナ・ルヴォワルがいる。ルヴォワルはポーランド系アメリカ人と日本人の両親を持つレズビアンの作家である。このような彼女の複雑なアイデンティティは代表作『ある日系人の肖像』（二〇〇三年）等の作品に反映されてきた。ルヴォワルは有色人種、そして有色人種と別の有色人種とのつながりの可能性が未だフィクションでは充分に描かれていないと主張し、性的指向と階級についても同様であると述べる（Alleyne）。彼女は現実とフィクションの間を埋めるべく、多様性に焦点を当てた作品を上梓してきた。

『秘密ってわけじゃなくて』のサナは有色人種が人口の多くを占める土地での生活に馴染み始めるが、一方で人々が互いをステレオタイプに当てはめ、ある種の線引きとともに生活をしていることを実感するようになる。たとえば、サナの高校では、生徒たちは人種ごとにグループを作って明確に住み分けている。サナは自身がアジア系のステレオタイプを通して見られることに反感を覚えつつも、無意識にステレオタイプ通りに振る舞っている自分や、他人種への強い偏見を持っている自分を発見することとなる。

ジェイミーと両想いになったサナは、自分たちの親密さを隠そうとしない彼女に戸惑う。サナが公に同性との恋愛を楽しむことができない理由は、そのアジア系独自の価値観にみることができる。アジア系の友人たちはサナがレズビアンであることを知ると、「レズビアンなはずないよ。アジア系なんだよ。アジア系の女はレズビアンじゃない！」（187）と驚きの声をあげる。この驚きは、アジア系女性のセクシュアリティが、父権的なアジア系家族・コミュニティにおいてつねに異性愛に結び付けられてきた抑圧の歴史を物語る。そして、アジア系レズビアンという存在の周縁性を再確認させるものである。

友人たちの否定的な驚きは、サナと彼女たちとのあいだに大きな溝を作ってしまうかのように思われたが、現代を生きる彼女たちは柔軟にサナに接する。すぐさま、「今は二一世紀。ここはシリコンヴァレー」（188）で「年寄りだって気にしない」（188）と切り替え、さらには、アジア系レズビアンであることが大学受験に有利であると、サナの特異性を逆手に取った機知を披露し、「すっごく不公平」（188）と妬んでもみせる。

よって、サナのカミングアウトにおいて唯一の難関は家族である。サナの母はあらゆる人種・民族についての偏見を隠さない。彼女は「中国人は信用できない」（48）、「メキシコ人は怠け者で、賢くない」（84）というような発言をして娘にたしなめられるが、自分では差別的だとは思っていない。「違っていることは失礼なこと」（26）という日本的価値観を尊重するがゆえに、同性愛者のカミングアウトを「わがまま」（110）だと解釈する。このような母の偏見によって、サナは家族にセクシュアリティを隠したままでいなければならない。

『秘密ってわけじゃなくて』では、サナとは別にコミュニティの因習的価値観に抑圧される人物がいる。それは父の長年の不倫相手ユウコである。父の不貞とそれに気づいていながら我慢し続ける母の姿に心を痛める日々を送るサナであるが、両親の結婚の裏にある悲恋の物語を知ることとなる。日本にいた頃、父と母が結ばれる前、父はユウコと恋愛関係にあった。しかし、ユウコは被差別部落出身であったことから、立派な家柄の父との結婚を諦め、自ら姿を消す。彼らはその後アメリカで再会し、家族がありながらも逢瀬を重ねるようになる。ユウコと父の悲恋は、父が幼い娘に語り聞かせた山幸彦と豊玉姫の物語そのものであるとサナは気づく。この日本神話は、陸に生きる山幸彦と海神の娘・豊玉姫の哀話である。山幸彦を追って陸での暮らしを選んだ豊玉姫は、出産に際して、決してその姿を見てはならないと山幸彦に釘を刺す。だが、彼は豊玉姫の言葉を怪しく思い、警告を無視する。そして彼は、出産の痛みに苦しむ豊玉姫の姿が海の怪物に変わっているのを発見してしまう。最愛の夫に自分の本当の姿を見られてしまったため、豊玉姫は失意の中で夫と子どものもとを去り、海に帰る。「豊玉姫は山幸彦に彼女の存在を恥ずかしく思ってほしくなかったんだよ」(51)というサナの父の言葉には、彼が自分とユウコの関係を山幸彦と豊玉姫に重ねていたことが窺えるだろう。

豊玉姫はユウコであると同時にサナでもある。ユウコは被差別部落出身であることで、サナはレズビアンであることで、それぞれコミュニティの秩序を脅かす存在であるがゆえに、ありのままの自分が公に承認されることの無謀さを熟知している。サナの母からすればそれは「失礼」で「わがまま」な願望なのである。

サナの青春物語で作者スギウラが訴えるのは、議論の場の重要性である。タイトルでも使用されている「～ってわけじゃない(it's not like ～)」は本作で何度も出てくる表現なのだが、この言葉は人々をそれ以上の議論に踏み込ませず、本質的な問題の解決から遠ざけたままにするものである。スギウラは「私たちは、間違ったことを言ったり、誰かを傷つけたり、自分自身を評価されたり傷つけたりすることを恐れている」(382)と述べ、多様性を深める社会においても人々のあいだの相互理解が深まらないことの理由とする。サナのアジア系レズビアンという複層的に抑圧されたアイデンティティは、多くの面で議論を呼び起こすものであるがゆえに、相互理解を深めるための戦略的な効果を持つといえるだろう。

混血のセクシュアル・マイノリティ

『秘密ってわけじゃなくて』と同様に、アレグザンダー・チーの『エディンバラ』（二〇〇一年）もまた、アジア起源の民話を物語の中に織り込んだアジア系セクシュアル・マイノリティ文学作品である。一九六七年にロードアイランド州に生まれたチーは、韓国人の父とスコットランド・アイルランド系アメリカ人の母を持つゲイ作家で、本作の主人公は作者自身の混血性やセクシュアリティを反映している。作者の生い立ちや実体験が散りばめられているこの物語は、児童への性的虐待を扱った内容であり、救いや幸福から見放され続ける人々の悲哀を豊かに描く。混血の主人公のふたつの人種アイデンティティは、彼が自らのホモセクシュアリティに向き合う上で欠かせない要素となっている。

地元の少年合唱団の一員である主人公アフィアス・ツェー（通称フィー）は、指導者ビッグ・エリックから性的虐待を受ける少年たちのひとりである。一二歳の少年として物語に登場したフィーは、悲劇の連鎖の中で成長していく。ここで、性的虐待の被害者であるフィーの姿が、従軍慰安婦であった彼の大伯母たちの延長線上にあることを指摘したい。スティーヴン・ホン・ソンはこのことについて、「混血でクィアなアジア系北米人であるフィーと従軍慰安婦を結びつける血筋は、大きな苦痛を与えられた性的背景という非対称だが共有された系譜に基づくものである」(93)と述べる。つまり、両者は一見すると異なる経験を有しているようだが、フィーに流れる韓国人の血は、蹂躙される身体を系譜的に象徴するものだといえよう。

『エディンバラ』では、玉藻の前伝説が翻案された形で物語と絡み合う。人間の男を愛し、結婚するために狐から人間に姿を変えた玉藻の前。彼女は夫の死をきっかけに再び狐となり人間を襲い始めると危ぶまれた。しかし玉藻の前は、夫の亡骸の火葬の場で自らも火の中で命を絶つ。残された子どもたちは両親の死後、人間と変わらない生活を続け、その血筋は脈々と受け継がれ、フィーはその子孫であると祖父や父に聞かされて育つ。コミュニティにとって異質な存在として疎まれ、恐れられ、迫害される玉藻の前の姿は、フィーが自らを映し出す鏡である。すなわち、玉藻の前のイメージは、混血であり、セクシュアル・マイノリティであるフィーの周縁性をなぞるものだと考えられる。しかし、フィーは玉藻の前のように火の中で死ぬことを望まなかった。それを望んだのはピーターである。

フィーが恋心を抱くピーターもまた、ビッグ・エリックの邪悪な欲望の犠牲となってしまう。ビッグ・エリックが逮捕された後も、ピーターは虐待のトラウマから逃れられずに、ついには自分の体に火を放つ。この玉藻の前を彷彿とさせるピーターの自殺は、フィーの心に重くのしかかる。火によるピーターの喪失は、フィーを陶芸に導く。フィーが大学での専攻に陶芸を選んだのは、陶器は窯に入れられ、焼かれても必ず彼のもとに戻ってくるからである。「火の中から戻ってくるもの」（一六七）を得ることは、火の中で死んでいったピーターを取り戻す象徴的な行為であり、それはフィーにとって、ピーターの死のトラウマからの回復を試みる儀式なのである。

フィーの同性愛者としてのアイデンティティは、母方の人種ルーツからも描かれている。本作品のタイトルになっているエディンバラは、その昔ペストの蔓延を封じるために、町の一部を人間ごと埋めたことで知られる。フィーはスペックという研究者の手伝いをする中でその知識を得る。そして、生きながら土の中に埋められてしまった男が絶望の中で書き残した手記を読んだ後、空き地にトンネルを掘るという作業に没頭するようになる。

エディンバラで埋められたのは、貧困層の住む下流地域であった。そこに住む人々は病を伝染させる人間、言い換えれば社会に害をもたらす人間という烙印を押され、その命は軽んじられた。その周縁の生は、同性愛者であるフィー自身を前景化する。まるで地中に埋められたエディンバラの人々と自らを繋げるかのように、フィーは長い時間をかけてトンネルを掘る。それは同胞であり、同じ周縁を生きる者たちへの弔いの行為である。

『エディンバラ』が一九八〇〜九〇年代を背景に設定していることから、当時のエイズ・パニックへの言及を避けることはできない。まだ人々の間でＨＩＶ感染およびエイズ関連症についての知識が充分でなかったその当時、それらは同性愛者の病として認識されていた。そして、その暗喩は長い間人々の意識の中に残り続けた。大人になったフィーはフレディを通してエイズのリアリティに接する。フィーとフレディは同じ合唱団に所属していた者同士であり、ビッグ・エリックの罪を告発した少年がフレディであった。周縁の人々を迫害する視線は、本作ではペストからエイズへと姿を変えて、再びフィーのもとに提示される。

アジア系セクシュアル・マイノリティのコミュニティにおいて、混血もまた寄る辺を欠いた存在である。白人のコミュニティではアジア系だとみなされ、アジア系のコミュニティでは白人だとみなされる彼らのどっちつかずの身体は、人種とセクシュアリティの交差から生まれる問題が単純なものではないことを強調する。

フィーは「韓国人のハーフ。そう口にするたびに、僕は自分の体がまっぷたつに裂けてしまうような気がする」（一五）と言う。フィーの中でふたつの人種は決して融合することなく、時には彼の心に苦痛を与える。生まれたときから人種と民族をめぐる不均衡な力関係に晒されてきたフィーにたいして、大学の友人たちの「お前は白人の力に恋をしているんだよ」や「白人に受け入れられることを必死に求めているんだ」（一六八）という言葉は正鵠を得ないものである。フィーの中ではどちらの人種アイデンティティも決してないがしろにされはしない。むしろ、フィーの混血性はアイデンティティの混乱を招くのではなく、セクシュアル・マイノリティである自分自身について抑圧する側の言説を内面化することから遠ざけている。『エディンバラ』は二〇世紀後半を舞台にした物語であるが、混血が増え続けるアジア系コミュニティの現代的な側面を照らしてくれる作品であるといえよう。

アジア系トランスジェンダーとコミュニティ

混血と同じく、その複雑なアイデンティティゆえに拠り所を見出しがたいのがトランスジェンダーおよびトランスセクシュアルの人々である。トランスジェンダーの周縁性はＬＧＢとは異なって性的指向ではなく性自認にあるため、性別を越境する彼らの身体表現を嫌悪するトランスフォビアは、ヘテロノーマティヴな社会だけでなく、クィア・コミュニティの中にも存在する。たとえば、サンフランシスコのようなＬＧＢＴＱの人々に友好的な都市にあっても、クィア・コミュニティ内部でトランス差別は起こってきた（Graves & Watson 204）。ロサンゼルスを拠点に詩人やパフォーマーとして活動する青木りか（本人が使用する日本語での表記方法。「リカ」を用いる時もある。）は、日系アメリカ人のトランス女性である。「書くことはパブリック・アクトである」という恩師らの言葉に沿い、「クィア、とくにトランスジェンダーが非人間化されている世界では、単にデモとしてだけでなく、我々の物語が［…］素晴らしく人間的であることを主張するものとしてより多くのパブリック・アクトが必要である」（Aoki 2015）と訴える。

青木りかの『季節の速度』（二〇一二年）は詩や短編小説、エッセイをまとめた作品である。このノンフィクション作品において自らを「トランスダイク（transdyke）」と表現する青木は、生まれたときの性別は男性、性自認は女性、性愛の対象は女性といった複雑な性のアイデンティティを持つ。そのような彼女は、アジア系、トランス女性、レズビアンという周囲には容易に捉えがたい交差から我々に語る。

収録されている「この家は私たちの家」という一編で青木は、アメリカに住む青木の家族と日本に住む親類との関係を下敷きに、レズビアン・コミュニティを観察する。より包括的なレズビアン・コミュニティを目指す人々が訴える「アウトリーチ」という言葉に疑問を抱く青木は、トランス女性や有色人種に「アウトリーチ」することは重要かもしれないが、「もし私たちが本当にひとつのコミュニティなのであれば、この言葉は意味をなさない。なぜなら私たちは私たち自身にアウトリーチしないのだから」（70）と、レズビアン・コミュニティの無自覚の排他性をつまびらかにする。白人のレズビアンやシスジェンダー（身体的性と性自認が一致している状態）のレズビアンが「アウトリーチ」という言葉を選ぶ時、それは彼女たちの相対的な特権が表出する時である。

『季節の速度』は他にも、青木が幼少期に両親から受けた身体的・精神的虐待に触れる作品等も収録されており、全体として力なき者・声を奪われた者の危ぶまれる生／性について書かれている。

アジア系セクシュアル・マイノリティ文学

本稿は、人種とセクシュアリティの交差するアジア系アメリカ文学作品について、二一世紀的視座を抽出しながら見てきたが、最後に「アジアに人種ルーツを持つ作家によって書かれたセクシュアル・マイノリティの問題を中心的に扱った文学作品」と便宜上定義して使用してきた「アジア系セクシュアル・マイノリティ文学」という言葉について述べておく必要がある。

アラン・シンフィールドは二〇世紀の終わりを「ポスト・ゲイ」時代の始まりと位置づけ、セクシュアリティが定義され、それゆえに制限されることはないと予見した（14）。それを受けてエマ・パーカーは、ポスト・ゲイ時代では作家としてのアイデンティティや作品が作家自身のセクシュアリティで定義されることを好まず、「レズビアン作家」や「レズビアン文学」というラベルを拒絶する者もいると指摘する（204）。「アジア系」というラベルについても同様の問題を孕んでいる。ハニャ・ヤナギハラ等のアジア系作家たちの活躍から分かる通り、「アジア系」という枠を超えて読まれる作品が多くなった。一昔前であれば「アジア系アメリカ文学」というカテゴリーで読まれ・評価されていたものが、アメリカ文学ひいては世界文学の土俵へと進出してきた。その意味で、アジア系アメリカ文学は幾度目かの転換期（あるいは成熟期）を迎えたといえる。

しかしながら、ラベルや枠組は妨げになるばかりではない。人種とセクシュアリティの交差点で苦しむ人々には、「ポスト・レイス」や「ポスト・ゲイ」という言葉は欺瞞でしかない。本稿で扱った作品はいずれもあえてアジア系であることやセクシュアル・マイノリティであることをないがしろにせず、物語の重要なファクターとして織り込んでいる。言い換えれば、そのインターセクショナルな領域をめぐる物語は、人と人とを分かつものを見据える必要性を我々に訴えかけているのである。

【引用・参考文献】

Alleyne, Lauren K. "Presence and Being Present: An Interview with Nina Revoyr." *femmeliterate*, 21 Dec. 2015, www.femmeliterate.net/an-interview-with-nina-revoyr/. Accessed 25 Aug. 2017.

Aoki, Ryka. *Seasonal Velocities*. Trans-Genre Press, 2012.

---. "Why I Write." *Publishers Weekly*, 22 May 2015, www.publishersweekly.com/pw/by-topic/authors/why-i-write/article/66748-why-i-write-ryka-aoki.html. Accessed 23 Aug. 2020.

Cart, Michael. *Young Adult Literature: From Romance to Realism*. 3rd ed., Neal-Schuman, an Imprint of the American Library Association, 2016.

Graves, Donna J. and Shayne E. Watson. *Citywide Historic Context Statement for LGBTQ History in San Francisco*. City and County of San Francisco, 2016, www.academia.edu/24131379/CITYWIDE_HISTORIC_CONTEXT_STATEMENT_FOR_LGBTQ_HISTORY_IN_SAN_FRANCISCO. Accessesed 11 Aug 2020.

Parker, Emma. "Contemporary Lesbian Fiction: Into the Twenty-First Century" *The Cambridge Companion to Lesbian Literature*, edited by Jodie Medd, Cambridge University Press, 2015, pp. 204-18.

Revoyr, Nina. *Southland*. Akashic Books, 2003.（ニーナ・ルヴォワル『ある日系人の肖像』本間有訳、扶桑社、二〇〇五年）

Sinfield, Alan. *Gay and After*. Serpent's Tale, 1999[1998].

Sohn, Stephen Hong. *Inscrutable Belongings: Queer Asian North American Fiction*. Stanford UP, 2018.

Sueyoshi, Amy. "Breathing Fire: Remembering Asian Pacific Activism in Queer History." *LGBTQ America: A Theme Study of Lesbian, Bisexual, Transgender, and Queer History*, edited by Megan E. Springate, National Park Foundation, 2016, www.academia.edu/31345582/Breathing_Fire. Accessed 11 Aug. 2020.

Sugiura, Misa. *It's Not Like It's a Secret.* HarperTeen, 2017.
チー、アレグザンダー『エディンバラ・埋められた魂』村井智之訳、扶桑社、二〇〇四年。（Chee, Alexander. *Edinburgh.* Bloomsbury Publishing, 2001.）
村山瑞穂「アジア系アメリカ文学におけるクイアな領域」『アジア系アメリカ文学――記憶と創造』アジア系アメリカ文学研究会編、大阪教育図書、二〇〇一年、二六一―二八一頁。
元山千歳「ホモセクシュアリティ――民族の性への揺さぶり」『アジア系アメリカ文学――記憶と創造』アジア系アメリカ文学研究会編、大阪教育図書、二〇〇一年、二八三―三〇〇頁。
――「クイア・ポリティクス――性の文化戦略」『アジア系アメリカ文学を学ぶ人のために』植木照代監修、山本秀行／村山瑞穂編、世界思想社、二〇一一年、二八一―二九五頁。

第10章　アジア系詩人フレッド・ワーの実験詩

――『センテンスト・トゥ・ライト』における「ハイフネーション」の機能

風早 由佳

フレッド・ワーの詩作におけるジャンルの越境

現代アジア系詩人フレッド・ワーは、カナダのポストモダニズム詩を発信する中心的存在であった謄写版印刷の小雑誌『ティシュ』の一九六一年の創刊号から編集に携わっており、『ティシュ』に寄稿していた現代カナダ詩人たち──ジョージ・バワリング、フランク・デイヴィー、ダフネ・マーラットなど──とも親交が深い。このティシュグループの詩人たちは、文化ナショナリズムが高まりを見せる六〇年代カナダにおいて、アメリカの詩人であるロバート・ダンカンやチャールズ・オルソン、ロバート・クリーリーなどのブラック・マウンテン派詩人たちやポストモダンの詩人たちからの影響を強く受けた。実際に『ティシュ』にはアメリカ詩人からの寄稿もあり、彼らの活動はアメリカ詩と共鳴しながら一九六九年まで刊行された。

その中においても、ワーは自身の音楽への強い関心からジャズと詩の繋がりを強調する詩論を展開しただけでなく、写真家や映像作家などとのコラボレーションにも積極的に取り組んできた。このような創作スタイルについて、S・T・コールリッジの言葉を借りながら「「越境（Transing）」は、翻訳、越境的創作、転位に関わる私の書くことの詩学にとって重要な複合語になった」（Wah 2000: 2）と語るように、一九七七年頃からワーは、中国系カナダ人という人種的「ハイフネーション」付きの立場を詩的創作の源としており、その形式と内容両面において「越境」を表現してきた。また、多文化主義の内包する複雑な言語の問題へ立ち向かうワーの姿勢は、日系カナダ詩人ロイ・ミキなどの後続作家へと引き継がれている。

ワーの作品の中で、写真や映像とのコラボレーションとして際立っているのは、二〇〇八年に出版された『センテンスト・トゥ・ライト』(1) である。ワーは本作品を「イメージ・テクスト・プロジェクト」と呼んでおり、写真、映像、造形物等とワーによるテクストを組み合わせたインスタレーションやカタログ等を元に書籍化した作品である。表題作「センテンスト・トゥ・ライト」では、メキシコ人写真家エリック・ジャベイスが撮影した一八枚のパノラマ写真の一枚一枚に上下の余白をまたぐワーによる息の長い一文が配置されている。

本論では、ジョン・バージャーの写真についての議論を援用しながら、『センテンスト・トゥ・ライト』における写真・映像と詩の相互作用によるワーの詩作の独自性を論じたい。また、撮影者（写す）／被写体（写される）という二つの視点の転置の可能性から、映し出された映像にワー自身が映り込む作品「ミー・トゥー！」において表出される空間的・時間的な連結について考えることで、ハイフネーションに象徴されるハイブリッドな出自が生み出す詩的創造性を明らかにする。これらの考察を通して、これまでどちらかが一方に従属的・付随的であるとみなされてきた写真・映像と言葉の関係性にたいしてワーの詩作がいかなる影響を与え得るのか、また作中において互いがいかに戦略的・等価的に組み合わされるのか明らかにしたい。

ワーの人種的ハイブリディティと詩作の特徴

ワーは父方の祖父が中国人、祖母はスコットランド系アイルランド人であり、彼の母親はスウェーデン人という複雑なエスニシティを持つのだが、とくに中国とカナダの間の移動は祖父と父親の二世代にわたって繰り返される。ワー一家の移住の歴史の軸となる中国─カナダ間の移動は、父方の祖父が、一八九二年に鉄道工事に従事するために中国から移住したことに始まる。その後、祖父は一九〇〇年にいったん中国に帰国するが、一九〇四年に再びカナダに戻ることを決めた時には人頭税が急上昇していたため、家族を中国に残して一人でカナダに渡る。そして、カナダで再び生活を始めたワーの祖父は、スコットランド系アイルランド人女性と再婚し、七人の子どもに恵まれる。この時生まれたのがワーの父親である。二世であるワーの父親は中国とスコットランド系アイルランドのハイブリッドな血筋を持つ。祖父の方針で、ワーの父親は四歳で中国へ送られ、成人してから再びカナダへ戻り、スウェーデン人女性と結婚する。一九三九年に生まれたワーは、中国、スコットランド、アイルランド、そしてスウェーデンのハイブリッドな血を持つ三世である。

ワーは、アジア系の肌と白い肌の者が一つの家族であることへの周囲からの違和感を持った視線を感じ取り、『ため息とともに名前を呼吸する』、『ダイアモンド・グリル』の中でも名前に付与される意味や機能、自身の白い身体と中国系の名前との不一致について繰り返し述べている。ハイブリッドな出自や家族の歴史を創作テーマにする中で、人種的混交を表記上でも象徴的に表す「ハイフネーション」がワーの作品を読み解く重要なキーワードとなる。一方で、ハイフネーションの使用は、アメリカが主体であることを喚起し、エスニシティを修飾的に扱う働きをするとして、アジア系アメリカ研究の中では否定的にとらえられてきた。ハイフネーションに付随するステレオタイプへの抵抗を示すアジア系作家が多くいるなかで、ハイフネーションの政治性と向き合いながら、その異種混淆的な境界性から生み出される文学性に着目し、長年にわたってハイフネーションに関する創作に多面的に取り組んできたワーは、ハイフネーションの詩人であるといえる。ワーはハイフンについて、その多義性をつぎのように語っている。

> ハイフンは中間にあるが、中心にあるのではない。それは私有地を示す標識であり、境界に立つ柱であり、国境地帯であり、私生児であり、線路であり、最後の犬釘であり、シミであり、暗号であり、ロープであり、結び目であり、鎖であり、外国語であり、警戒標識であり、人頭税であり、橋であり、無人地帯であり、遊牧民であり、浮遊する魔法の絨毯であり、今見ているものと見ていないものである。ハイフンとは、ハイブリッドの料理であり、混血女性《メスティーザ》の全粒のトルティーヤであり〔中略〕、メティスのリンゴ（外は赤いが、中は白い）であり、ハパの卵（外は白く、中は黄色い）であり、ムラトーのカフェオレである。（Wah 2000: 73）

ここに挙げられたものがワーの詩にキーワードとして織り込まれているだけでなく、ワーの詩はその構成自体がハイフネーションの機能を示すよう配置されるなど、内容、形式両面において、ハイフネーションが明示的／暗示的に表現されている。また「ハイフンは書き記されている時でさえ、静かで透明な存在である」（73）ことから、ワーは作品を通して意識的にハイフネーションを取り巻くノイズを可聴／可視化して、その詩的豊饒性を表現しようとしている。

『センテンスト・トゥ・ライト』における写真・言葉・ハイフネーション

ワーはこれまでも、視覚的な効果の高い実験的な詩を多く創作してきたが、『センテンスト・トゥ・ライト』は彼の作品の中でもよりジャンル横断的かつ視覚的な要素の強い作品と位置づけることができる。表題作である「センテンスト・トゥ・ライト」の一八枚のパノラマ写真とのコラボレーション作品群の意図をワーはつぎのように述べている。

この「散文詩センテンス」（prose-poem sentences）シリーズは、二〇〇三年夏にバンフセンターで開かれたメキシコ人写真家エリック・ジャベイスとのフォト・テクストコラボレーションのために書いたものである。エリックの写真は手製のパノラマカメラで撮影され、ここで誘発されるのが、消えていくレンズの縁、目、シンタックスを理解するために拡張するセンテンスである。（Wah 2008: 11）

「拡張する」と表現されるように、パノラマ写真の上下に配置された詩行は、カンマやセミコロンを含むものの、五五語前後の息の長い引き伸ばされた一文である。

冒頭に収録された「フォト・テクスト」のパノラマ写真では、人々がメキシコの街を行き交い、広場の植木の下に置かれたベンチに多くの人が並んで座っている。写真の上下に付けられた詩にはイタリック体で記されるスペイン語——*typos*（誤植）、*correo*（郵便）、*zocalo*（広場）——が取り込まれているが、これらは写真中に写り込んだ文字からの転用であったり、写り込んだ物の名前であったりする。

道端の *typos* 母親の後ろに見える歩道の割れ目、移動中の *correo* は目的地の閑散とした組み合わせを繰り返すそれが／だれかの街中の壁を背にした個人の不完全な思考の中で *zocalo* にたむろする市民の肩にかかる叙述的な陰を少しずつ彫るあいだ（Wah 2008: 12）

この非常に長い一文には、写真の中に映った右手の広場と左手の薬局を背景とした街の人々の動きが捉えられている。こうした写真に写るささやかなものの詳細な説明は、「消えていくレンズの縁、目、シンタックス」の存在を文によって顕在化させることにつながる。とりわけ、ワーは写真中に写し込まれた言葉をより「押し広げて」詩行で解釈を加えていく。

ジョン・バージャーは写真と言葉の関係性をつぎのように述べている。

写真と言葉の関係性において、写真は解釈を求め、たいてい言葉はそれを与える。証拠としては反駁できないが、意味においては乏しいといえる写真は言葉によって意味を付与される。言葉は、それ自身のみでは一般化のレベルにとどまるが、写真の反駁できない証拠によって具体的な真正性を与えられる。この二つは合わさることでとても強力になる。それは未解決の問いに答えられるほどのものである。（92）

写真と言葉が合わせられたワーたちの作品は、バージャーの指摘する真正性を付与された力強さを得ただけでなく、写真と言葉とが結びつく橋渡しとなる写真中に写り込んだ言葉の存在を浮かび上がらせることでその意味を「拡張」している。

さらに、ワーによるテクストにたびたび言語に関する語が用いられていることも特徴的である。つぎの作品では、写真に写し出された人々の動きを言語のリズムに重ね合わせている。

日曜日の午後サンタルチアパークで私は椅子にゆったり座り、見知らぬ人と二言三言交わし、おそらく足の会話へと私を引き寄せる *danzon* のリズムを待っているのだろう／滑り込むのだ、心に句読点を打つ肩を見るのだ、カンマのくびれと足首と腰が観衆の中へ入り込んでゆく、私たちの故郷のゆりかご、なぁ水兵さん、これを知ってるか？（Wah 2008: 29）

写真には、広場のステージで手を取り合ってダンスする人々とそれを椅子に座って見物する人々が写し出されている。ここで「私」は、写真中に現れるサンタルチアパークでダンス見物に参加する当事者になっていることがわかる。そして、聞こえてくる「ダンソンのリズム」に導かれるように、ダンスの足の動きを「足の会話」、また踊る女性の肩の動きを「心に句読点を打つ肩」と表現し、それらの音と動きは最終的に町全体を包む「ゆりかご」に喩えられる。言語に関連する語が、写真から読み取れるダンスのリズムや音を形容する語となっており、言語と写真の境界がぼやかされている。

また、ここでの「私」は、写真を見る行為者から見られる被写体へと変わっている。このことにより、読者と作品の境界も押し広げられ、消されようとしているといえる。つまり、言葉と写真の境界を乗り越え、拡張するワーの作品では、その越境の効果は読者にも及ぶ。ジョアン・ソールはワーの作品にたいする読者の役割について、「読者は共同制作者かコラボレーターとしての役割を果たす。ワーはオートエスノグラフィーの実践において暗示される自己と他者の二項対立に異議申し立てをする」（144）と述べている。フォト・テクストにおけるワーの切れ目なく続く引き伸ばされた一文は、言語と写真、作者と読者の境界を曖昧にすることによって、自己と他者の関係性の枠組みを一度解体し、再びとらえなおす装置といえよう。

こうした写真と文によるコラボレーション作品が示すあらゆる境界を越えようとする試みの中で、ワーは自身をどう位置づけているのだろうか。そこで、ワー自身が実際に映像作品の中に映し出される体験を通して書かれた詩「ミー・トゥー！」を取り上げ、考えたい。

ロイ・キヨオカの映像作品における視線のハイフネーション

ロイ・キヨオカは一九二六年にサスカチュワン州で生まれた写真家であり、詩人、芸術家としても広く活動した日系カナダ人二世である。その功績が評価され、一九七八年にカナダ勲章を授与されている。キヨオカは複数の芸術形式を融合した表現を積極的に模索しており、交流のあったワーもまた、キヨオカから影響を受けた一人である。キヨオカの死後、二〇〇四年にバンフのウォーターフィリップギャラリーにおいて、ロイ・キヨオカの映像とサウンドスケープによる作品『偶然の旅行者』を鑑賞していたワーは、思いがけずプロジェクターと壁との「あいだ」に踏み込んでしまい、壁に映し出されたキヨオカの映像作品の中に入り込んでしまう（Wah 2008: 65）。映像に映り込んだ自分の影をカメラで撮影した経験から、『センテンスト・トゥ・ライト』に収録された詩「ミー・トゥー！」が創作された。ワーはキヨオカの映像に投影された自分の身体が時間や空間を越えて同時に二つ存在する不思議な感覚に陥り、詩において「私は自分の記憶が生み出す場面の中に再配置されたように感じるだけでなく／ロイに撮影されているようにも感じるのだ」（17-18）と述べ、撮影者／被写体の関係が転置可能であるかのような感覚を覚えている。この撮影者／被写体の転換可能性は、壁とプロジェクターの「あいだ」というどこにも属さない未分化な場の持つ不安定さを逆手に取った「ハイフネーション」の豊かな創造力を暗示する。

また、ワーはハイフネーションを写真の中にも見出している。キヨオカの撮影した複数の写真に写るドアの「横木」はドアの前を行き交う人々の背景に浮かび上がり、ハイフンのようにまっすぐ水平に伸びている。この横木は、"trans-/om"（62-63）と分解されて詩の中で表記されていることからも二つの要素を「越える（trans）」存在であることが強調されている。加えて、詩の最終連において「ヘイスティング・ストリートで／ヘイスティングの／トレ／デユニオンで」（93-96）と述べられ、ハイフンを意味するフランス語「トレデユニオン」がヘイスティング・ストリートにあることを再度確認する。とくにこの「トレデユニオン」の大文字で表記されるU（"trarit d'Union"）は、ハイフネーションが示す結合の意味を印象付ける。

ジョアン・ソールはワーの詩作特徴を考察する論考において、「ワーは、キヨオカの映像に入り込むことで、時がたつにつれて写真がどのように新しく異なった意味を呈するのか、また、写真を見る者が、写真を見る経験をする時、どのように写真の意味を変えるのか示している」（142）と指摘しているが、ワーはキヨオカの映像に映り込むことによって、写真の撮影者であるキヨオカ自身の視線を前景化し、さらにはワー自身のカメラを通した視線によってそこに視線の上書きをする。そして、この二人の作者の視線のさらに後方から作品を見る読者による視線をも取り込んで、キヨオカ、ワー、読者がハイフネーションの役割を果たす視線によって繋がれるのである。

キヨオカの映像に偶然ワー自身の身体が映り込むという経験を通して、ワーは自分が現実にも複数の要素の中で同時的に存在して生きていることを発見する。それは「何かを動かすためには常に二つ必要である」（Wah 2004: 45）とワーが述べているように、複数の要素が接合される「あいだ」には普遍的に何かを生み出す力があることを想起させる。ワーによると、「フォト・テクスト」とは、「実際、それはどちらでもない。写真か、言葉か。そうではなく、両者の間にある空間である」（Wah 2004: 40）と指摘しており、キヨオカ作品におけるハイフンとしての自らの身体の役割から、フォト・テクストはその二つの要素のどちらかに偏るのではなく、その「あいだ」に位置するものと述べている。すなわち、フォト・テクストという形式自体がワーの複雑なアイデンティティを表すと共に、二つの要素がどちらかに吸収されることなく存在できる形式の創造への挑戦といえる。それは、アジア人かカナダ人かという二者択一ではなく、カナダ人の特徴の一つとしてのアジア系でもなく、境界に立つ揺らぎそのものを捉えようとするワーの姿勢とも重なるだろう。また、ワーは作品に写真の要素を取り入れることによって、意図的に自己／他者の視線、時間／空間の隔たりを浮かびあがらせている。そして、それら二項対立的な存在と思われているものの「あいだ」(ハイフネーション)を顕在化してみせることで、絶対的(と思われている)境界の抱える曖昧性を暴いてみせるのである。

ワーの作品間のハイフネーション

写真と文のどちらか一方に傾倒することなく作品を提示する手段としても、二つの要素の「あいだ」を意識させることに、ワーの狙いがある。

近年のワーの作品において、ワー自身の人種的ハイブリディティが作品に投影されるようになったが、フォト・テクストはとりわけ二つの芸術形式を同時に両立させており、ワー自身のアイデンティティを指し示す複数の国の並置――Chinese-Swedish-Anglo Saxon Canadian――のハイフネーションにたいする鋭い感覚が示された作品といえる。複数の要素の「あいだ」に生きるハイブリディティを持つワーであるからこそ成しえたフォト・テクストの狙いが達成された作品であり、「あいだ」を明確にすることによって、詩は写真にたいする付随的役割を脱し、相互作用が可能になっているといえる。

また、本作品は積極的に読者の作品への介入を求めており、自己と他者、過去と現在などの境界を越えて、写真を通して自身の存在を語る手法は、二〇〇六年の自伝的作品『ダイアモンド・グリル』にもその影響が見られる。こうした自伝的作品における写真の使用を考察することは、記憶と映像の関係性の議論をより深めることにも繋がる。自らを定義する際に他者、時間、空間、記憶は不可欠であり、さらにそうした複数の要素の「あいだ」は、文学的豊饒性を秘めていることがワーの photo-hyphen-text を読み解くことによって明らかになるといえよう。

『センテンスト・トゥ・ライト』に収録された写真とのコラボレーション作品を読むと、以前から存在する二項対立を打ち崩し、カテゴライズされることへ抵抗するワーのダイナミックな創作の試みが見えてくる。表題作「センテンスト・トゥ・ライト」の拡張された息の長い一文には、終わりを否定する挑戦が見られると同時に、常に変化し、続いていくことへの意識が表され、こうしたインターテクスチュアリティがワーの個々の作品を繋げるハイフネーションの機能を果たしていることが指摘できる。たとえば、一九八一年の『ため息とともに名前を呼吸する』の巻末詩にたいして八五年の『サスカチュワンを待ちながら』の巻頭詩が応答しており、『サスカチュワンを待ちながら』は、八二年の『グラスプ・ザ・スパロウズテイル』の内容を拡張したものである。さらに九六年の『ダイアモンド・グリル』では、これらの先の詩集の内容が伏線として織り込まれつつ、ドアの詩で始まり、また別のドアの詩で終わっており、その構成からもハイフネーションの機能を象徴的に示している。ワーの詩が個々の詩集を経由して常に新しく作り変えられ、移り変わっていくことは、ワーの指摘する「結合と仲介の潜在力は、中心としてではなく、変動や流動のエージェントとして真の関り合いを作り出す」（Wah 2006: 179）というハイフンの機能を発揮しているといえる。複雑化した人種的ハイブリディティを作品の軸にすえ、「ハイフン」を多角的にとらえる現代のアジア系詩人ワーの実験的な詩作は、それぞれの作品が互いに呼応しながら言葉を紡ぎ出し続ける終わりなき一続きのハイフネーションの詩なのである。

【註】

（1）タイトル *Sentenced to Light* の光とは、カメラ等の機材の光を表し、それらの写真・映像作品に文を付けたフォト・テクストであることを示す一方で、光の刑を宣告する、光の刑に処される、といった意味を含んでおり、この二重の意味が訳出で損なわれないよう、カタカナ表記とした。

【引用・参考文献】

Berger, John. *Another Way of Telling*. Pantheon Books, 1982.

Saul, Joanne, "Auto-hyphen-ethno-hyphen-graphy: Fred Wah's Creative-Critical Writing." *Asian Canadian Writing Beyond Autoethnography*, edited by Eleanor Ty and Christl Verduyn, Wilfrid Laurier UP, 2008, pp. 133-49.

Wah, Fred. *Breathin' My Name with a Sigh*. Talonbooks, 1981.

---. *Waiting for Saskatchewan*. Turnstone P, 1985.

---. *Faking It.* New West P, 2000.

---. "Is a Door a Word?" *Mosaic* 37, no. 4, Dec. 2004, pp. 39-70.

---. *Sentenced to Light.* Talonbooks, 2008.

第11章　日系文学と原爆

――ナオミ・ヒラハラの〈マス・アライ〉シリーズにみる放射能汚染とポスト植民地主義の言説

松永　京子

原爆をめぐる日系文学の軌跡

日系アメリカ人被爆者の存在や日系人強制収容の歴史に光をあてた日本の文学作品といえば、一九八一年に単行本として出版された小田実の小説『ＨＩＲＯＳＨＩＭＡ』がある。多様な人種的文化的背景をもつ登場人物のなかに、アメリカ南西部の核実験によって被曝した北米先住民や、広島で被爆した朝鮮半島出身者を含めた『ＨＩＲＯＳＨＩＭＡ』は、原爆と植民地支配の歴史が分かちがたく結びついていることを炙り出した作品として広く評価されてきた。一九八一年、奇しくもカナダでは、日系人の強制立ち退き・収容に対する謝罪や補償をめぐるリドレス運動の「一大推進力」(河原崎 一二二)となった日系カナダ人作家ジョイ・コガワの小説『オバサン』が出版されている。本小説は、長崎の原爆をめぐる「沈黙」やカナダ先住民に言及することで、日系人強制収容の歴史をより広範なカナダの移民植民国家の関連性から論じるきっかけや、これまでほとんど語られることのなかった日系人被爆者の存在をトランスパシフィックな視座から考察する契機を与えてきた[1]。原爆、日系人強制収容、植民地支配の歴史を接続する文学的試みが、八〇年代になってようやく太平洋を挟んでおこなわれた事実は、裏を返せば三〇年以上ものあいだ、〈原爆文学〉においては日系・在米被爆者の存在が、日系文学では原爆の記憶・歴史が欠落してきたことを示すと同時に、日系被爆者表象を、北米や東アジアにおける植民地支配とのかかわりから論じる文学的媒体が欠如してきたことを如実に示している。

もちろん、一九八一年以前に日系作家たちが、広島・長崎に投下された原爆に関心を持っていなかったわけではない。日系アメリカ人作家ヒサエ・ヤマモトは、一九五〇年代という早い時期から、原爆に言及した短編や記事を日刊紙『羅府新報』に発表している(長井・吉永 五六)。また、一九七四年に出版されたコガワの詩集『夢の選択』には、広島平和記念資料館を訪れた語り手の心情を描いた詩「ヒロシマ・イグジット」が収録されている(五七)。だが、内野クリスタルが指摘しているように、『羅府新報』や『ハワイ報知』などの日系メディアは、一九五〇年代から六〇年代にかけて散発的に原爆に関する記事を掲載しながらも、（自己規制を含めた）検閲、米国主流社会に根強い「原爆肯定論」、（日系人に対する差別を回避するための）日系コミュニティ内の同化主義などの影響によって、原爆の記憶や歴史をめぐるナラティヴは「忘却」されるか「鎮静化」される傾向にあった（Uchino 200-204）。一九八〇年代以降、日系メディアにおける原爆関連の記事が増加し、原爆の記憶表象のあり方が著しく変化したのは、七〇、八〇年代に高まったアジア系アメリカ人運動、国内外の反核運動、そして「在米原爆被爆者協会」の設立などの影響に拠るところが大きい（204-208）。在米被爆者が日系メディアに登場するようになるのは、『羅府新報』と日刊紙『加州毎日新聞』が「原爆体験者」に「友の会」への参加を募る広告を掲載した一九六五年八月五日以降である。一九七一年、「在米原爆被爆者協会」（八六年に「米国原爆被爆者協会」に改称）として組織化した「友の会」は、広島からの医師団派遣など、米国内の被爆者支援をサポートする運動を展開した（袖井 一五五―六九、松前 三三―三七）。在米被爆者の存在が日系コミュニティ以外でも認知されるきっかけとなったのは、在米被爆者を報道した一九七二年四月一〇日付『ニューズウィーク』誌の記事であるとされている（袖井 一七一、松前 三七）。

こうして少しずつ可視化されるようになった原爆・日系被爆者の存在は、日系文学・映像作品の主題としてもとりあげられるようになっていく。デイヴィッド・ムラの詩「ヒバクシャの手紙――一九五五」（一九八三年）、広島で被爆し渡米したヒデコ・タムラ・スナイダーによる回想録『ある晴れた日――広島についてのある子どもの記憶』（一九九六年）、山本秀行が「ハイブリッドな回想録」（六六）と呼ぶラーナ・レイコ・リズットの『ヒロシマ・イン・ザ・モーニング』（二〇一〇年）、日系被爆者を主人公としたジュリエット・コーノの小説『暗愁』（二〇一〇年）、スティーヴン・オカザキのドキュメンタリー映画『ヒロシマナガサキ』（二〇〇七年）など、八〇年代以降の日系文学には、さまざまな形の原爆・日系被爆者をめぐるナラティヴを見出すことができる。だが、日本の植民地支配の歴史や記憶の表象は、長いあいだ日系作家による原爆のナラティヴからはこぼれ落ちたままであった。

このような潮流を覆したのが、日系被爆者を主人公とするナオミ・ヒラハラの〈マス・アライ〉シリーズである。本シリーズは、あくまでも主人公による〈謎解き〉がメインとして展開される〈ミステリ〉小説でありながらも、既存の〈原爆文学〉の主要なテーマをとりいれると同時に、沖縄の歴史、日本軍「慰安婦」制度、在日コリアンに対する差別などに言及することで、原爆ナラティヴを日本の植民地支配の歴史や記憶に接続することに成功している。本章ではまず、ヒラハラの〈マス・アライ〉シリーズが、既存の〈原爆文学〉の特徴を継承しつつ、いかに〈謎解き〉の鍵として被爆の記憶や放射能汚染の言説を活用しているのかを検証する。さらに、ヒラハラがどのように東アジアにおける植民地支配の暴力の記憶や歴史に向き合い、作品中に組み込んでいるのかを考察することで、日系作家の原爆ナラティヴにおけるポスト植民地主義的言説の可能性と限界について考えてみたい。

被爆の記憶と〈謎解き〉

〈マス・アライ〉シリーズは、主人公である庭師マス（マサオ）・アライが、不本意ながらも巻き込まれていく数々の事件の〈謎〉を解明していく〈ミステリ〉小説である。記者かつ編集者として『羅府新報』で働いた経験をもつヒラハラは、二〇〇四年に始まった本シリーズを、シリーズ七作目『ヒロシマ・ボーイ』（二〇一八年）で完結させた。広島で被爆した「帰米二世」であるヒラハラの父イサム（平原勇）をモデルとするマスは、一五歳のときに爆心地から二キロで被爆した数年後、生まれ故郷であるカリフォルニア州ワトソンヴィルに戻り、現在はアルタデナで造園業を営みながら暮らしている。だが、一九九九年、マスが六九歳のときに起こった〈事件〉に巻き込まれてからは、「封印」してきた広島の記憶にさまざまな形で対峙することを余儀なくされてしまう。

本シリーズの特徴のひとつは、日系人「四四二部隊」として負傷したタグ、「ノー・ノー・ボーイ」としてトゥーリーレイク強制収容所に送られたウィッシュボーン、アメリカ人捕虜との交換を目的に拉致された日系ペルー人アントニオなど、多様な戦争体験をもつ日系人を登場させることで、日系コミュニティにおける戦争の記憶が決して一枚岩ではないことが強調されている点である。マスは、日系人を危険要素とみなし収容すると同時に、武器を持たせて米軍として戦わせてきた米政府の矛盾を批判しながらも、なぜ他の「二世」たちが強制収容や日系人部隊の「過去」を掘り起こしたがるのかを理解できない（Hirahara 2004: 57, 87）。マスが「親友」として気を許すハルオもまた、広島の被爆者ではありながらも、顔半分にケロイドがあることでマスとは異なる被爆（後）体験をもつ。共有されない戦争の記憶によって複雑化された日系人コミュニティの様相は、ニューヨークでフリーランスとして映画制作に携わるマスの娘マリ、母親に同性婚を反対されるタグの娘ジョイ、日系人訴訟を専門とする弁護士G・I・ハスイケなど、戦争体験をもたない「三世」とのかかわりによって、さらにダイナミックなものとなっている。

本シリーズを〈ミステリ〉として際立たせているのは、事件が解き明かされていく過程において、マスが「封印」してきた被爆の記憶やトラウマもまた開示されていくことだ。この点がとくに顕著なのが、被爆者のアイデンティティのすり替えが〈謎解き〉の鍵を握るシリーズ一作目『大きなバチの夏』（二〇〇四年）である。一九九九年を舞台とする本作品では、マスやジョージとともに広島で被爆したリキが、瀕死状態にあるジョージの米国籍証明書を「盗み」、ジョージになりすましてカリフォルニアで暮らしていたこと、そして日系アメリカ人を「イヌ（＝スパイ）」とみなす憲兵との子を身篭ったジョージの姉アケミが、戦後行方不明となったリキを夫と偽ったことが、殺人事件の背景に置かれている。事件の真相を明らかにするためには、マス自身が「封印」してきた被爆の記憶に向き合わねばならない。だがマスは、瀕死のジョージをリキに任せてその場を去ったことや、ジョージに頼まれながらもアケミを探さなかったことによる「罪悪感」から、五四年間、原爆について語ることを拒み続けてきた。マスによる意識的な忘却は、リキがジョージになりすまして暮らしてきたことを黙認するという現在の行為に連結しているため、過去と対峙すること無くしては、マスは事件の真相に迫ることができない。

マスが長年苛まれてきた「罪悪感」は、ロバート・J・リフトンが「サバイバー・ギルト」（35）とよぶ、被爆生存者に典型的な「罪の意識」に通ずるものでもあるが、本シリーズにはほかにも、既存の原爆ナラティヴにみられる特徴が頻出する。[2]『大きなバチの夏』の終盤では、マスの被爆直前の言動、被爆直後の広島の様子、「黒い雨」との遭遇などが明かされるが、これらの描写は広島や長崎における被爆証言にしばしばみられるパターンと一致する。また、本シリーズに散見される、被爆者の病気や死、あるいは次世代への影響に対する被爆者の懸念は、〈原爆文学〉の多くに共通する〈放射能汚染の言説〉の系譜を辿ってもいる。

放射能汚染の言説は、病気との因果関係を証明することの難しい放射線による身体への影響の示唆、あるいはその影響に対する不安を表現した文章を指す（Matsunaga 63-64）。被爆直後から原爆による影響を記録し続けた大田洋子、「性」にかかわる出血や被爆による遺伝的影響への不安を小説化した林京子、内部被曝への懸念を描いた佐多稲子らの作品はいずれも、原爆の身体的もしくは心理的影響を裏付ける放射能汚染の言説を形成してきた。ヒラハラの〈マス・アライ〉シリーズもまた、例外ではない。『大きなバチの夏』では、広島で被爆したリキが最終的に癌で入院してしまうこと、流産の経験をもつ広島出身のマスの妻チズコが癌で亡くなっていること、胎内被爆したアケミの息子ヒカルが、タバコを口にしたことがないのに五〇歳で肺癌に罹り死亡していることなど、原爆が被爆者の病気や死に関連しているかもしれないことが繰り返し示唆されている。また、ヒカルの息子ユキの白血球の数値が異常に高く、マスの娘マリも鉄欠乏貧血に悩まされているとあるように、「被爆二世」と原爆の関連も完全には払拭されていない。マスの不安は「被爆三世」にまで及び、シリーズ二作目『ガサガサ・ガール』（二〇〇五年）では、自身の被爆が孫タケオの病気を悪化させるのではないかというマスの懸念が、タケオへの輸血の際にマスが発する「タケオにこれ以上害を与えたくない」、「〝ピカドン〟の影響があるかもしれん」（242, 二八九）などの言葉に表れている。林京子らが継続して描いてきた原爆の影響に対する不安は、〈マス・アライ〉シリーズにおいても継承されていたといえるだろう。

だが、被爆による身体への影響を〈ミステリ〉の「仕掛け」として使用することにはリスクも付随する。たとえば、マスのＤＮＡを利用した新種のストロベリーが事件の発端となるシリーズ五作目『ストロベリー・イエロー』（二〇一三年）のように、被爆による影響を「衝撃的な結末」とすることは、放射線照射量や被爆場所、あるいは個人差によっても異なる原爆の人体への影響の差異を等閑視する危険性を孕む。また、完結作『ヒロシマ・ボーイ』（二〇一八年）では、似島《にのしま》をモデルとする島で起こった殺人事件の原因を胎内被爆児の「骸骨」に帰することによって、「原爆小頭児」がセンセーショナルに紹介される結果となってしまった。小説中では、市民が「コーラスのように声をあげた」ことによって、広島では「原爆小頭児」の物語が「黙殺」されることはなかったとあるように（147）、ヒラハラが原爆小頭症患者を支えてきた「きのこの会」の存在を知っていたことは想像に難くない。[3]「風早晃治」というペンネームで中国放送記者・秋信利彦が執筆したルポタージュ「ＩＮ　ＵＴＥＲＯ」は、センセーショナルな見出しで報道されることはありながらも、長い間「放置されたままであった」（八六）原爆小頭症患者の実態に迫り、「きのこの会」発足経緯に触れている。報道関係者らの呼びかけによって一九六五年に発足した「きのこの会」は、当時原爆小頭症患者は「対象外」とされていた「原爆症認定」を求めると同時に、過剰な報道を避けるための窓口としても機能してきた。[4]またテレビ・ドキュメンタリー『原爆が遺した子ら』では、報道に携わる人々が原爆小頭症患者をサポートすることの葛藤が映し出されている。原爆小頭症を〈ミステリ〉の効果的戦略として用いることはすなわち、患者のプライバシーに配慮しながら、慎重な姿勢で援護を要求してきた「きのこの会」の活動や声を相殺してしまう危うさをも含みもっていた。

日系被爆者表象と植民地支配の歴史

〈マス・アライ〉シリーズが、日系コミュニティの多様な戦争記憶のポリティクスを反映していることはすでに述べた。だが、本ミステリをより国際的な文脈から読むことを可能としているのは、日系人を中心とした戦争の記憶が、東アジアにおける植民地支配の記憶へと連結している点にある。シリーズ三作目『スネークスキン三味線』（二〇〇六年）では、独立国家として栄えていた琉球王国で「宮廷楽器」として発展した「三線」をめぐる事件が描かれるなか、一七世紀に琉球王国が明の冊封国《さくほうこく》（従属国）でありながら薩摩藩による支配を受けていた事実や、約二〇万もの人命と多くの文化遺産が失われた一九四五年の沖縄戦など、沖縄植民地支配の歴史が紐解かれている（この事実が、沖縄出身の母とアフリカ系米兵の父をもつＵＣＬＡ教授ジェニシーによって説明されていることも指摘しておきたい）。また、ヒラハラが常に韓国と日本の関係を意識しながら本シリーズを執筆してきたことは、以下のインタヴューのヒラハラの言葉にも明らかだ。「〈マス・アライ〉シリーズは最初から、日韓の関係性についての一連の流れがある。シリーズを通して日系アメリカ人に対する政府の対応が包括的なテーマとなっているので、日本政府が歴史的に他のアジアの国々に何をしてきたのかを無視することはできないと分かっていた」(Cha)。

事実ヒラハラは、本シリーズの随所に、コリア系アメリカ人、韓国人、在日コリアン、コリアン被爆者の存在を挿入することで、日本の植民地支配の歴史や統治の影響に言及することを忘れない。『大きなバチの夏』では、殺人事件の動機ともなっている宇品の土地が「広島で労働を強いられた朝鮮半島出身者たちが多く住んでいたスラム街」(274) に隣接すること、またこの土地と強制労働訴訟の関連性をほのめかすことで、被爆者の約一割が朝鮮半島出身者やその家族であったことを想起させると同時に、原爆が植民地主義の歴史と無関係ではないことを示唆している。また、『ガサガサ・ガール』では、コリア系小売店主に日本語で話しかけられたマスが英語で答え、「この老人の日本語には、つらく悲しい思い出しかない、かつて彼ら独自の民族性を消し去るために使われた武器の名残に思えた」(58, 七〇–七一）とあるように、マスが日本の植民地統治における「同化政策」の痕跡を意識しながら日常生活を送っていることが示されている。ヒラハラはこのように、植民地主義の形跡をシリーズ全体に織り込むことで、日系人被爆者の戦争記憶が朝鮮半島をめぐる植民地主義の暴力や差別の歴史と重なる言語空間を顕在化してきた。

こうしたヒラハラの問題意識は、シリーズ六作目『サヨナラ・スラム』（二〇一六年）にもっとも顕著に現れることになる。二〇〇九年のワールド・ベースボール・クラシックの日韓戦から始まる本小説は、日本人新聞記者の殺人事件をめぐる〈ミステリ〉をメインとしながらも、サブプロットとして日本軍「慰安婦」制度や在日コリアンに対する差別にフォーカスがあてられる。作品の中盤で、韓国チーム投手の祖母であるキム氏が日本軍「慰安婦」制度のサバイバーであることを知ったマスは、「普通のアジア人のおばあさん」にみえるキム氏がそのような過去を経験していることに驚きながらも、原爆や黒い雨を生き延びた自分やハルオの体験と「同じ範疇に入るのではないか」と感じる。しかし、「「慰安婦」捏造説」を主張する日本の新聞の存在を知ると、「一五、一六歳の女性がそのようなことに志願しないだろう」と顔をしかめ、怒りを隠せない（100-101）。また、初めて触れた在日コリアンに対するウェブ上のヘイトスピーチに嫌悪を抱いたマスは、新聞記者であり被爆二世でもあるトモから在日コリアンの歴史を教えてもらうことで、在日コリアンに対する差別が日本による朝鮮植民地支配の歴史と切り離せないことも学ぶ（135-36）。さらに作品終盤では、殺人事件の真相を暴くのを手伝った手間賃はすべて、日本軍「慰安婦」制度のサバイバーをサポートする「韓国女性擁護団体」のサリー・リーに渡してほしいとまで述べている（212）。このように本小説では、これまで「日本のマイノリティ」や戦争犯罪に無関心であったマスが、日本軍「慰安婦」制度の歴史や在日コリアンへの差別を学んでいく様子を組み込むことで、読者もまた、同様のプロセスを辿ることが想定されている。

これまで原爆を扱った日系文学作品が植民地主義の問題にほとんど触れてこなかったことを考えると、本シリーズの試みが画期的かつ重要であることは疑いない。一方で、日韓でいまだ解決されていない戦後問題が、「日系被爆者」であるマスの「共感」的視点の獲得という形であっさりと解消されてしまう点については、今一度慎重に検討する必要がある。日本軍「慰安婦」制度のサバイバーであるキム氏は、自分から日本語でマスに話しかけているように、マスにたいして「友好的」だ。「被爆者」であることは「とてもつらいことだったでしょうね」とマスを気遣うキム氏の言葉に「不意を突かれ」ながらも、マスは「そのことについては考えないようにしてきた」と答えている（181）。また、「語っても意味がない」と、これまで自分の体験を打ち明けてこなかったキム氏が自分の「物語」を語る決意をマスに伝えると、公表することでキム氏にもたらされるかもしれない危険をマスは案じる（181）。一方で、「過去に日本の男性によって傷つけられた」キム氏を守るためにマスを冷遇してきたサリーが、これまでの態度をマスに謝罪すると、マスは「ゴミのような奴らと一緒にされたくない」と思いながらも、「キム氏に免じて」サリーの謝罪を受け入れる（182）。これらの場面に、相互的「共感」や「理解」を汲み取ることは難しくない。だが、キム氏によって日系被爆者と日本軍「慰安婦」制度のサバイバーが等式化されることを素直に受け止め、「慰安婦」制度の「加害者」である「日本の男性」を他者化するマスの行為には、「被爆者」であることを「免罪符」に、マスのポジショナリティあるいは「特権」――「男性」、「アメリカ人」、「日系」であること――を曖昧化してしまう可能性があることも指摘しておかねばならない。また、韓国において原爆を植民地支配の解放として捉える言説や傾向が存在してきたことを考慮したとき、キム氏やマスが日本軍「慰安婦」制度のサバイバーの「沈黙」を日系被爆者の「沈黙」と同列に扱っていることにも、一考の余地があるだろう。

ヒラハラはインタヴューのなかで、日韓の問題を扱うことで「多くの日本のファンを獲得することは難しいかもしれない」としながらも、「奇妙なことに日系アメリカ人は、小説のなかでこのトピックについては書きたいことはなんでも書ける開放的な立場にあった。私たちの政府や特定の政治的利害関係によって、検閲されたり影響を受けたりするわけではないからだ」と述べている（Cha）。すなわち、日本のメディアで取り扱うことが難しい日本軍「慰安婦」制度の問題を、アメリカに居住する日系作家が英語でとりあげたとしても、それほど大きな抵抗はないであろうことをヒラハラは把握していた。また、「広島のサバイバーであることから、マスはこれらのデリケートな問題を検討するにはパーフェクトな人物だった」（Cha）と述べているように、マスの「被爆者」という立場が日本軍「慰安婦」制度について発言するのに安全な装置として働くことにも意識的であったといえる。さらにいえば、〈シリーズ化されたミステリ〉という性質上、「一般読者」が受け入れやすいエンターテイメント性を担保する必要があったことも考慮すべきだろう。「これらのデリケートな問題」を殺人事件の真相とは直接的には関係のないサブプロットとすることは、「地政学的に厄介な領域」に着地することを回避するのに有効な戦略でもあったのだ。ヒラハラは日韓の問題を扱う際に、政治的に慎重な対応が求められることを十分に理解していた。であるならば、皮肉にもヒラハラが切り拓いた日系被爆者と植民地支配を接続する「厄介な」言語空間は、ヒラハラの修辞的戦略によって安全な場所へと引き戻されてしまった。

〈マス・アライ〉シリーズは、〈原爆文学〉の特徴を〈ミステリ〉というジャンルに活かしながら、植民地主義の問題に斬り込んだ斬新な文学的挑戦である。一方で、〈ミステリ〉の魅力や衝撃的な結末を確保するがゆえに、単純な方式に落とし込むことのできない放射能汚染の言説や植民地主義の問題を深化することが、本シリーズでは難しくなってしまったように思われる。だが、このような限界をもちつつも、ヒラハラを含めた日系作家たちが、日本を中心に展開してきた〈原爆文学〉をより国際的で重層的な文学体系へと発展させてきたことは確かである。放射能汚染の言説や植民地主義の歴史・記憶を検証することは、日系文学と〈原爆文学〉をさらに世界的な文学へと拓くための重要な課題であるといえるだろう。

※本稿は *AALA Journal* (No.26, 2020) に掲載された論考「日系文学と原爆——ナオミ・ヒラハラの〈ミステリ〉小説にみる放射能汚染と植民地主義の言説」に修正を施したものである。またＪＳＰＳ科研費（科研番号:19H01240）の助成を受けた研究成果の一部である。

【註】

（１）日系人強制収容、長崎の原爆、「カナダ先住民に対する植民地主義的人種暴力」の連結性に着目した重要な論考に、中村理香の「ジョイ・コガワ『おばさん』における先住民へのまなざしと「入植者市民権」という両義性」がある。中村理香著『アジア系アメリカと戦争記憶』第六章とあわせて参照されたい。

（2）本作品における「罪悪感」と「バチ」の関係については、永川とも子の論考 "Hiroshima Survivors and Their 'Mother Country,' America" が詳しい。

（3）スティーヴン・オカザキの『マッシュルーム・クラブ』（二〇〇五年）では、原爆小頭症患者や「きのこの会」がとりあげられている。

（4）原爆小頭症患者や「きのこの会」の発足過程については、風早晃治「IN UTERO」（山代巴編『この世界の片隅で』所収）、テレビ・ドキュメンタリー『原爆が遺した子ら』、平尾直政・東琢磨・大牟田聡・山本昭宏「『原爆が遺した子ら』をめぐるアフター・トーク」を参照されたい。

【引用・参考文献】

河原崎やす子「Joy Kogawa」『日系アメリカ文学――三世代の軌跡を読む』創元社、一九九七年。

袖井林二郎『私たちは敵だったのか――在米被爆者の黙示録』岩波書店、一九九五年。

中村理香「ジョイ・コガワ『おばさん』における先住民へのまなざしと「入植者市民権」という両義性」『多民族研究』第八号、二〇一五年、六八―八二頁。

――『アジア系アメリカと戦争記憶――原爆・「慰安婦」・強制収容』青弓社、二〇一七年。

長井志保、吉永益久「1950年代のアメリカにおける原爆に抗議する日系作家ヒサエ・ヤマモト」『群馬高専レビュー』三五号、二〇一七年、五三―五九頁。

風早晃治「IN UTERO」『この世界の片隅で』山代巴編、岩波新書、二〇一八年。

平尾直政・東琢磨・大牟田聡・山本昭宏「『原爆が遺した子ら』をめぐるアフター・トーク」『原爆文学研究』一八号、二〇一九年、二〇五―二二七頁。

ヒラハラ、ナオミ「原爆の記憶をとどめる瀬戸内海の似島を訪ねて」Nippon.com. 二〇一六年九月二九日。https://www.nippon.com/ja/column/g00381/. アクセス日二〇二〇年八月一五日。

松永京子「「再生」される身体——文学における日系被爆者表象」『エコクリティシズム・レヴュー』九号、二〇一六年、七九—八九頁。

——「原爆をめぐる「沈黙」の言葉——『オバサン』における一九七二年の〈謎〉と北米先住民表象」『言葉という謎——英米文学・文化のアポリア』御輿哲也、新野緑、吉川朗子編、二〇一七年、二一九—三〇五頁。

松前陽子『在米被爆者』潮出版社、二〇一九年。

山口知子「大衆文学——「越境」のみえる場所」『アジア系アメリカ文学を学ぶ人のために』植木照代監修、山本秀行・村山瑞穂編、世界思想社、二〇一一年、二二一—三八頁。

山本秀行「日系アメリカ人が描いた〈ヒロシマ・ナガサキ〉——日系アメリカ人原爆文学における記憶と物語」『憑依する過去——アジア系アメリカ文学におけるトラウマ・記憶・再生』小林富久子監修、金星堂、二〇一四年、六二—八〇頁。

Cha, Steph. "Mas Arai-Mania: An Interview with Naomi Hirahara." May 30, 2016. lareviewofbooks.org/article/mas-arai-mania-interview-naomi-hirahara/. Accessed 15 Aug. 2020.

Hirahara, Naomi. *Summer of the Big Bachi*. Delta Trade Paperbacks, 2004.

---. *Gasa-Gasa Girl*. Delta Trade Paperbacks, 2005.（ナオミ・ヒラハラ『ガサガサ・ガール』富永和子訳、小学館文庫、二〇〇八年）

---. *Snakeskin Shamisen*, Delta Trade Paperbacks, 2006.（ナオミ・ヒラハラ『スネークスキン三味線』富永和子、小学館文庫、二〇〇八年）

---. *Strawberry Yellow*. Prospect Park Books, 2013.

---. *Sayonara Slam*. Prospect Park Books, 2016.

---. *Hiroshima Boy*. Prospect Park books, 2018.

Kogawa, Joy. *Obasan*. 1981. Anchor Books, 1993.（ジョイ・コガワ『失われた祖国』長岡沙里訳、中公文庫、一九九八年）

Lifton, Robert J. *Death in Life: Survivors of Hiroshima*. 1968. U of North Carolina P, 1991.

Matsunaga, Kyoko. "Radioactive Discourse and Atomic Bomb Texts: Ōta Yōko, Hayashi Kyōko, and Sata Ineko." *Ecocriticism in Japan*. Eds. Hisaaki Wake, Keijiro Suga, and Yuki Masami. Lexington Books, 2018, pp. 63-80.

Nagakawa, Tomoko. "Hiroshima Survivors and Their 'Mother Country,' America; An Examination of the Japanese-American Hibakusha in Naomi Hirahara's *Summer of the Big Bachi*."『九州英文学』五四号、二〇一二年、八九―一〇〇頁。

Uchino, Crystal. "Representing Atomic Memory in the Japanese American Public Sphere Since 1945."『人間・環境学』第二六巻、京都大学大学院人間・環境学研究科、二〇一七年、一九七―二一五頁。

第Ⅲ部　トランスボーダー化するアジア系文学の研究パースペクティヴ

第12章　人新世《じんしんせい》における共生の物語
——ヒロミ・ゴトーの『ダーケスト・ライト』

岸野　英美

新たな地質時代とゴトーの環境意識

二一世紀の初めに大気化学者パウル・クルッツェンらによって提唱された「人新世《じんしんせい》（Anthropocene）」というキータームが、昨今、文理の垣根を超えてさまざまな研究分野に浸透しつつある。人新世は一万年以上も続いた完新世に次ぐ新たな地質時代を示すタームであるが、その始まりの時期については議論が続き、未だ定まっていない。しかし筆者は地質学や生態学、文化人類学、哲学など多方面から支持される一九五〇年前後に目を向けたい。言うまでもなく、これは第二次世界大戦後のテクノロジーの進歩に伴い、人為的活動によって自然が破壊された結果、環境汚染や異常気象がもたらされ、地球に深刻な変化が起きている時期、いわゆる「大加速（Great Acceleration）」の時代である。一方、環境人文学およびエコクリティシズムの研究者であるスコット・スロヴィックやウルズラ・ハイザもこのタームにいち早く着目し、私たち人間がいかにしてこの深刻な状況に対処するかの議論を積み重ねてきた。彼らに共通するのは、脱人間中心主義を再考し、人文学研究の新たな可能性を探求することである。

日系カナダ人作家ヒロミ・ゴトーもまた人新世における人間と自然の関係性について思考する。エッセイ「私があなたに最後に会った時」において、ゴトーはアルバータ州のカルガリーにある国内最大の都市公園ノース・ヒルズ・パークにおける廃棄物の不法放棄や気候変動の問題、同州のエドモントンからブリティッシュ・コロンビア州のバーナビーまで拡張されるトランス・マウンテン・パイプライン建設に対する先住民の抵抗を取り上げる。その中でゴトーは自身と「関わるもの（relatives）」（Goto 2020: 30）とは「血縁や種を越えたもの」（30）であり、「あらゆる人種や地球の大地、水中に住まういきもの」（30）であるとし、さまざまな存在と人間、あるいは自身との結びつきを意識する。同時にゴトーは全ての存在が繋がり合って「類縁関係（kin or kinship）」(30-31)を構築すると捉える。このゴトーの意識は、人新世を科学やフェミニズム、文学などの視点で多角的に検討する批評家ダナ・ハラウェイがめざす「類縁関係（kin）」（ハラウェイ二〇一七、一〇三）と重なる。ハラウェイは「親族」あるいは「親戚」という意味で使用されるrelativesがもともと理論上の関係を意味する語であり、一七世紀にはそれが親族、親戚という意味で一般的に使用されはじめたと指摘する。私たち人間を含む全ての存在が深いところで類縁関係を形成しているのである［一〇四］。

筆者によるインタビューの中でも、ゴトーは自然環境との繋がりについて語っている。森に立った時、「あらゆる生命の規模で見れば人間の生命がいかにちっぽけなものか」（Kishino 2013: 88）と感じ、「自然の中で知覚したことを小説に取れ入れている」（88）と述べる。ゴトーを取り巻く環境は、彼女の想像力を刺激し、独創的な物語世界を展開する源泉となっているのである。ゴトーの小説では、現代の環境作家の作品にみられるように具体的な環境問題が前景化されることは殆どない。しかしゴトーの作品に頻出する人間ならざるものたちを考察すると、人新世を議論する現代の批評家や思想家たちが提唱する人間と自然の関わりの再考や人間の在り方の問い直しをゴトーも促している面があるように思える。

そこで本稿では、ゴトーの作品を特徴づけている人間ならざるものたちを概観した上で、過去の作品の中で最も複雑な物語が展開されている『ダーケスト・ライト』（二〇一二年）を取り上げて、そこに登場する人間ならざるものが作中でいかなる機能を果たしているかを、人新世をめぐる批評家や思想家の議論を取り入れながら探ってみたい。

ゴトー作品に描かれる人間ならざるものたち

環境思想家ティモシー・モートンは、人間と「人間ならざるものたち（non-human beings）」との関係性を問い続ける。モートンは「私たちが人間ならざる『他のもの』の近くへ連れていかれるまさにその時、自然は『私たち』と『彼ら』のあいだの心地よい距離を再設定する」（モートン　三八）と述べ、「私たち」と「彼ら」の双方が複雑に絡み合いながらこの世界をつくりだしていること、それゆえに地球上の全てのものが共生することの重要性を説き、従来の人間主体の自然観を覆そうとする。

ゴトーの主要な作品には、動植物から架空のいきものに至る超自然的な存在が多数描かれており、ゴトー作品に描出されるテーマに深く関わっている。たとえばデビュー作である長編小説『コーラス・オブ・マッシュルーム』(一九九四年)には、老女から若返り、人間の能力を越えた力を持つようになるナオエが描かれるが、その身体の変容と能力の獲得にマッシュルームが醸し出す精気が関わる。続く長編小説『カッパの子ども』(二〇〇一年)においては、伝説上のいきものであるカッパがカナダの大地に現れ、主人公とのレズビアン関係が示唆される。短編小説集『ホープフル・モンスターズ』(二〇〇四年)では、化け猫やノッペラボウを連想させる化け物や、トイレに流されて蘇る金魚や尻尾を持つ女系家族など、不気味なものたちが登場する。児童文学作品『可能性の水』(二〇〇一年)の森の住人であるヤマンバやカッパやキツネ、タヌキといった動物たちは、主人公の成長に関わる。そしてヤング・アダルト作品『ハーフ・ワールド』(二〇〇九年)とその続編『ダーケスト・ライト』では、異界のハーフ・ワールドに君臨する怪異の存在や半人半獣、さらには主人公に力を貸す動物たちが描かれている。

このような超自然的な存在の表象は、モートンの人間ならざるものに対する考察を想起させる。モートンが一貫して人間も人間ならざる存在も、すべての生きとし生けるものはみな相互に関係し合っていると断ずるように、ゴトー作品に描かれる人間ならざるものたちには、人間との深い繋がりが描かれているのである。

さらにゴトーが作家としてのキャリアを重ねるにつれて、作品に描かれる人間ならざるものの表象は、一層多様となっていくことに気づかされる。中でも『ハーフ・ワールド』と続編の『ダーケスト・ライト』の混沌とした世界に登場するキャラクターには、従来のゴトーの人間ならざるものには見られない象徴的意味合いが色濃く込められている。ゆえに、まずはこの二作品の舞台となる特異なハーフ・ワールドの世界を分析し、本作品に登場する半人半獣のサイボーグ的な機能と不浄さを考察していく。次に主人公の身体表象からトランスコーポリアリティの可能性を検討し、本作品における人間ならざるものたちにゴトーが込めた思いを読み取っていく。

ハーフ・ワールドという異界

二つの作品には、現実の世界とそれ以外の二つの世界、すなわち、「肉界」と「ハーフ・ワールド」と「霊界」が設定されている。前作の『ハーフ・ワールド』で、あらゆる生命は肉界における死後、魂となってハーフ・ワールドに行き、そこでしばらく苦悩の時を過ごし、魂が浄化されたのち霊界に赴くことと記される（Goto 2009: 1）。前作では、この三界のバランスが崩れ、主人公のメラニーが、ハーフ・ワールドの支配者であるグルースキンに連れ去られた母を救うために、この界へ行く。メラニーはネズミやカラスの助けを得て、最終的にはグルースキンに勝利し、現実世界に戻って来る。続編の『ダーケスト・ライト』では、その後の物語が描かれる。前作でメラニーがグルースキンの胎内から取り出した赤ん坊のベイビー・ジーが、ここではジーという主人公として活躍する。現実の世界である肉界で暮らし、生きづらさを感じる青年ジーが、ハーフ・ワールドの危機を救うため、また自分のルーツを辿り、ハーフ・ワールドにいる両親を探すために、黒い服を着て黒いブーツ、ストッキングを履いたネオゴスのレズビアン少女クラッカーと、人間の言葉を話す白猫とともにさまざまな出来事に遭遇する。

死と暴力、支配、痛みが混在するハーフ・ワールドは、その不気味さを増強するかのごとく、二作品に共通して「色がなく」、「まるで白黒映画のような」世界である（Goto 2009: 64, Goto 2012: 128）。白から黒の無彩色のトーンには無や不吉、憂鬱などの負のイメージが付与され、ハーフ・ワールドがいかに異様な世界であるかが強く打ち出される。このように描写されるハーフ・ワールドは、ライブ・ザランズが指摘するように「ネクロパワーと情動が複雑に絡み合って」（Zarranz 127）おり、権力によって生死が決定され、それが正当化されるというアキーユ・ンベンベの「死の政治学（Necropolitics）」を連想させる世界と捉えることもできる。

一方『ダーケスト・ライト』において、ジーは、前作でメラニーが経験したように、淡いグレー色の電灯や白いネオンの光、ヒンズー教のパゴスやイスラム教のミナレット、テント、そして高層ビルにハイウェイと古い塔から近代的な建造物が入り混じる奇妙な世界に困惑する。しかし、さらに注目すべきは、ジーがこの世界について「静かで、僅かに金属的」（122）、あるいは「冷たくて、湿っていて、金属的」（141）と語るように、「金属的（metallic）」という語が頻出する点である。ここでは、ハーフ・ワールドが単なる怪異を象徴する世界ではなく、前作では描かれなかった金属のような無機質さや工業的な雰囲気が漂う世界であることが読み取れる。

変身する半人半獣

以上のような殺伐とした無味乾燥な世界にはどのような人間ならざるものたちが存在するのだろうか。興味深いことに、前作ではグルースキンの支持者に過ぎず、それほど目立たなかった半人半獣のトリ男とウナギ女が、『ダーケスト・ライト』においてはハーフ・ワールドの中心的な存在として描かれている。カルとイランナという名の二人は、ジーを利用してハーフ・ワールドを活性化し、支配しようと目論む。

古くから神話やおとぎ話の中のいきものたちは、それぞれの物語で伝統的なイメージを付与されてきた。中でも鳥は霊的で超自然的な力を持つ象徴として、あるいは神や悪魔につかえるものとして語り伝えられてきた（フリース 六一―六二）。作中、細身ではあるが、筋肉質で巨大な手、曲がった鋭いくちばしと獰猛な目を持つトリ男のカルは、このような古くから伝わる鳥の象徴性に、破壊的な要素も加わり、一層不気味さを増した特異な存在として描かれる。

一方、いつも海のにおい、それも悪臭を体から放つイランナの両肩には、二匹のウナギが付いている。気性が荒いこの二匹のウナギは、イランナの腕として機能する（91-92）。アジアの多くの国ではウナギは食材として馴染みのあるいきものであるが、そのすばしこさやつかみどころのなさから、従来、とくに西洋においては、悪意を連想させるものとして人々に認識されてきた（フリース 二〇二）。時として突発的に敵とみなすものを攻撃し、それにまとわりつくこの二匹のウナギもまた西洋の伝統的イメージを内包しており、ジーを執拗に追いかけるイランナの激しさを際立たせる。

ゴトーは従来の作品に実に多くの動物を登場させている。中でも特徴的に目を引くのが、身近に存在するものの一般的に人々から嫌悪感をもたれる傾向がある動物を固定観念で表象していないことである。前作に登場するカラスとネズミは、嫌悪の対象としてではなく、主人公を助ける重要な役割を担わされている。ここには、固定観念を揺るがせようとするゴトーの姿勢が表されているといえよう。しかし『ダーケスト・ライト』では、カルもイランナも、その表象のされ方には、前作におけるカラスとネズミのそれとの違いが見られる。前作では、カラスはカラス、そしてまた、翡翠のお守りに変身していた時期を除いては、ネズミはネズミとしての姿のまま登場する。ところが、カルは鳥と人間が、イランナはウナギと人間が一体化した、それぞれ半人半鳥、半人半魚として描かれている。既に検討したように、これらの姿には、古来伝えられてきているイメージが付与されているということ以外に、さらなる考察の必要がありそうだ。

というのも、これはポストヒューマンの議論を補強し、人間と動物、機械の関係性を包括的に問い直そうとするハラウェイのサイボーグ論に通じると思えるからである。ハラウェイは「境界上のいきものたちは文字通り怪物＝表すもの（monsters）なのであり、この語彙は（to）demonstrate（表す）という語と、共通語根以上のものを共有している」（ハラウェイ 二〇一〇、一五）と指摘し、三つの境界、すなわち人間／動物（二九一）、人間／機械（292）、物理的なもの／物理的ならざるもの（二九三）の解体と融合をめざす。『ダーケスト・ライト』において、機械との繋がりを連想させるメタリックな雰囲気が漂う世界の中で、人間と動物が一体となった半人半獣の身体を持つカルとイランナが、心境の変化とともに身体が変化していくことは、ハラウェイの指摘する境界を解体し得る可能性を内包していると捉えることができるのではないだろうか。

カルとイランナの身体は物語の中で以下のような変化を見せる。カルは物語冒頭でイランナの企みに否定的な態度をとるにもかかわらず、結局はイランナに同行する。しかし、ジーを必死に助け、亡くなった姉を懸命に探そうとするクラッカーの勇敢さを見て、生前、自分に愛情を注いでくれた大切な弟を裏切ったことを思い出し、空腹を満たすためにいきものを殺生し、それを食べ続けたことで、ハーフ・ワールドでしか存在できなくなってしまったことを後悔する。しかし、その過ちに気づいたとき、カルの体はオレンジの光の「ヒノタマ」(277)と化し、自由を手に入れ、ハーフ・ワールドを脱することができる。

一方、イランナはもともと最愛の恋人に裏切られるという悲しい過去を持つ女性であったことが語られる。苦しみに満ちたハーフ・ワールドで存在するために、異性に頼りながらハーフ・ワールドに住むいきものを繰り返し殺し食べ続けるイランナは、ハーフ・ワールドの中に留まり、そこで輪廻を続けるしかできない。イランナはそれが自分の輪廻であるとは受け止められず、同時にジーを思い通りにできない苛立ちと、ジーが壊したハーフ・ワールドを復活し拡大させたいという欲望に駆られ、カルとは異なる変貌を遂げる(280-81)。ジーをハーフ・ワールドから逃すまいと闘う中で、両腕の役割を果たしていた二匹のウナギを失ってなおも執拗にジーを追うイランナの身体は、頭部だけはそのままで、巨大なウナギのように変化していく(290)。そしてイランナはカルのようにヒノタマに化すことはなく、ハーフ・ワールドの中で永遠に存在し続けることになる。

このように、二つの身体は物語の中で対照的に変身する。そこにはハラウェイが議論した境界のひとつである、物理的なるもの/物理的ならざるものの解体・融合の可能性もみられる。カルのこれまでの自分の行いに対する後悔と改心はヒノタマという形で表わされる。一方、イランナの寂しさや、憎しみや激しさから生じる攻撃性は巨大ウナギへの変貌という形で表される。両者とも情動が身体の変化として表れることで、物理的なものとして可視化され、物理的なるものとそうではないものの境界が脱構築されていると解釈できる。ゆえにカルとイランナは、ハラウェイの指摘するサイボーグ的な機能を果たし、ここに固定観念で見られる自然や人間世界の境界を揺るがすゴトーの視点が表されていると指摘できると言えるのではないだろうか。

浄／不浄の境界をめぐって

　ここでまた注目しておきたいのは、以上のように一見して忌避されがちな異様なものや異質なものをゴトーが物語世界に導入し、そうするだけに留まらず、さらにそれを受け止める視点を変え、受け入れようとするゴトーの姿勢が垣間見えることである。先に触れた『ホープフル・モンスターズ』所収の短編小説「臭い少女」にも、その姿勢は見られる。文字通り臭い女性が主人公となるこの作品では、誰も悪臭がどこから出ているのかを探ることもなく、ただそれを避けるのみである。しかしこの物語は、人々が嫌悪感を示していた悪臭の正体が実は美しい音であったという独創的な展開を見せる。女性から発せられる音はあまりに強烈過ぎるため、彼女の体から臭いとして発散されていることがやがて判明する。ここでは、本来別々の機能を果たしている臭覚と聴覚という感覚の境界が曖昧にされ、揺るがされているさまが提示される。「臭い少女」には二元論的な前提に強い違和感を持つゴトーが美／醜や浄／不浄の概念や価値観の境界を転覆させようとする意図が読み取れる。

　ゴトーは以上のように、一般的に不浄と捉えられるものを異なる視点で捉えようとしているが、この姿勢は、汚れたものや状態を観察し、そこから思想を展開しようとするモートンのダークエコロジーに共通したものがあるように思える。モートンはダークエコロジーを「主体と客体の二元論から逃れることを永遠に試みるのではなく、主／客体の二元性とダンスを踊る」（モートン 三五八）と定義し、主体と客体の境界を揺るがし、自然環境には常に不浄や汚れが付きまとい、人間はその全てを排除することはできないことを示唆する。つまり浄と不浄が共存することを認識し、両者にいずれが主体で客体かの差異をつけ、それぞれを固定観念で評価するのではなく、それぞれの存在を認識することによって、自然環境における人間の在り方を再考し、人間を取り巻くものを理解することの大切さを説くのである。

『ダーケスト・ライト』においても浄／不浄の境界を曖昧にしようとするゴトーの視点が認められる描写がある。いきものを殺生し続けるカルとイランナは、不浄の心を持つと考えられ、当初は両者ともに忌み嫌われる存在として描かれていた。ところが物語が進むにつれて、イランナとは異なり、カルは不浄の世界に存在する自分を、ジーやクラッカーの影響で新たな視点で見つめ直し、その現状を認識する。結果として自己認識したカルは、自己変革をすることができ、自由を獲得したのである。カルの半人半鳥の姿からヒノタマへの変身は、不浄の世界と浄の世界を曖昧化するゴトーの問題意識が表されていると指摘できるだろう。

ジーの身体におけるトランスコーポリアリティの可能性

このようにサイボーグ性を体現したかのようなカルとイランナに最も深く関わっていくのが、本作の主人公のジーである。グルースキンを前身とするジーにもまた、二人のように身体の変化が訪れる。肉界において老女のポポに育てられたジーは、一六歳になって自分が何者であるか、両親は誰かといった疑問を持つようになる。同じ学校に通う青年たちから苛めを受けるが、ジーの前にカルとイランナが現れ、人間のことばを話す奇妙な白猫がやって来て以来、この青年たちを殴り倒すなど、ジーは自分の中に暴力性が眠っていることに気づく（68）。同時にどこからともなく不気味な声が聞こえてくるようになり、その声の主がグルースキンのものであると知る。その内なる声は、ジーの両親がハーフ・ワールドに存在すると伝え、ジーをハーフ・ワールドに行くよう促す。真相を確かめるために、ジーは、自殺した妹に会いたいと懇願するクラッカーとハーフ・ワールドのガイド役となる白猫とともに、ハーフ・ワールドの地を訪れることとなる。

しかし、ハーフ・ワールドに入界したジーの身体は徐々にグルースキンの身体に戻っていく。グルースキンの身体的特徴は、その名が示すように粘性があり、「べとべとした手のひら」（126）で「工業用の粘土でできたような指」

（127）、「伸縮自在の腕脚」（150）、「弾力のある唇」（267）を持ち、執拗に標的を追い回すというものである。またグルースキンは雄性の身体にもかかわらず、分身を宿す力も備えている。ジーはハーフ・ワールドの関所で、通行料として自身の小指を切り取り門番に差し出すが、その小指はトカゲの尻尾のごとく再生し、手は破壊力を増すようになる。やがてグルースキンの身体に変化していくジーは、思考までも彼に占領されていく。ジーは、自分の中にある良心とグルースキンの悪心とのはざまで苦しむ。

一方、ジーがハーフ・ワールドで会った両親もまた、そこでしか輪廻を続けることができない。ジーの父親は母親に暴力を振い、夫に対する恐怖心をコントロールできない母親は夫に抵抗することもできず、なす術がない。ジーは父親を殺して母を守るべきか、父の命を奪うべきではないかという倫理的ジレンマに苦しむ。結局、母親は父親に殴り殺されてしまう（256）。母が死んだ悲しみと心の痛みはグルースキンとしてのさらなる力を増すことになり、ジーは完全にグルーススキンと化す。

さらに外見的にはグルースキンの身体的特徴を持ち、しかも内面では相反する二つの倫理観を持つようになったジーに、もう一つの設定が加わる。ハーフ・ワールドで生まれたジーはもともと半死半生の状態で存在していたというのである。このようなジーの身体は、ザランズも指摘する「トランスコーポリアリティの集合」（Zarranz 134）を象徴するものとして捉えることが可能である。ただし、ザランズは本作におけるいくつかの怪異の存在の集まりをこのように呼んでいるが、むしろジーの特殊な身体そのものがトランスコーポリアリティを暗示していると言えるのではないだろうか。

スロヴィックは、今日までのエコクリティシズムの歴史を辿り、「波」を象徴的に用いて四つの時期に分ける（Slovic 2012 : 443）。なかでも、彼は第四の波を特徴づけている「マテリアル・エコクリティシズム」（Slovic 2016: 105）の重要な議論の一つとしてステイシー・アライモの「トランスコーポリアリティ（transcorporeality）」を重視する。「具現化された存在としてのあらゆるいきものが、動的で物質的な世界と相互に絡みあうことで、交わり、変形する」

（Alaimo 2018: 435）ことを意味するトランスコーポリアリティは、「肉体（corporeality）」を「超え（trans）」、私たちが他の存在と相互に作用していることを認識するよう促す。この議論の背景には、境界を明確に定義するデカルトの心身二元論や、近代の自然観や人間観といった認識様式への批判がある。この点でトランスコーポリアリティは、アライモ自身も認めているように、新マテリアリズムとポストヒューマニズムを統合する議論として捉えることもできる。さらにアライモはトランスコーポリアリティの議論を通して、私たち人間が世界からいかに多くの影響を受けているかを理解できていないことを指摘し、人間がより広い世界と結びついていることを意識することによって、自分自身の存在を認識できるようになると断ずる［Alaimo 2012: 478］。ゆえにトランスコーポリアリティは、人間中心的な思想を脱却するために有効であり、私たちがいかにこの世界に埋め込まれた存在であるかということを再確認させてくれる。

前述したように、ジーが見たハーフ・ワールドの世界は、古風な宗教的建造物や現代を象徴する大型建造物が入り混じり、メタリックな雰囲気が漂う世界である。またジーが「無意味。筋が通らない。ハーフ・ワールドは物質からなる悪夢……」（142）だと考えるように、ハーフ・ワールドは人間の観念や精神とは無縁の「物」を重視するマテリアリズムを想起させる世界でもある。このような世界の中で、伸縮、再生し、工業用粘土のように変幻自在となり、生と死、善と悪のはざまで苦しみ、さらに分身（子ども）を宿す力まで備えたジーの身体は、古い文化と新たな文化、現実と非現実、生と死、善と悪、男と女という物理的、倫理的な既存の二項対立の解体・融合の可能性を考えさせる。言い換えると、ジーの身体は、文化、社会、存在、物質、生物、性などさまざまな物理的現象や倫理的概念の全てを内包するものとして捉えることができるのである。この動的で物質的な世界と複雑に絡み合うジーの身体は、アライモのことばを借りるならば、「人間が常に人間を超える世界と密接に関係しているトランスコーポリアリティとして、人間の肉体を想像することが最終的に『環境』から切り離せない」（Alaimo 2010: 2）存在であることを示唆し、身体を超える世界に対する認識の重要性を伝えるものとして捉えることができるのではないだろうか。

物語の向こうに

最終的にジーは自分の中にあるグルースキンの存在を抑え、現実の世界には戻らず、ハーフ・ワールドに留まる決意をする。それは肉界で自分を育ててくれたポポや姉のように接してくれたメラニー、ハーフ・ワールドでともに戦った仲間たちとの別れを意味する。ジーはひとり孤独なままハーフ・ワールドで自分の輪廻を繰り返すという宿命を受け入れる。なぜならジーは自らがこの残酷なハーフ・ワールドに留まることが、三界の安定に繋がると考えるからである。

従来の多くの冒険物語において、困難に命がけで立ち向かいながら成長した主人公は、最後は自分の故郷や大切な存在の元に戻っていく。本作品には従来の冒険物語のような読者の期待に応える大団円は見られず、むしろ絶望的な結末を迎える。しかし、本作品を読み終えて、読者はある種の爽快感を得るだろう。というのも、読者にやるせなさを与えるこの物語は、絶望を描くだけに留まっておらず、僅かながらも救いを見いだせる存在が物語に織り込まれているのである。それは無色のハーフ・ワールドで有色の存在として現れるものに見いだせる。たとえば、ハーフ・ワールドでジーを支えた勇敢なクラッカーの琥珀色の目（146）、物語の終盤のカルが化したオレンジ色のヒノタマ（277）、仲間と別れた後、ジーが見上げた青空（301）、そして最後にハーフ・ワールドを通り抜ける薄緑色と濃青色の二つのヒノタマである（323-24）。これらの有色の存在は、暗いハーフ・ワールドの中で小さな希望の光を灯しているのである。

以上のように、『ダーケスト・ライト』の人間ならざるものたちは、奇妙な存在として描かれはするが、ゴトーが作品を通して一貫して問い続ける既存の価値観や規範を転覆させる役割をもって作品に登場する。考察を進めていくと、本作品における特異な人間ならざるものを生み出したゴトーの思想の根底には、自分自身を取り巻く環境や物事をめぐる議論を展開しようとする現代の批評家や思想家に通じる意識がある。そしてあらゆる境界を越え、物質的、倫理的にすべてのものが「共生」することを認識することの大切さを伝えようとするゴトーの意図をくみ取ることができるのである。このような問題意識は、私たち人間が地球規模の環境変化をもたらした人新世において、従来の人間中心主義的な視点と今後の人間の在り方の再考を迫る。ゴトーは、不穏な地球の未来を予感させる今、私たちがいかに生きるべきかを検討するための示唆を与えようとしているのではないだろうか。

※本稿は、二〇二〇年三月に広島大学へ提出した博士論文の拙著をもとにゴトーの環境意識に焦点を絞り、そこでは取り上げなかった『ダークスト・ライト』を考察したものである。またＪＳＰＳ科研費（課題番号：20K00433）の助成を受けた研究成果の一部である。

【引用・参考文献】

Alaimo, Stacy. *Bodily Natures: Science, Environment, and the Material Self*, Indiana UP. 2010.

---. "States of Suspension: Trans-corporeality at Sea," *Interdisciplinary Studies in Literature and the Environment (ISLE)* Vol. 19, No. 3 (2012): pp.478-493.

---. "Trans-Corporeality," *The Posthuman Glossary*, Ed. Rosi Braidotti and Maria Hlavajova, Bloomsbury USA Academic, 2018, pp.435-38.

Goto, Hiromi. *Hopeful Monsters*. Arsenal Pulp, 2004.

---. *Half World*. Viking, 2009.

---. *Darkest Light*. Razobill, 2012.

---. "The Last Time I Saw You," *Brick*, (Winter, 2020): pp. 24-32.

Kishino, Hidemi. "Myth, Folk Tales, the Making of Stories: An Interview with Hiromi Goto." *Japanese Review of Canadian Literature,* No.21 (2014): pp.83-89.

Slovic, Scott, "Editor's Note," *Interdisciplinary Studies in Literature and the Environment (ISLE)* Vol. 19, No. 3 (2012): pp.443-44.

---. "Seasick among the Waves of Ecocriticism: An inquiry into Alternative Historiographic Metaphors." *Environmental Humanities: Voices from the Antropocene.* Ed. Serpil Oppermann and Serenella Iovino, Rowman & Littlefield International Ltd, 2016, pp.99-111.（スコット・スロヴィック「第四の波のかなた――エコクリティシズムの新たなる歴史編纂的比喩を求めて」伊藤詔子訳『エコクリティシズムの波を超えて――人新世の地球を生きる』塩田弘、松永京子他編、音羽書房鶴見書店、二〇一七年、一一一八頁）

Zarranz, Libe Garcia. "Hiromi Goto's *Darkest Light*: Assembling a New Cross-Border Ethic," *Trans Canadian Feminist Fiction: New Cross Border Ethics.* McGill-Queens UP, 2017, pp.126-38.

ハラウェイ、ダナ『猿と女とサイボーグ――自然の再発明』高橋さきの訳、青土社、二〇〇〇年。

――「人新世、資本新世、植民新世、クトゥルー新世――類縁関係をつくる」高橋さきの訳『現代思想一二月号――特集「人新世」』青土社、二〇一七年、九九―一〇九頁。

フリース、アト・ド『イメージシンボル事典』山下主一郎主幹、荒このみ他訳、大修館書店、一九八四年。

モートン、ティモシー『自然なきエコロジー――来たるべき環境哲学に向けて』篠原雅武訳、以文社、二〇一八年。

第13章　ヴェリナ・ハス・ヒューストンの戯曲にみる多文化多人種の象徴としての「茶」の役割

古木　圭子

ヴェリナ・ハス・ヒューストンの戯曲における「茶」

ヴェリナ・ハス・ヒューストンの戯曲においては、家族関係における人種、ジェンダー、異文化の衝突などの問題提起が行われてきた。代表作『ティー』（一九八七年）においては、そのタイトルが示す通り「茶」が大きな役割を占め、戦争花嫁たちの内的葛藤を象徴する劇的要素として用いられている。一九九三、一九九五、一九九八、二〇〇九年の四度にわたって日本で上演されてきた本作は、ヒューストンの「家族劇三部作」の最後を飾る作品である。第一作目『朝が来ました』（一九八四年）では、主人公セツコが黒人の血を引くアメリカ軍人と結婚し、日本を出るまでの経緯を描き、第二作『アメリカン・ドリーム』では、渡米後、セツコが白人社会からだけでなく、夫の家族からも差別を受ける様子が描かれ、『ティー』では、夫を亡くしたセツコと四名の戦争花嫁の歴史が語られる。その戦争花嫁の一人であるヒミコは自殺を遂げ、彼女の死を悼むためにやってきた戦争花嫁たちを亡霊となった彼女が観察し、会話にコメントをするという形で劇が進行する。彼女たちの会話に欠かせない日本茶は、提供までに時間と神経を使い、湯の温度や茶葉の量で微妙な味の違いを生み出すことから、戦争花嫁たちの人生に動揺を呼び起こす要素としても描写される。

『いざこざの場所』（二〇一五年）においては、混血の主人公マナーリとインドからイギリスへ移住した母親の連帯を紅茶が象徴する。母親アーシャの経営する紅茶店は、マナーリがみずからの混血性を受け入れる舞台であり、母娘がアジア系女性としてイギリスで生き残る手段でもある。茶葉から一杯のミルクティーを準備する過程は、ある国から別の国へ移住し、別の人種と結びついて混血人種が生まれ育ってゆく過程と重なる。つまり、湯と交わることによって姿を変え、人びとに癒しとコミュニケーションの場を提供するものへと姿を変える茶は、ヒューストンの戯曲において、多文化多人種を劇的に象徴する要素なのである。以上の点から本論では、ヒューストンの戯曲における多文化多人種の象徴としての茶の劇的要素について考察する。

『ティー』における女性の連帯と日本茶の役割

『ティー』において、ヒミコの悲報を受けて集まった女性たちが茶を囲む設定は、一見彼女らの絆を物語るようだが、ここでの茶は、実際は慰めを与える存在ではない。

セツコ　きれいな日本の湯呑で熱いお茶を。
テルコ　冷えたお茶がいいわ。湯呑にはこだわらないから。
アツコ　手の込んだ日本製の湯呑、お茶は適温で。
チヅエ　熱いお茶がいい。素朴な湯呑で十分。
テルコ　お茶は静かではない。
アツコ　そう、お茶は心をかき乱すの。
セツコ　心を震わせる。
チヅエ　繊細で人には見えない。
セツコ　とても濃厚で、じっとしたまま動かない。
テルコ　日本の女性は、お茶をよく飲む。
アツコ　自分がお茶になったみたいに。
セツコ　そして嵐を飲み込む。
チヅエ　誰にも知られずに。

アツコ　心の中の嵐。
テルコ　決して知られない。
セツコ　私たちはずっと…。
テルコ　穏やかなまま。
チヅエ　内に秘めたまま。(27)

アフリカ系アメリカ人男性と結婚したセツコは美しい湯呑を好み、日本の伝統文化を重視する。「湯呑にはこだわらず」、「冷えた」茶を好むテルコは、日本的習慣を批判する白人の夫に引け目を感じている。上質な茶葉にこだわるアツコは、夫が日系人であることを誇りに思い、異人種の夫を持つ他の戦争花嫁を見下している。メキシコ系アメリカ人の夫が既に他界しているチヅエは、「素朴な湯呑」を好み、自分が「アメリカナイズ」されていると信じており、他の女性たちからは煙たがられている。彼女らの茶に対する好みの違いは、戦争花嫁という共通項を持ちながら、夫がそれぞれ異なる人種であるという状況が分裂を生みだしていることを象徴する。「心をかき乱す」ものでありながら、「繊細なので人には見えず」、「じっとしたまま動かない」(27) 茶は、アツコの自分たち自身が「お茶になる」というセリフに表れているように、終わりのない忍耐を強いられている戦争花嫁たちの状況を投影する。

茶葉を摘む作業にも、忍耐を強いられる女性の姿が体現される。「繊細で巧みな技術」を必要とする茶摘みにおいては、「小さく敏捷で、辛抱強い女性の手」が、「大量の茶の収穫」をすることとなる (Paul 1070)。ダイアナ・ローセンは、女性の方が「良く働き」、賃金も男性に比べて少ないという理由によって、茶摘みの仕事が主として女性に託されたのだと指摘している (1006)。女性の仕事である茶摘みに「辛抱強さ」が要求される状況は、アメリカ社会になじむことを強いられながら偏見に耐え、夫からの批判に晒され、孤立を強いられる主人公たちの状況と重なる。

茶はまたマイノリティの人種をも象徴する。コーヒーが主要な飲物であるアメリカにおいて緑茶は少数派であるが、それは世界に占める緑茶の割合とも関係している。今日「世界で飲まれている茶の約八〇％が紅茶」であり、「緑茶が飲まれているのは、主として日本、台湾、中国」であり、その他の地域においては「茶と言えば紅茶」を指す（角山 八九）。飲み物全般における茶、そして茶全般おける緑茶の位置づけを考えると、アメリカ合衆国内におけるマジョリティの白人種とアジア系、および日系アメリカ人の中における、日系二世および三世と戦争花嫁の関係が浮かび上がる。世界の半分の紅茶がイギリスで消費されている状況を考えると（角山 八九）、アメリカにおける紅茶も含めた「茶」は、飲み物全般において主流ではなく、マイノリティ人種を象徴すると言える。しかし、その中で緑茶はまた、茶の中の少数派であるという意味において、日系アメリカ人の中における戦争花嫁の立場をも象徴している。

日系アメリカ人と戦争花嫁の関係については、ヒューストン自身も見解を示している。

戦争花嫁に対する場合は、異人種間の結婚をした、ということに対する偏見によって、彼女たちと距離を置くようになったということもあるが、戦争花嫁に対する彼らの差別意識には戦争花嫁と日系アメリカ人が一緒にされて見られるのではないか、ということに対する恐怖心という特異な特徴があった。アジア系アメリカ人の歴史書から戦争花嫁の一団の移住についての記述は大きく削除され、ロサンゼルスにある日系アメリカ人博物館でさえも、本来アメリカにいる日系人についての歴史を記録、展示するべきであるのに、戦争花嫁の移住についての記録はまったく展示しておらず、主に戦時中の強制収容所における体験の展示やアジア系アメリカ人による現代芸術作品の展示をするにとどまっている。（ヒューストン 一八七）

一九四七年から六〇年代にかけてアメリカに移住した戦争花嫁たちは、日本人特有の行動をしたために、「完全なアメリカ人」であることを保持しようとする日系人は、彼女らと「距離を置く」必要があった。こうして戦争花嫁は、日系アメリカ人史においてさえ、見えない存在とされてきたのである。

茶が白人種に対するアジア系、さらに日系アメリカ人におけるマイノリティという二重の意味において戦争花嫁を象徴するならば、逆説的に、その二重の束縛が彼女らの連帯を表すこととなる。茶葉は抽出している間、その様子を外からは見ることはできない。内なる傷を飲み込む姿勢は、五名の戦争花嫁に共通する。チヅエのセリフは、そのような彼女たちの絆を表すものである。

私たちは、来なくてはならないからここに来たんじゃない。彼女が日本人だとしても、気の狂った女性に敬意を払うのは日本の作法ではないのよ。いいえ、私たちが今日ここにいるのは、今までにないほど心が傷ついているから。最初に亡くなった人があんなに残酷な死に方で、すべてが新聞に載り、それが私たちを目覚めさせたのよ。人生で初めて、私たちは使い古した心のかけらを寄せ集めて、再び団結し、何かすがるものを見つけ、過去に引き戻してくれる奇跡を見つける希望を抱いて、急いでここにやってきたの。(65)

前記のチヅエのセリフは、ヒミコの死が四名の戦争花嫁の内面を揺さぶり、彼女らも同様の目に遭う可能性を炙り出す。夫の暴力の犠牲となり、娘がレイプされた後に殺され、哀しみのどん底で自殺を遂げたヒミコは、二重の偏見と差別の犠牲者であるが、亡霊として舞台に登場し、四名の女性たちを見守る。最も世間から隔離されていたヒミコが、他の女性たちを連帯へと導くことになるのであるが、その連帯とヒミコの関係を宣言するのが、茶に強いこだわりを示してはいなかったチヅエだということを考えると、チヅエの変容にはヒミコの死が大きく関わっていると言える。つまり茶は、彼女らの過去と現在を結ぶ存在なのである。

アメリカの「緑茶娘」

テルコは、「アメリカ人たちは私たちの存在を望まない。日系アメリカ人たちは、自分たちの悩みで手一杯。だけど私たちは日本に帰ることはできない」と嘆き、その一方で、「自分たちを最も幸せにする」のは子供の存在だと主張する（66）。そしてヒミコは、亡き娘ミエコの「混乱したアメリカの皮膚」の香りを想像し、「美しい混血の」娘が、自分の心の空白を埋める「唯一の贈り物」だと述べる（27）。このセリフはミエコの混血性を肯定しているように聞こえるのだが、実はミエコが強姦の被害を受けて無残に殺されたことを観客は後に知ることとなる。戦争花嫁たちは、アメリカ人男性と結婚したことにより偏見の目に晒されてきたが、混血の子供たちも、厳しい偏見の中で生きなければならなかったことを、ミエコの悲惨なエピソードが明らかにするのである。ヒューストン自身、混血人種としてのみずからを「オレンジペコの国の緑茶娘」と形容し、これは彼女の詩と共に戯曲集のタイトルにもなっている表現である。

ミルクと蜂蜜の国の緑茶娘
見事な茶葉が入っていない無名のティーバッグ
苦い真実を砂糖でごまかすこともなく、
濃く煎った茶を飲むことを覚え
魂を慈しむ国で
生き残るための新たな「我慢」
でもそこは彼女の国、彼らの国と言われているけれど
ある時は、家のないジャップ

またある時は、やっぱりホームレスの「ニガー」(Creef 177)

詩の表題にある「オレンジペコ」は、紅茶の等級の中で最もポピュラーなものであり、セイロン茶系の葉をブレンドしていることから、多人種の国アメリカに喩えられる。しかし、そのオレンジペコと比べると、緑茶は茶の世界で少数派である。アメリカでは手軽なティーバッグが好まれるが、この詩にある「無名の茶葉」は、茶葉の形態にも注意を払って茶を淹れる日本の習慣が、アメリカにおいて異質であることを示す。「濃く煎った茶」は、紅茶を指すと思われるが、混血の少女が砂糖入りの紅茶を飲んでも、「苦い真実」(=混血人種が偏見に晒されること)は消滅するわけではない。アメリカは「彼女」の土地であるのに、混血である彼女はアフリカ系アメリカ人、日系アメリカ人のどちらのカテゴリーにも当てはまらない。この詩に関してエレナ・タジマ＝クリーフは、「アイデンティティの人種差別的配置の中に貼り付けられ、ヒューストンはアメリカに属する可能性を剥ぎ取られたように感じる。家、アイデンティティ、国を奪われ、彼女の混血としての身体は、彼女の前に移住してきた多くの二世と同様に、アメリカの文化への目に見えた同化の可能性を否定された」と評している(177)。ヒューストンはこの詩の中で、「ハイブリッド」として両人種の優れた点を引き継ぎながら、他者からは「よそ者」として扱われる混血人種の人びとの悲哀を表現しているのである。

混血の象徴としての茶——「イギリス」の中の「インド」

『いざこざの場所』は、イギリスに住む若い混血女性が周囲の偏見と闘い、両人種の優れた点を兼ね備える「ハイブリディティ」をみずから認めるようになり、精神的・経済的自立を勝ち得てゆく過程を描いているが、それに重要な役割を果たすのが紅茶の存在である。マナーリ・パネルは、東インド系イギリス人の母が慈しむインドの伝統文化や風習を受け入れようとせず、恋人の白人男性フィリップと共にアメリカへ移住することを考えている。しかしそれは、混血女性が息子の嫁になることを拒絶するフィリップの母の意向を彼がくみ取ったためであることが判明し、彼女はアメリカへの移住を躊躇するようになる。その状況の中、彼女はフィリップの子供を妊娠していることに気付き、悩みぬいた末、未婚のままの出産という母親と同じ道を選び、その選択を通して彼女は、東インド系の血統と文化を受け入れるようになる。本戯曲が強調するのは、人種問題やジェンダーの役割をめぐる議論を通して母娘の関係が変化してゆく様である。

マナーリの母親アーシャは夫サンジットに先立たれたが、その後に白人男性クリストファーと一時的な関係を持ったため予定外の妊娠に至る。シングルマザーとして娘を育てる決意をした彼女は、インドに帰る夢をあきらめ、イギリスの中に故郷を蘇らせるため、インド産の紅茶を販売する「紅茶の場所」という店を設立する。一方のマナーリは、「私のような事故で生まれた子供じゃなくて、本物のインド人の娘が持てたはずだったのにね」（382）と述べ、自身が歓迎されて生まれた子供ではないと感じている。この戯曲のタイトルとなっている「いざこざ」は、故郷への帰還という母親の夢をみずからの存在が破壊してしまったと感じているマナーリの心理を投影する。アーシャもまた、故郷への憧憬を語る一方、夫の死が妻の人生の終わりを意味する故郷のコミュニティには、自分の居場所が失われていることを認識している。それゆえ、新たな命を宿すことは、自己の居場所を再建することを意味し、それがマナーリの出産という決意に繋がった。しかしその想いを母は娘に率直に伝えられず、娘がみずからの混血性に劣等感を抱く一因を生み出すこととなる。

マナーリの混血性は、彼女の恋愛関係をも複雑にする。白人にみえる彼女の容姿は、アジア系イギリス人のコミュニティにおいて彼女の存在を受け入れ難くするが、白人社会においても排除の対象となる。実際、フィリップの母親は、息子の妻になる女性が「どう見えるか」ではなく、どの「人種」に分類されるのかということを問題視している（385）。シンシア・ナカシマが指摘するように、異人種婚の排斥を正当化する理由として、その「子供がどうなるのか」ということを、異人種間結婚で結ばれた両親たちは考えるべきだという「決まり文句」が、アメリカにおいては存在してきた(174)。それは、混血の子どもたちが将来晒される差別と偏見を不安視する言葉として解されるのであるが、混血人種に対する社会的偏見の根源を成すものでもある。混血人種に対する偏見に挑むヒューストンは、「アメラジアン」の作家としてのみずからのポジションを明らかにしている。「アメラジアン」とは、一九六〇年代にアメリカ人作家パール・S・バックによって最初に使用された用語で、アメリカ人とアジア人の両親を持つ子供を指すが、より分裂的な「ポストモダン的レッテル」を拒むヒューストンは、みずからの混血としてのアイデンティティを示すものとしてこの用語を好んで使用している(Janette 144)。

本戯曲では、アーシャ、マナーリ、そしてクリストファーの母親コンスタンスがイギリスに留まる一方、クリストファーは映画俳優を、フィリップはスクリーンライターを夢見てハリウッドに赴く。しかしながら、クリストファーがたびたびロンドンの実家に戻っており、フィリップはイギリスで映画台本が売れないためにハリウッドを目指すという設定から、彼らのアメリカ行きに明確な目的が欠如しており、アメリカ社会にみられる理想と現実の隔たりを投射する。小林富久子は、アメリカにおける混血人種への偏見を生み出す背景に、「単一/純血民族であるとの幻想にとらわれた人々を「汚染」する存在として思い描かれる」ことがあると指摘し、アメリカが多人種混合という理想を掲げながら、「白人種のみを重んずる「純血」主義を」とってきた国であることを指摘する(四五〇)。アメリカはまた、山田史郎が述べるように、人種的カテゴリーが具体的に「何を指すか」ということを明示しないにもかかわらず、「先住民インディアン」、「白人」、「黒人」、「アジア系」などの人種区分を用いて事象を説明することが「ほとんど不可避」な状態であるという矛盾を抱えている(三)。さらに、人種区分を明確にする必要性に駆られているアメリカ人の中には、人種が明確に「見えない」混血の人びとに対して「苛立ち」や矛盾を感じる場合もあり、それが混血の人びととアメリカ社会の亀裂を産むこととなってきた(Kogen 5)。しかしながら、アメリカ史における人種分類の戦略は決して生物学、遺伝子学的なものでなく、社会的、政治的、文化的プロセスである(Rockquemore 2)。アメリカ

における このような人種分類の戦略と本戯曲との関係を考えると、イギリスとインドの血統と文化の両方を重んじようとするマナーリが、個人を人種の枠に当てはめる傾向の強いアメリカへの移住を拒んだことも妥当であると言えよう。『いざこざの場所』がアメリカを舞台とするのではなく、イギリスからアメリカを眺める混血女性を描く背景には、明確な定義を持たない人種に縛られているアメリカに留まらず、外側からアメリカを見るべきだというヒューストンのメッセージが内包されているのである。

マサラチャイ、マナーリ、アーシャ――トランスナショナル、混血、アメラジアン

マナーリが言及する「マサラチャイ」は、インドの家庭で日常的に飲まれ、「生姜、シナモン、カルダモン、クローブなどのスパイスを茶葉と混ぜてミルクを加えたもの」である（380）。インド文化における正統派の紅茶の淹れ方を説明するマナーリの言葉に、生まれてくるマナーリの子供の祖母となる（クリストファーの母）コンスタンスが耳を傾け、今まで「異国情緒」を表していたマサラチャイが彼女にとって「身近」な存在となり、インドとイギリスの融合が示される。紅茶を日常的に飲む習慣がある国にいながら「ちゃんとした紅茶の淹れ方」を知らないとコンスタンスは述べ（419）、マナーリがその方法を説明する過程で、それまで混血人種に対して偏見を抱いていたコンスタンスと、混血人種への偏見に苦しんでいたマナーリの間に、友情にも似た感情が芽生える。この場面の描写は、マナーリの紅茶に対する強いこだわりを示しているようだが、インドにおけるマサラチャイは気軽な飲み物である。「インドの大衆のためのマサラチャイは安価な細かい茶葉の紅茶で作られ、よく屋台でも販売されており」、「細かくて黒いほこりのように見える」茶葉をミルクで沸かすのだが（Rosen 481）、この黒い茶葉とミルクのブレンド自体が、マナーリの肌の色、そして混血人種全体を象徴しているかのようである。

戯曲『ティー』においては、「茶」は生と死を象徴し、ある人生の節目における儀式をつかさどる役割を果たしていた。

茶が生命や人生の象徴であるという点は、『いざこざの場所』とも共通するが、『ティー』の終幕で亡霊のヒミコが他の四名の女性と茶を通して向き合ったように、『いざこざの場所』では、茶が連帯と混血の象徴として、よりポジティヴな劇的要素として機能している。「辛くて甘く、やわらかでありながら鋭い」という、相反する味わいを持つマサラチャイは、「気持ちを落ち着けるもの」(Rosen 492) で、人々の友和や連帯を示す。つまり、『いざこざの場所』で「マサラチャイ」がアーシャとマナーリの母娘、混血性の象徴となっていることは、インドにおける日常をロンドンにもアーシャが持ち込むことであり、「混血」の人物が偏見の眼で見られることのない社会を実現し、そのハイブリディティを祝福するよりポジティヴな劇作家の視座を提供するものなのである。

日本茶とマサラチャイ——沈黙から連帯へ

『ティー』における日本茶は、劇の前半では戦争花嫁たちのアメリカにおける沈黙と忍耐の歴史を表象し、ヒミコがその死に瀕して、「お母さん、私はあなたとお茶を飲みに行くわ」(27) と言ったように、「制止」、つまり死を意味するものであった。しかし、劇の終幕においては、女性たちが座って茶を飲む場所にヒミコが加わり、彼女らが同時に湯呑を持つ手を挙げ、互いに会釈をする。そして、生と死の場面をさまよっていたヒミコの魂は、他の戦争花嫁たちの心の中に落ち着ける場所を見出し、彼女らの絆が再確認される。

紅茶、緑茶を含む茶全般は、喉の渇きを潤す存在に留まらず、茶の文化と伝統を形成し、「慰め、神秘性、芸術、生活様式、そしてほとんど宗教」とも言える存在である (Paul 228)。『いざこざの場所』は、混血人種と未婚の母への偏見を乗り越えて自立の道を切り開く母娘の連帯を描き、『ティー』は二重のマイノリティとして偏見に耐える戦争花嫁の苦悩と闘いを描いた。混血人種をポジティヴに捉え、そのハイブリディティの可能性を開拓するヒューストンの戯曲は、アジア系アメリカ演劇の流れを変える力を持っている。原恵理子が述べるように、ヒューストンの劇が今日の演劇界にもたらす意義は、「ネガティヴ」な心の傷から「愛と美の力」というポジティヴな要素を引き出す点にあり（二七七）、その「愛と美の力」を引き出すのは、まさしく「多元性、混淆性、流動性」を表す混血人種の登場人物である。さらに、インド、イギリス、日本からアメリカを照射する演劇は、ヒューストン自身が「人種混淆、混血」との関連でアジア系アメリカ演劇とは何かを問い直し、その可能性を広げてゆくものであると言えよう。

【引用・参考文献】

Creef, Elena Tajima. *Imaging Japanese America: The Visual Construction of Citizenship, Nation, and the Body*. New York UP, 2004.

Houston, Velina Hasu. *Tea*. *Unbroken Thread: An Anthology of Plays by Asian American Women*. Ed. Roberta Uno. U of Massachusetts P, 1993. 155-200.

---. *A Spot of Bother: Green Tea Girl in Orange Pekoe County: Selected Plays of Velina Hasu Houston*. NoPassport P, 2014. 378-420.

Janette, Michele. "Out of the Melting Pot and into the Frontera: Race, Sex, Nation and Home in Velina Hasu Houston's *American Dreams*." *Mixed Race Literature*. Ed. Jonathan Brennan. Stanford UP, 2002. 86-106. Rpt. *Asian American Literature V: Drama and Performance*. Ed. David Leiwei Li. Routledge, 2012. 143-159.

Korgen, Kathleen Odell. *From Black to Biracial: Transforming Racial Identity among Americans*. Praeger, 1998.

Nakashima, Cynthia L. "An Invisible Monster: The Creation and Denial of Mixed Race People in America." Ed. Maria P. P. Root. *Racially Mixed People in America*. Sage Publications, 1992. 162-180.

Paul, Jaiwant E . *The Story of Tea*. Roli Books, 2005. Kindle.

Rockquemore, Kerry Ann. *Beyond Black: Biracial Identity in America*. 2nd Edition. Rowman & Littlefield, 2008.

Rosen, Diana. *Chai: The Spice Tea of India*. Storey Books, 1999. Kindle.

角山栄『茶の世界史――緑茶の文化と紅茶の社会』中公新書、二〇一七年。

小林富久子「移動・越境・混血――最近の日系女性作家における新しい主体意識」アジア系アメリカ文学研究会編『アジア系アメリカ文学――記憶と創造』大阪教育図書、二〇〇一年、四三七―四五九頁。

原恵理子「アジア系アメリカ演劇・パフォーマンス――見えるもの／見えないものを表象する」植木照代 監修／山本秀行・村山瑞穂編『アジア系アメリカ文学を学ぶ人のために』世界思想社、二〇一一年、一六〇―一八一頁。

ヒューストン、ヴェリナ・ハス「民間親善大使――アメリカの日本人戦争花嫁」安富成良・柳澤幾美訳『写真花嫁・戦争花嫁のたどった道――女性移民史の発掘』島田法子編、明石書店、二〇〇九年、一八四―二一五頁。

山田史郎『アメリカ史のなかの人種』山川出版社、二〇〇六年。

第14章　日系カナダ人と先住民の交差
――ジョイ・コガワの小説から考える

加藤　有佳織

ジョイ・コガワの受容

日系カナダ人作家ジョイ・コガワの小説第一作『オバサン』が出版されてからおよそ四〇年が過ぎた。三つの詩集(一九六七年『月の裂片』、一九七四年『夢の選択』、一九七七年『ジェリコロード』)に続く『オバサン』は、第二次世界大戦時とその後の日系カナダ人の強制退去・離散の経験を綴り、日系カナダ人の経験を幅広い読者と共有した。カナダ連邦政府に対して、日系人収容政策について謝罪そして補償を求めるリドレス運動のなかで、日系カナダ人の声を代表する作品として高く評価されるとともに、カナダのマイノリティ文学の重要作品のひとつとして読まれ続けている[Wilson 2011: 12]。日系アメリカ文学やアジア系アメリカ人女性文学の文脈でもしばしば読み解かれ、アジア系アメリカ文学の重要作品に数えて間違いないだろう。とりわけ、日系移民や収容政策にかんしてカナダとアメリカを総合的にとらえるトランスナショナルな視座は、『オバサン』がもたらした果実のひとつである。

その一方で、シーナ・ウィルソンが指摘するとおり、コガワ作品のなかで『オバサン』のみに批評的関心が集中している点は、もう少し考慮される必要がある[Wilson 2011:13-16]。一九八八年にリドレス合意にいたるまでの道のりを描く『いつか』が一九九二年に、その改訂版『エミリー・カトウ』が二〇〇五年に出版されている。そのあいだには、コガワ自身が「最も重要な作品」(Wilson 2011: 302)であると語る『雨はプリズムの向こうに』がある。この作品とその評価のなかで「犠牲者だった者が加害者になることもある」(Wilson 2011: 286)事実に対峙したコガワは、二〇一六年『長崎への道』では、日系カナダ人のリドレス運動だけでなく、『オバサン』における語り手ナオミの母が長崎で被爆したという想像を深化させ、長崎の原爆投下を中心に、歴史上・地球上の人道的悲劇に向き合おうとする姿勢をみせている。

本稿は、米加横断的な視座をもたらした『オバサン』を、日系カナダ人のリドレス運動という文脈に置きなおすことから始める。日系人の収容政策はカナダにおける人権問題としてとらえられた。このことを反映する『オバサン』のレトリックのひとつが日系カナダ人と先住民の類比であったとすれば、それは続編や改訂版のなかでどのように変化しただろうか。過去と現在の人道的悲劇に思いを寄せるコガワの著作のなかで、日系と先住民の「同一化」から、より多元的な連帯へ変化していく様を観察するのが、本稿の目的である。

日系カナダ人のリドレス（戦後補償）運動

グレッグ・ロビンソン『民主主義の悲劇――北アメリカにおける日系人収容』が詳らかにしたように、アメリカとカナダにおける日系移民・日系人に関する政策には共通項が多く、一九四一年一二月八日ハワイ真珠湾攻撃以降、合衆国政府に呼応するようにしてカナダ連邦政府は日系人に関する政策を実施してきた。四二年二月一九日、合衆国大統領フランクリン・D・ローズヴェルトは行政命令九〇六六号により、陸軍長官に対し、防衛区域を設定して民間人退去措置をとる権限を与え、同時に退去者への移動手段や住居の提供を定めた［"Executive Order No. 9066" 1407］。カナダ連邦政府も歩みをそろえ、二月二六日に内閣令第一四八六号をもって、防衛区域から日本に出自を持つすべての者に対し立退きを定めた［Miki 39-55; Robinson 2009: 59-153; 飯野 一〇一―一四三、和泉 九七―一一八］。防衛区域と定められた太平洋沿岸地域から、合衆国の場合は戦時転住局を中心に、カナダの場合はブリティッシュ・コロンビア州保安委員会を中心に、日系移民・日系人の強制退去と収容が実行された。

しかし、合衆国とカナダで同じように実施されていた戦時強制収容政策には相違点もあり、それらは戦後の補償請求運動にも重要な影響を及ぼした。ここでとくに注目しておきたいのは、カナダにおける日系人強制退去・収容等は、一九一四年に制定された緊急事態下に政府に対し国家保安のために必要とされる政策を実施する権限を認める戦時措置法に即して遂行されていたことである［Miki 43: 和泉 一〇七―一一〇］。一八六七年、カナダ連邦《コンフェデレーション》の憲法として「英領北アメリカ法」が制定された。このBNA法は「基本的人権に関する条文を持たず、市民の自由や人権については、イギリスの「マグナカルタ」以来の慣習法の伝統を継承していた」（和泉 一〇八）。[1]

そのため、アメリカと異なり、カナダの「連邦政府は自らの人種主義を正当化する必要すらなかった」ことになる（和泉 一一〇）大戦終結後には、国家非常事態継続権限法により、日系人強制退去・離散政策や国外追放を実施する非常権限が継続される。

こうした法に則った人種主義的政策に対して、一九八〇年に組織された全カナダ日系人協会が中心となって全国規模で展開したリドレス運動[2]は「カナダの人権や市民的自由に関わる法令の改善に積極的に関与していた」という特徴を持つ（和泉 一八五）。和泉真澄『日系カナダ人の移動と運動——知られざる日本人の越境生活史』は日系カナダ人の歴史を詳解するなかで、リドレス運動について、日系カナダ人に対する政策を連邦政府が謝罪し補償するという合意によって人種による市民権侵害は誤りであったという「政治的先例を作った」（和泉 二三四）という意義があることに加え、戦時措置法の撤廃と緊急事態法政府原案の修正に大きく貢献したことを指摘している［和泉 二〇二—二二四、飯野 一五七］。日系カナダ人が連邦レベルで選挙権を得たのは一九四七年市民権法以降であり、日系アメリカ人と比べて政治的な影響力のない日系カナダ人が大きく貢献したことは、戦時措置法をめぐる出来事はカナダ全体にとっても重要であったことを示唆する［和泉 二三二、飯野 一五二］。もちろんこの背景に、人権規定を含まないだけでなく、憲法改正権がカナダ連邦議会になかったBNA法の改正への動きがあり、一九八二年に「権利および自由に関する憲章」を含む憲法が制定されたことは見落とせない［飯野 一五八—一六〇、加藤 二〇一八、四六—四七］。連邦政府が多文化主義を政策として掲げる一方で、日系カナダ人のリドレス運動は、日系カナダ人以外とも連帯しながら［飯野 一五八］、一九八六年には「カナダの問題になりつつあった」のである（Omatsu 109）。

『オバサン』

リドレス運動の担い手たちにとって、日系カナダ人の強制退去・収容に対する謝罪と補償は大きな成果である一方で、「カナダの人権や市民的自由に関わる法令の改善」のプロセスの一段階であった。コガワもここに参加し、『オバサン』を出版後には、一九八三年にトロントで始まった日系カナダ人の「相談会」に参加し、聞き取りや勉強会をおこない、全カナダ日系人協会が連邦政府との交渉組織として機能するよう尽力していた［Wilson 2011: 319-31］。進行中の運動を、語り手ナオミの叔母エミリーに集約させて描いた本作は、それゆえに、リドレス運動を象徴する作品でありつつ、その提喩としてのみ扱うことはできない。このことをふまえ、『オバサン』のなかで、先住民と並列されながら日系カナダ人の犠牲が示されることがある点を考えてみたい。先住民と日系人の類比は、日系人のみの問題ではなく「カナダの問題」であり、両者が強いられている犠牲を表象すると同時に、日系カナダ人は先住民の犠牲から無関係ではないことも含意するだろう。

一九七二年八月九日の夜九時、語り手ナオミと彼女の父の異母兄イサムおじさんが平原にたたずむ場面から始まる。一九五四年以来毎年この日にこの場所を訪れている。一マイルほど離れたところに先住民がバッファローを追い込んだ崖があると示され、地滑りでバッファローの骨が見えることも付け加えられ、バッファローやそれらを追っていた先住民がこの平原にはすでにないことが印象づけられる。そのうえでナオミは、この平原にしゃがみこむ老齢のイサムは、その頭に羽根飾りがあればシティング・ブルのように見えると語る。続けて、小学校で接する先住民の子どもたちが、かつて自分が幼い頃にスローカンで出会った日系カナダ人の子どもたちとよく似て、その瞳に「内気さ」を宿しているとも綴る（Kogawa 1994: 1-3）。消えていく、あるいは寡黙な存在として先住民と日系カナダ人の類比をつくるこの場面には、アーノルド・デイヴィッドソンやデイヴィッド・パランボ＝リュウが指摘するように、北アメリカにおける犠牲の象徴としての先住民に日系人を重ねた例としての側面を見出すことができるだろう［Davidson

60-61; Palumbo-Liu 134]。こうした類比によって、日系カナダ人の強制収容・離散の経験は、アメリカ大陸ですでに起きた先住民の保留地政策の再来として想像され、カナダ国内で共有されるべきの人権問題として提示される。

この八月九日の平原は、長崎で被爆したナオミの母と祖母を供養する場面であり、中村理香『アジア系アメリカと戦争記憶——原爆・「慰安婦」・強制収容』が看破するとおり、平原における供養の場面が冒頭と結末に置かれる『オバサン』は、「日系人強制収容と長崎への原爆投下、カナダ先住民への植民地主義的人種暴力を三角形に結ぶ」作品となり、「「ナショナル」あるいは「脱ナショナル」な記憶形成」の試みとして解釈される（中村 二四九―二五〇）。先住民の歴史を暗示することによって、戦時強制収容・離散の経験を日系人コミュニティだけではなく「カナダの問題」であると示し、さらに「脱ナショナル」な視座を内包していたのが『オバサン』であったとするなら、それ以降の作品は、先住民と日系人の類比をどのように扱っているのだろうか。

先住民と日系カナダ人を犠牲者として重ね合わせる姿勢は、リドレス合意後のインタビューのなかでまた別の意味合いを持つ。一九八八年年一二月におこなわれた辻信一によるインタビューのなかで、コガワは、「日系カナダ人の問題は決して孤立してあるんじゃなくて、原住インディアンの諸問題と重なり合うんだって。これは日系人が原住民と自己を同一化するというものすごく大きな課題です」と語った。これに続けて、アルバータ州のルビコンレイク・バンドが州政府および連邦政府に抗議した運動にふれ、そこに「日系コミュニティが応援にでかけていくってこともありえたわけ」と述べてもいる（辻 五八―五九）。『オバサン』における犠牲者としての連帯へ通ずると同時に、ルビコンレイク・バンドの暮らす地域での森林伐採に日系企業が関与していることを挙げることで、日系カナダ人は、日系企業の事業を介して先住民に対する暴力から無関係《イノセント》ではなく、だからこそ協働が必要であると暗示する。さらに言えば、戦前の日系人コミュニティには先住民のように遇されることを懸念する声も存在していた点を思い起こすなら、先住民と日系人の類比は、見かけほどに明快な犠牲者としての連帯にはなり得ないだろう［武田 三七七］。

『いつか』と『エミリー・カトウ』

『いつか』が描くのは、『オバサン』以後のナオミの姿である。一九七二年にイサムおじさん、その三年後にアヤおばさんが亡くなり、「年をとった独り身の孤児」のような気持ちになったナオミを、エミリーが日本とハワイをめぐる旅に連れ出す（Kogawa 1992: 77）。日本では母方の親類や所縁の地を訪れ、帰国後の一九七六年にはエミリーの暮らすトロントへ引っ越す。そして一九八三年、語りの現在でナオミは、日系カナダ人のコミュニティペーパー『ブリッジ』やリドレス運動に関わるとともに、セドリックとの交流をとおして、記憶の底に沈みこんでいた幼い頃の性的虐待の経験とも向き合い、日系カナダ人コミュニティの一員として、そしてひとりの人間として、「大切なもの《ブレス・オブ・ライフ》」を見つけようとしている（Kogawa 1992: 109）。

この『いつか』を改訂したものが『エミリー・カトウ』である。改題作品とされることもあるが、内容の変更もあり、コガワ自身が本作は「『いつか』を再訪したもの。『いつか』ではない」と述べて改訂版として位置づけている（Wilson 2011: 323）。

『いつか』と『エミリー・カトウ』との異同のうち、ここではセドリックに注目してみたい。ナオミがリドレス運動に積極的に関わるようになる大きな理由のひとつが、セドリックの存在であった。エミリーがリドレス運動の重要性について繰出し続ける言葉に圧倒され、ナオミはかえって拒絶してしまうこともあった。しかし、ナオミの寡黙さを肯定する［Kogawa 1992: 134］穏やかなセドリックの言葉には耳を傾けることができた。ナオミがリドレス運動に加わる際のこのキーパーソンは、『いつか』と『エミリー・カトウ』で共通して多民族的出自を持っているが、その細部は異なっている。

『いつか』のセドリックは、フランス系とメティの出自を持つ。『ブリッジ』に携わる彼は、オンタリオの北で生まれたフランス系カナダ人で、大学司祭をしている［Kogawa 1992: 3］。母親セシリアの曾祖母はメティであり、父親は教区司祭を務めていたが、セドリックが生まれるまえにブリティッシュ・コロンビア州北部にあるハイダの人々のコミュニティへ派遣された［Kogawa 1992: 107-08］。そして、ハイダのコミュニティに伝わる日系由来のでんでん太鼓を父が贈ってくれたのだとナオミに語ることに示されるように、セドリックの多民族的な出自には、太平洋岸での日系人と先住民の関わり合いも織り込まれている。

彼のバックグラウンドにかすかにのぞく日系人と先住民のつながりは、セドリック自身が母方のメティとしての帰属意識を持ち、母親の寡黙さをナオミの寡黙さに重ねることで［Kogawa 1992: 107］、セドリックとナオミのあいだにパーソナルな親しさを生む。彼自身は「ケベック人ではない」とナオミに語っている（Kogawa 1992: 107）。ナオミとともにムスコーカへドライブしたときに告げるように、むしろメティとしての意識を抱いている。司祭として父親の足跡をたどりながら、精神的背骨は母親につながっている彼は、大きな樹のそばで車を停める。自分の頬にふれながら「頬骨が高いでしょ？　これはこの場所につながっているんだ。僕のなかで家族の歴史をたどっていくと、フランスには向かわない。この場所にたどり着く。ここから始まったんだ」と語る（Kogawa 1992: 133）。ナオミにとって耳慣れないフランス系カナダ人のアクセントで話すセドリックが、「ケベック人ではな」くメティとしてカナダの大地に生きていると話すのを聞き、ナオミは、イサムもまた場所の感覚をつよく持っていたことを思い起こす。そして、セドリックがナオミと母親の寡黙さを重ねたように、ナオミはセドリックに伯父の姿を見出し、ふたりのあいだの親しさはよりたしかな手ざわりのあるものになる。日系と先住民のつながりや類比は、『オバサン』においては両者が犠牲者であることを示していたのに対し、『いつか』においてはよりパーソナルな関係性を描き出す触媒としても機能している。

『エミリー・カトウ』においてもセドリックとナオミは親しい関係性を築くが、フランス系メティのカナダ人ではなく、アルメニア系と日系の出自を持つ人物に変更されている。そして、先住民の人権やアルメニア人虐殺[3]に関する運動に参加している。この変更は、何を意味するだろうか。彼のバックグラウンドを変更することによって、『エミリー・カトウ』は、カナダ国外における人権問題にも文脈を広げようとしているようにみえる。「わたしたちはカナダ人なのだ」（Kogawa 1994: 68）といつも語るエミリーに導かれるようにしてナオミが参加した日系カナダ人のリドレス運動は、『オバサン』から二〇年以上をかけて『いつか』から『エミリー・カトウ』へ改訂されていくなかで、カナダ国内だけでなく国外の人権問題へと接続されていったと言い換えてもよい。コガワ小説におけるアクティヴィスト像を分析するグレン・ディアやリドレス運動の政治力学を分析するジュリー・マクゴナガルは、とくに九・一一同時多発テロに言及する『エミリー・カトウ』において、日系カナダ人のリドレス運動は「社会正義への願望の充足ではなく」（Deer 65）、「常にまだ不十分、あるいは進行中」のものとして描かれていると指摘する（McGonegal: 86; 傍点部は原文斜体）。なるほどセドリックの出自の変更は、世界規模での「社会正義への願望」を体現するとすれば、このようにリドレス運動の文脈を広げるなかで、『オバサン』における先住民と日系の類比のなかに含まれていた犠牲と加害の同時存在をコガワはどのようにとらえていたのだろうか。

犠牲者が加害者になるとき

最後に手短に、先住民と日系人の類比に浮かんでいた犠牲と加害のもつれについて、『雨はプリズムの向こうに』と『長崎への道』からコガワの視点を考えておきたい。『いつか』と『エミリー・カトウ』のあいだに出版された『雨はプリズムの向こうに』は、犠牲となる者と虐げる者をめぐるコガワの視点を考える際にも重要な作品である。収容・離散政策のなかで日系カナダ人コミュニティの維持に尽力し、牧師として活躍した実父ゴードン・ゴイチ・ナカヤマをモデルとしたフィクション『雨はプリズムの向こうに』は、牧師の父が男児への性的虐待をおこなってきた事実に葛藤するミリセント・シェルビーの姿を映し出す。『オバサン』や『いつか』にすでに性的虐待は描き込まれている

[Kogawa 1994: 72-77; Kogawa 1992: 25-26]。これらの作品においては、ナオミが害を被る者であり、隣に暮らすガウアー老人や通りすがりの人物が害をなす者として、犠牲者と加害者の境界線ははっきりとしている。これに対し『雨はプリズムの向こうに』では、子ども心に敬愛していた牧師の父が男児たちを虐げる者でもあったと知る語り手ミリセントをとおして、加害者は異質な他人ではなく、むしろ身近によく知る存在の別の顔として描き出される。

ウィルソンによるインタビューのなかで、この作品を書くまでの道のりと、作品に対する批判や個人的非難を受けたことを明かしたうえで、コガワは「戦争に邁進する国とつながっていたから、日系カナダ人は罰せられた。でも、わたしたち日系カナダ人は無関係《イノセント》だった。そして、家族もわたしも父の罪とは無関係《イノセント》です。ただし、責任はあります。各々にできる誠実さをもって生きる責任があります」と述べている（Wilson 2011: 307）。日系カナダ人と日本との関係に、自分を含めた家族と父の犯罪との関係が重ねられており、『オバサン』や『いつか』から『エミリー・カトウ』へ展開する日系カナダ人をめぐる思索と、そこから離れたようにみえる『雨はプリズムの向こうに』がコガワにとっては地続きであることがうかがわれる。日本が戦争を選んだことによって、カナダの地で日系人たちは収容政策の犠牲者となったが、その犠牲者の一人でありつつコミュニティを守ろうとした父は同時に子どもを虐げる加害者でもあったこと。『雨はプリズムの向こうに』の再考によって『オバサン』と『いつか』においてナオミが語り尽くすことなく、しかしその存在の気配があったものがまたひとつ見えてくるのではないだろうか。

『長崎への道』は、「東洋におけるキリスト教徒の中心地が、キリスト教徒の落とした爆弾で壊滅された」（Kogawa 2016: 20; コガワ二〇一九、二三）ことをめぐる思索であるとともに、祖父母の国であった日本の犯した加害と日系カナダ人である自身の関係についての内省であり、自身が経験した敵意と対立とこれから起こる和解の記録でもある。紛糾する暴力の世界のなかでコガワが説く「信頼（trust）」（Kogawa 2016: 47, 203; コガワ二〇一九、五八、二七九）は、あまりにも真っ直ぐな言葉のように響くが、それが「被害者と加害者がめぐる螺旋」（Kogawa 1974: 113）を生きたコガワが提示する答えなのだろう。

【註】

（1）人権規約を欠いた背景には、フランス系には問題含みだが、「『カナダに在住する英国臣民』という概念で国民統合が行われてきた経緯があった（加藤 二〇〇九、二）。

（2）戦後の日系カナダ人コミュニティ活動に端を発する。一九四〇–七〇年代の日系人コミュニティについては以下に詳しい：飯野 一二六–一二七および一三〇–一四三（モントリオールの例）、和泉 第六章および第七章。リドレス運動の経緯は以下を参照：飯野 一五二–一六五、和泉 第八章、Omatsu 127-143（政府との交渉について）。

（3）一九一五年四月、多数のアルメニア人がオスマントルコによって強制移送・集団的殺害の対象となった。犠牲者数の推計値は、六五万–八〇万人から一〇〇万–一五〇万人とされる（松村 二七–二八、ローガン 二五二）。

【引用・参考文献】

Davidson, Arnold E. *Writing against the Silence: Joy Kogawa's* Obasan. ECW, 1993.

Deer, Glenn. "Revising the Activist Figure in the Novels of Joy Kogawa." Wilson, *Joy Kogawa*, pp. 43-70.

"Executive Order No. 9066." *Federal Register*, vol. 7, no. 38 (February 25, 1942) p. 1407.

Kogawa, Joy. "Hiroshima Exit." 1974. *Breaking Silence, An Anthology of Contemporary Asian American Poets*, edited by Joseph Bruchac, Greenfield Review, 1983, p. 113.

---. *Itsuka*. Penguin, 1992.

---. *Obasan*. 1981. Anchor, 1994.（ジョイ・コガワ『失われた祖国』長岡沙里訳、中央公論社、一九九八年）

---. *The Rain Ascends*. 1995. Vintage, 1996.

---. *Emily Kato*. Penguin, 2005.
---. *Gently to Nagasaki*. Caitlin, 2016.（ジョイ・コガワ『長崎への道』伊原紀子・田辺希久子訳、小鳥遊書房、二〇一九年）
McGonegal, Julie. "The Politics of Redress in Post-9/11 Canada." Wilson, *Joy Kogawa*, pp. 71-99.
Miki, Roy. *Redress: Inside the Japanese Canadian Call for Justice*. Raincoast, 2005.
Omatsu, Maryka. *Bittersweet Passage: Redress and the Japanese Canadian Experience*. Between the Lines, 1992.（マリカ・オマツ『ほろ苦い勝利——戦後日系カナダ人リドレス運動史』田中裕介・田中デアドリ訳、現代書館、一九九四年）
Palumbo-Liu, David. *Asian/American: Historical Crossings of a Racial Frontier*. Stanford UP, 1999.
Robinson, Greg. *A Tragedy of Democracy: Japanese Confinement in North America*. Columbia UP, 2009.
Rogan, Eugene. *The Fall of the Ottomans: The Great War in the Middle East, 1914-1920*. 2015. Penguin, 2016.（ユージン・ローガン『オスマン帝国の崩壊——中東における第一次世界大戦』白須英子訳、白水社、二〇一七年）
Wilson, Sheena, editor. *Joy Kogawa: Essays on Her Works*. Guernica, 2011.
---. "Interstitiality, Integrity, and the Work of the Author: A Conversation with Joy Kogawa." Wilson, *Joy Kogawa*, pp. 278-339.
---. "Introduction: The Multiple Voices of Poiesis and Praxis—The Work of Joy Kogawa." Wilson, *Joy Kogawa*, pp. 9-42.
飯野正子『日系カナダ人の歴史』東京大学出版会、一九九七年。
和泉真澄『日系カナダ人の移動と運動——知られざる日本人の越境生活史』小鳥遊書房、二〇二〇年。
加藤普章「カナダの国籍概念と選挙権」『大東法学』第一九巻第一（通巻五四号）、二〇〇九年一〇月、一—三三頁。
——『カナダの多文化主義と移民統合』東京大学出版会、二〇一八年。
辻信一編『日系カナダ人』晶文社、一九九〇年。
中村理香『アジア系アメリカと戦争記憶——原爆・「慰安婦」・強制収容』青弓社、二〇一七年。
松村高夫「アルメニア人虐殺1915—16年」『三田学会雑誌』第九四巻第四号、二〇〇二年一月、五八一—五九三頁。
武田團治「山崎寧君を語る」『カナダ移民史資料』第五巻、不二出版、一九九五年。

第15章　人種的ハイブリディティから生じる不安と超克

——ニーラ・ヴァスワニの『あなたが私に国をくれた』

ウォント盛 香織

ハパによる文学は何を語るのか

二〇一九年のアメリカ国勢調査によると、多人種ルーツを持つアメリカ人の数はおよそ一一〇〇万人で、アメリカの総人口の三%を占めている（The United States Census Bureau）。多人種ルーツを持つアメリカ人は、アメリカで人口増加の急速な人種グループの一つである（Parker 11）。しかしながら、過去において、人種混淆をよしとしない、白人を人種序列の頂上とするアメリカの人種主義のために、一部の多人種ルーツを持つ個人とその家族はアメリカ社会において、さまざまな形態の人種差別にさらされてきた。結果として、当事者たちは自分の人種アイデンティティや家族の人種構成に対して不安を抱かされてきた。

多人種ルーツを持つ人々は、黒人とアジア人、白人とネイティヴ・アメリカン等とその組み合わせは五七に上るとされており(Jones 1-2)、多岐に富んでいる。本稿ではその中でもとくに、アジア系にルーツを持つ人種的ハイブリディティを体現するハパと呼ばれる人々の経験に焦点を当て、彼女たちの経験が文学でどのように展開されているのか分析を行う。ハパとは元来ハワイ語で半分を意味し、ハワイではハパ・ハオレ（ハワイ人と白人の混血）という表現で使われ、やがて混血の人々全体を指す呼称となった。この言葉がアメリカ本土に持ち込まれ、多人種ルーツを持つアジア系アメリカ人を指す用語として使われている。ハワイは一七七八年のジェームズ・クック来島以来、非ハワイ人により島々の自然資源、人的資源、文化的資源が断続的に収奪されてきた。そのため、非ハワイ人によるハパという言葉の使用もまた、その使用そのものが、帝国主義的文化搾取行為として、ハワイ人によって批判されている点も指摘しておきたい。

ハパ当事者で、ハパであることを文学のテーマとして扱っている作家の歴史は古く、一九世紀末から二〇世紀初頭にかけて活躍した、アジア系アメリカ文学の始祖と呼ばれるスイシンファーは、中国人の母とイギリス人の父を両親として生まれたハパであり、ハパであることや、異人種間結婚を扱った作品を残している。ファー以降も、キミコ・ハーン、ノラ・オッジャ・ケラー、テレサ・ウィリアムズ・レオンといったハパでありかつハパであることを主題とした作家活動を行っている作家がアジア系アメリカ文学には散見される。

本稿では、こうしたハパの作家の中でもとくに、アイルランド系アメリカ人の母とシンド（旧インド領、現パキスタン、シンド州に暮らしていたヒンズー教徒）移民の父を持つニーラ・ヴァスワニの『あなたが私に国をくれた』（二〇一〇年）を分析する。親の人種が何か、親が移民であるか否か、育った地域や年代、親族との関係等でハパの経験は一人ひとり、大きく異なり、文学で扱われるテーマも変わるので、ヴァスワニの作品分析のみで、ハパ全体の経験を一般化することはできない。しかし、彼女の経験は、一九七〇年代から二〇〇〇年代のアメリカ東部を生きた多くのハパの経験と共通している。またヴァスワニは、父母の異人種間結婚時の周囲の反応や、自らのハパとしての生い立ちを、生まれた時から現在まで緻密に記述しており、多人種運動に関する説明も詳しい。以上のことから本著は、ハパと呼ばれるアジア系アメリカ人の人種的ハイブリディティを理解する上で、意義ある作品の一つと考えられる。『あなたが私に国をくれた』の分析を通じて、ハパであることが当事者やその家族にどのような不安を与えていたのか、当事者を巡るアメリカの社会的、政治的、法的状況等について考察し、そしてその不安を当事者がどのように克服していったのか、そして最後に、タイトルの『あなたが私に国をくれた』とは何を示唆するのか、こうした問いについて考察する。

人種的不安を生きる

『あなたが私に国をくれた』はヴァスワニのメモワールであり、異人種間結婚をした両親の経験と、その両親から生まれた自らの、ハパとしてアメリカ社会で育ったことの経験について書かれている。ヒンズー教徒のシンド人であったヴァスワニの父は、一九四七年のパキスタンのインドからの独立に伴い、イスラム教国となったパキスタンに留まることができず、二〇代の時に難民として渡米した。父はアメリカで医師免許を取得し、病院でインターンとして働いていた時に、ヴァスワニの母と出会う。二人は出会ってすぐに意気投合し、一九七三年に結婚する。二人の結婚は、一九六七年に連邦最高裁判所がラヴィング対バージニア州判決で、異人種間結婚の違法判決を出してまもなくの結婚であった。

アメリカは白人至上主義を維持するためにおよそ三〇〇年以上にわたって、多くの州で異人種間結婚禁止法を実施してきた。白人至上主義を信じる白人たちは、さまざまな手段で異人種間結婚を阻止しようとした。その手段の一つが科学である。二〇世紀初頭、優生学者を中心に、混血堕落説なる理論を唱えた科学者がおり、彼らは異人種間結婚の禁止を科学の視点から支持した。この理論の代表者がチャールズ・ベネディクト・ダヴェンポートである。彼は自身の混血堕落説において、人種混淆について次のように述べている。「混血の人々には野心と知的劣等が見受けられ、そうした性質のため自身の人生に不満を持ちやすく、他者に迷惑をかける不幸なハイブリッドとなるのである」(Davenport 366)。ダヴェンポートのこの発言から、多人種の人々は知的、社会的に機能不全であり、そうした人々を生みだす異人種間結婚は禁止されなくてはならない、というメッセージが、当時の人々に科学という大義名分を通して伝えられていたことがわかる。

もう一つの異人種間結婚を禁じるための手段が法律であった。白人女性と黒人男性の異人種間結婚が法的に初めて禁止されたのは、一六六一年メリーランド州においてであった。それ以来、多くのアメリカの州において異人種間結婚禁止法が施行された。異人種間結婚禁止法の違法性を問う法廷闘争を起こした当事者もいたが、判事たちは異人種間結婚を禁止し、その違法性を社会に強く印象付けた。

科学、法と共に異人種間結婚を禁止したもう一つの手段は、異人種間結婚をした白人女性を処罰することであった。一六六一年に施行されたメリーランド州の異人種間結婚禁止法が白人女性と黒人男性間の結婚や性的関係を禁止したものであったのに対し、白人男性が黒人女性と性的関係を持つことは看過されていた。レオン・ヒギンボサムとバーバラ・コピトフは一七世紀のバージニア州法の分析を通じて、人種関係におけるジェンダー不均衡について説明をしている。彼女たちによれば、当時の混血児は母親の社会的地位を受け継いでいた。白人男性と黒人の奴隷女性の間の子どもたちは自動的に奴隷となり、人種関係の脅威とはならなかった（Higginbottom and Kopytoff 25）。一方、白人女性と黒人男性間に生まれた子どもたちは白人の人種地位を受け継ぐことになりうるので、白人社会はそれを阻止する必要性があった。結果として、一七世紀のバージニア州法は白人女性と黒人男性間に生まれた子どもたちは人種的異常とみなし、白人の地位を剥奪した（25）。

白人女性と黒人男性の間に生まれた子どもを異常扱いするだけでなく、当時の白人社会は、黒人男性と関係を持った白人女性を処罰さえした。ヒギンボサムとコピトフはこの事情を次のように説明している。「一六九一年施行のバージニア州異人種間結婚禁止法は、ニグロ、ムラート、インディアンと結婚した白人女性を三か月以内に追放することを定めており、この女性の子もまた居住地から追放されることとなっていた」（25）。白人社会が非白人と結婚した白人女性にこのように厳しい制裁を行った背景には、白人女性のみが白人種の子を産むことができるので、非白人種の子を産む白人女性は白人種に対する裏切り者で、白人種の人種的純潔を侵害した女性は白人社会から追放されなければならないという、白人至上主義ならびにジェンダー不均衡が作用していたからであった。

科学者、立法者、法の施行者、ジェンダー不均衡といったものが一体となり、異人種間結婚を禁止することで、白人至上主義を維持していた。白人至上主義を逸脱した者は人種的反逆者として制裁を受けた。一七世紀に生じたこの社会的慣習は、二〇世紀にも受け継がれ、ヴァスワニの家族もその慣習から逃れることはできなかった。

ヴァスワニの両親が結婚を決めた時、二人の結婚は双方の家族から反対を受けた。ヴァスワニの母は、叔父の一人に未来の夫を紹介した時について、次のようであることに激怒した」（Vaswani 72）。ヴァスワニの父方の祖母は「母がアメリカ人であることに激怒した」（Vaswani 72）。ヴァスワニの母は、叔父の一人に未来の夫を紹介した時について、次のようにヴァスワニに話していた。「叔父は彼（ヴァスワニの父）を見ると顔が真っ赤になった。叔父は私を寝室に連れ出し、彼との結婚はやめなさいって言ってきた。叔父は彼との結婚は間違っている、不自然だって言ったの。その叔父とはそれ以降、二度と会っていない」(57)。両親が結婚式を挙げた際も、母方の家族は誰も式に参列しなかった。

二人の結婚を拒絶したのは家族だけではなかった。アメリカ社会もまたヴァスワニ一家を冷遇した。そうした例をヴァスワニは何例か挙げている。ある例では、一家がロングアイランドで家探しをしているとき、不動産会社の店員から、「私たちは基本的に白人カップルにだけ家を売るのです」(92)と言われた。似たような事例は一九八六年にノースカロライナで起きた。

両親と私はある店に、祖母のためにTシャツを買いに行った。カウンターの後ろにいた店員は、まず母を見て、父を見て、私を見て、それからもう一度母を見た。そして彼は「あなたはキリスト教徒ですか」、と母に聞いた。母はそうですよ、と答えた。その店員は私を見て指さしながら、「最悪ですね」と言い放った。彼はカウンターに手を伸ばすと小銃を私たちに向けた。私たちはこの店を足早に立ち去った。(91)

ヴァスワニへの人種差別的態度は教育者にさえも見られた。ヴァスワニが小学生のときに、アメリカの人種的多様性に関する授業をしていた教師は、生徒に各々の人種ルーツの国に手を挙げるよう指示した。ヴァスワニは教師の指示に従い、教師がヴァスワニのルーツであるインドやアイルランドといった国を読み上げるたびに手を挙げた。するとその教師は、ヴァスワニが教師をからかっていると憤慨し、ヴァスワニを叱りつけた。この経験からヴァスワニは、「アメリカ人になるために人種ルーツを制限しなくてはならないのであったら、私はアメリカ人ではないのだ」と感じざるを得なかった(90)。大学でもまたヴァスワニは、ある教員から、「自分に全く似ていない子どもを持つのは、お母さんにとって大変でしょうね」(100)といった心無い言葉を浴びせられた。

こうした社会的環境の中で、ヴァスワニは人種的不安を抱いて育っていくようになる。彼女は他人が自分の家族をどのように見ているのか恐れ（71）、容姿が周りの人々と異なることに悩み（59, 131）、アイデンティティについて煩悶するようになる（100, 104）。ヴァスワニは自らの人種的不安について、「どうして自分であることに、こんなにも当惑しなくてはいけないのだろうか」（104）、と胸中を述べている。

人種的不安克服への道

人種的不安を抱えながらも、成長するにしたがって、ヴァスワニはハパであることは人種的不安だけを彼女に与えるのではなく、人種的誇りも与えることを悟っていく。前述したように、ヴァスワニは他人の彼女と彼女の家族への心無い言動に傷つけられてきたが、両親は彼女の心の痛みに寄り添い続け、彼女がシンドとアメリカ二つのルーツに誇りを持てるよう育てた（91, 181）。家族の絆がヴァスワニを守り、多人種家族に対するアメリカ社会の無知や差別的視線に抗する力を与えた。

家族と社会内での人種を巡る継続的な交渉の中で、ヴァスワニは徐々にハパであることの人種的誇りを育んでいく。人種的誇りは他者の無知と戦うための力をヴァスワニに与えた。たとえば、大学時代に受講した人種に関する授業で、ヴァスワニはクラスメートの一人から、多人種であることに対する批判を受けた。そのクラスメートは「一人の人間が同時に二つ以上の人種を持つことはできない」（132）、と授業内で発言した。ヴァスワニはこのクラスメートの発言を「重大な侮辱」（133）と感じ、次のように反論した。

私は次のようにそのクラスメートに言った。私は自分がアイルランド系でないって言ったら、自分の母親を否定することになるのよ。そんなこと、私は絶対にできない。母に対しても、自分に対しても、そんなことは言えない。自分の母親を否定できるわけないでしょう。こう言うと、そんなこと考えたこともなかったかのように、そ

のクラスメートはショックを受けていた。(132)

ヴァスワニの人種的誇りは、一九九八年にアメリカ国勢調査を統括する行政管理予算局が二〇〇〇年国際調査より、すべてのアメリカ人に人種カテゴリーに二つ以上マークしてよいと許可したときに、ピークに到達する。

それまで多人種ルーツを持つアメリカ人は、国勢調査において自己の人種ルーツを一つしかマークすることができなかった。二つ以上の人種カテゴリーにマークできるということは、多人種ルーツを持つアメリカ人にとって、公式に自分たちの多人種ルーツを表明できることであり、画期的なことだったのである。国勢調査上のこの変化は、多人種運動と言われる当事者の活動によって実現された。

アメリカでは一〇年毎に国勢調査が行われる。調査では年齢、性別、収入等さまざまな事項が問われるが、その一つに人種がある。一九九〇年の国勢調査では、多人種ルーツを持つアメリカ人は、自己の多人種ルーツのうちただ一つしか国勢調査上でマークすることができず、そうでなければ「それ以外」という項目をマークせざるを得なかった。多人種ルーツを持つ人々の中には、国勢調査で「それ以外」をマークすることは、自分たちの複数の人種ルーツを反映しないといって、そこにマークすることを避ける人もいたし、「それ以外」という項目そのものが、自分たちを周縁化すると感じる者もいた。国勢調査は政府の調査手段である。多人種ルーツを持つ人々の中には、国勢調査で自己の多人種アイデンティティを書き込めないために、自分たちの存在が正式に国家に認められておらず、アメリカ社会の不要者であると感じる人もいた(Mitra 76)。

多人種ルーツを持つ人々とその家族は、自分たちの抱える問題に立ち向かっていくために、一九七〇年代に多人種運動を開始した。運動は多人種アメリカ人同盟が牽引した。多人種アメリカ人同盟は国勢調査に「多人種」というカテゴリーを設けることを行政管理予算局に対して求めた。しかしながら、多人種アメリカ人同盟のこの提案は多くのマイノリティグループから反対を受けた。こうしたグループが多人種アメリカ人同盟の提案を拒否した理由は、もしも自分たちのグループ内の多人種ルーツを持つメンバーが、国勢調査上で自分たちの人種カテゴリーでなく、多人種カテゴリーにマークすると、各マイノリティグループは人数を失ってしまうからである。アメリカのマイノリティグループは、国勢調査上での人数によって、政府から政治や社会上での恩恵を受けているため、所属人数が減るということは、グループの既得権益を脅かすことなのである。それ故に、マイノリティグループは多人種運動を警戒したのである（Douglas 191-217)。

マイノリティグループとの折衝で問題を抱えているとき、多人種運動が、ハパ・イシューズ・フォーラムが運動に加わった。この団体はカリフォルニア大学バークリー校の多人種ルーツを持つアジア系アメリカ人学生が作ったグループである。ハパ・イシューズ・フォーラムのメンバーはアジア系アメリカ人コミュニティの一員であることに強い連帯意識を持っており、国勢調査上に多人種カテゴリーを設けることは、アジア系アメリカ人の既得権益を損なう恐れがあるため、他のマイノリティグループのように、国勢調査上の多人種カテゴリー新設に反対した。政策上の相違はあったものの、多人種アメリカ人同盟は黒人男性の白人妻がその構成員の多くであったため、グループの人種的多様性を獲得するため、ハパ・イシューズ・フォーラムの運動参加を必要としていた。実際、ハパ・イシューズ・フォーラムの存在は、他のマイノリティグループが運動に参加する動機付けとなっていた（DaCosta 36)。

多人種アメリカ人同盟やハパ・イシューズ・フォーラムといったグループは、国勢調査に「該当する人種を一つ以上マークする」という項目を入れることを行政管理予算局に提言することで合意した（Bernstein and Cruz 733)。行政管理予算局は多人種運動グループの提言を受け入れ、二〇〇〇年からの国勢調査の変更について、次のような声明を出した。「国勢調査上で人種を選ぶ際には、一つ以上マークする方式を採用する。回答者は人種を一つ以上選んでよく、多人種というカテゴリーは採用しない」(The Office of Management and Budget)。多人種運動は国勢調査上で多人種ルーツを持つ人々を認めさせるという目的を達成した。ヴァスワニは二〇〇〇年における国勢調査の変更について、次のように喜びを表現している。

二〇〇〇年の国勢調査に記入し終わった後、涙が出た。手が震えるのを止めることができなかった。以前の「それ以外」から、「該当する人種を一つ以上マークする」に記入できる日が来るなんて。該当する人種にすべてマークしてから、調査票の一番上に、国勢調査を変えてくれてありがとう、と大きく書いた。(155)

国勢調査の人種欄に一つ以上自分の人種ルーツを書き込めるようになる、というのはさほど重要な変更に思えないかもしれないが、ヴァスワニの叙述から、当事者にとっては人種的不安を克服し、自分のハパとしてのアイデンティティを自己肯定していくために、極めて重要な変更であったことが分かる。

ヴァスワニの国とは何か

ヴァスワニはかつてアメリカ社会が彼女とその家族を周縁化したために、人種的不安を持たざるをえなかった。彼女の人種的不安は、家族の支えと、国勢調査の変更等を通じて変化し、ヴァスワニは自身の多人種ルーツを誇りに思えるようになってくる。彼女のハパとしての自己肯定までの道程が、『あなたが私に国をくれた』というタイトルと重なるのではないだろうか。

ベネディクト・アンダーソンが言うように、国民とは個人や団体が帰属意識を持てる想像上の共同体(一九)であるとすると、ヴァスワニはアメリカ社会から疎外感を持たされていた間、人種的不安を持たざるをえなかったため、国にも自己にも帰属意識を持つことができなかった。つまり、本著のタイトルが示唆する国とは、ヴァスワニにとって彼女自身のハパの体であり、かつ国家であるという二重の意味を有しているのではないかと考えられる。しかし、両親の揺るぎない支えや、国勢調査の変更により、ヴァスワニは自己の体にも、アメリカ人であることにも、帰属意識を持てるようになる。ヴァスワニに国（＝帰属意識を与える想像上のコミュニティ）を与えた「あなた」とは、すなわち彼女の両親であり、またアメリカ国家であったのだろう。

ハパをめぐる社会環境は二〇〇〇年の国勢調査以来大きく変化しており、より多くのアメリカ人が、かつて抑圧した多人種ルーツの人々やその家族を受け入れている。その一例がピューリサーチセンターの二〇一七年のデータである。異人種間結婚は社会にとって良いか悪いかを問われ、二〇一〇年には良いと答えたアメリカ人は二四％であったのが、二〇一七年には三九％に上昇している（Livingston and Brown 1）。ブラック・ライヴズ・マター運動やアジアン・ヘイト問題が象徴するように、アメリカは今でも人種を巡る問題は根強いが、ヴァスワニが書くように、ハパだけでなくすべての多人種ルーツを持つ人々が人種的不安を抱かず、自己肯定感を持ち、アメリカという国家に帰属意識をもって生きていける国に少しずつなっているのかもしれない。

【引用・参考文献】

Anderson, Benedict. *Imagined Communities: Reflections on the Origin and Spread of Nationalism*. 1983. Revised Ed. Verso, 2016.（ベネディクト・アンダーソン『想像の共同体――ナショナリズムの起源と流行』増補版、白石隆・白石さや訳、リブロポート、一九八七年）

Bernstein, Mary and Marcie De la Cruz. “What are You?: Explaining Identity as a Goal of the Multiracial Hapa Movement.” *Social Problems*. Vol. 56, No. 4 (November, 2009) : pp. 722-745.

DaCosta, Kimberly McClain. *Making Multiracials: State, Family, and Market in the Redrawing of the Color Line*. Stanford UP, 2007.

Davenport, Charles Benedict. “The Effects of Race Intermingling.” *Proceedings of the America Philosophical Society*, 56 (1917) : pp. 364-368.

Douglass, Romana. “The Evolution of the Multiracial Movement,” *Multiracial Child Resource Book: Living Complex Identities*. Ed. Maria Roat and Matt Kelly. Mavin Foundation, 2003, pp. 13-17.

Higginbottom, Leon and Barbara Kopytoff. “Racial Purity and Interracial Sex in the Law of Colonial and Antebellum Virginia.” *Georgetown Law Journal*, (August 1989): pp.1-27.

Jones, Nicholas. “We the People of More Than One Race in the United States.” www.census.gov/prod/2005pubs/censr-22.pdf. Accessed 8 Jan. 2007.

Livingston, Gretchen and Anna Brown,“Intermarriage in the U.S. 50 Years After Loving v. Virginia.” www.pewsocialtrends.org/2017/05/18/2-public-views-on-intermarriage/. Accessed 18 May, 2017.

Mitra, Alex. “Testimonial.” *Multiracial Child Resource Book: Living Complex Identities*. Ed.Maria Root and Matt Kelly. Mavin Foundation, 2003, pp.76.

Parker, Kim,et al.. “Multiracial in America: Proud, Diverse and Growing in Numbers.” www.pewresearch.org/wp-content/uploads/sites/3/2015/06/2015-06-11_multiracial-in-america_final-updated.pdf. Accessed 25 Nov. 2019.

Vaswani, Neela. *You Have Given Me a Country*. Sarabande Books, 2010.

The Office of Management and Budget. “Revisions to the Standards for the Classification of Federal data on Race and Ethnicity; Notices.” October 30, 1997. www.whitehouse.gov/omb/fedreg_1997standards. Accessed 16 Feb. 2015.

The United States Census Bureau. Selected Population Profile in the United States 2019.” data.census.gov/cedsci/table?t=100%20-%20Two%20or%20more%20races&tid=A

第16章　フレッド・ホーの〈アフロ・エイジアン・コネクションズ〉にみるポリカルチュアリズムとその新たな可能性

山本　秀行

〈アフロ・エイジアン・コネクションズ〉とは何か

本稿では、アジア系アメリカ人アーティスト、フレッド・ホーのパフォーミング・アーツを中心とした芸術作品における〈アフロ・エイジアン・コネクションズ〉("Afro-Asian Connections" ＝アフリカ系とアジア系の間の繋がり）を取り上げる。ここで言う〈アフロ・エイジアン・コネクションズ〉とは、たとえば、アジア系アメリカ人の演劇として初めて商業劇場で上演された作品『鶏小屋のチャイナマン』（一九七二年）の作者であり、アジア系アメリカ演劇の創始者の一人である中国系作家フランク・チンと、同世代のアフリカ系作家イシュメル・リードとの間にみられる一九七〇年代のアジア系とアフリカ系の間のインターレイシャルな協力／連帯関係のようなものを指すのではない。しかしながら、このチンとリードの間にみられるインターレイシャルな繋がりは、ブラック・パワー運動から第三世界解放運動を経てアジア系アメリカ人運動に至る、白人に対抗するための戦闘的イメージに依拠していた草の根運動的であった。そこに二〇〇〇年以降の中国系アーティスト、フレッド・ホーの〈アフロ・エイジアン・コネクションズ〉の端緒を見出すことは可能である。

ここでの〈アフロ・エイジアン・コネクションズ〉とは、フレッド・ホーとアメリカ文学者（アフリカ系アメリカ人研究を専門にしているが、本人はアフリカ系ではなく白人）ビル・V・マレンの共同研究・執筆（『アフロ・エイジア』（二〇〇八年）などの著作）において取り上げられているようなアジア系とアフリカ系の間の文化的繋がり、双方向的影響関係を指す。とくにマーシャル・アーツ（武術）やジャズといった「草の根的」文化事象を通じてフレッド・ホー自身が「クレオール化」("kreolization" Ho 2009: 120）と呼んだ芸術活動において構築している〈アフロ・エイジアン・コネクションズ〉のラディカルな文化的ハイブリディティについて論じる。さらに、インド系学者ヴィジェイ・プラシャドが『エヴァリバディ・ワズ・カンフー・ファイティング――アフロ・エイジアン・コネクションズと文化的純正の神話』（二〇〇一年）などの著作で提唱した「ポリカルチュラリズム」（Polyculturalism）の概念を参照することで、そこに人種・文化の境界を超越する〈アフロ・エイジアン・コネクションズ〉の新たな可能性を見出したい。

〈アフロ・エイジアン・コネクションズ〉に関するフレッド・ホーとビル・V・マレンの共同プロジェクト

とりわけ二〇〇〇年以降、中国系アーティストのフレッド・ホーとビル・V・マレンは、〈アフロ・エイジアン・コネクションズ〉に関する共同プロジェクトを活発に行っている。ビル・V・マレンは、アフリカ系アメリカ人とアジア系アメリカ人の文化的な繋がり、双方向的影響関係を研究した二〇〇四年の著著『アフロ・オリエンタリズム』の最終章である第五章において、フレッド・ホーの芸術作品を取り上げている。さらにそれを発展させたものとして、二〇〇八年にはフレッド・ホーとの共編で、『アフロ・エイジア』という論集を出版して注目を浴びた。二〇〇九年の『邪悪な理論、赤裸々な実践――フレッド・ホー読本』をミネソタ大学出版局から出版するさいに、ビル・V・マレンは、その本の「あとがき」を書いただけでなく、著者フレッド・ホーと出版社との橋渡しをして出版に導いたという。こうしたビル・V・マレンとの共同研究プロジェクトは、フレッド・ホーの芸術作品に理論的基盤を与えたという点で注目に値する。しかし、前述の『フレッド・ホー読本』の序文において、ロビン・D・G・ケリーが「フレッド・ホーのユニークな点は、分析方法としてではなく実践のための枠組として、ホーが文化理論に取り組んでいる点である」(3)と指摘するように、マレンとの共同研究においても、フレッド・ホーはあくまでも芸術を創作し実践する側から関わっている。

フレッド・ホーのラディカルな政治的スタンスと人生

では、まず中国系アーティストのフレッド・ホーの芸術作品の背景となっているラディカルな政治的スタンスと人生を見ていきたい[1]。

中国系アメリカ人のジャズ・ミュージシャン、サックス・プレーヤー、バンドリーダー、作曲家、劇作家、社会運動家であるフレッド・ホーは、一九五七年、カリフォルニア州パロアルトで生まれた。六歳のとき以来、中国政治専攻の研究者である父親が教職に就いたマサチューセッツ州アマーストというニューイングランド地方で育った。白人が多い地域の学校に行ったために、アジア系のホーは差別を受けた。白人コミュニティに同化しようと懸命だったホーは、その結果、自己嫌悪を持つようになる。しかし、高校時代に転機を迎える。すなわち六〇年代の公民権運動から影響を受け、アジア系アメリカ人としてのアイデンティティを持つようになるのである。高校では、アフリカ系アメリカ人についての授業をとり、その授業でアフリカ系アメリカ人の著作、とくにマルコムXの著作を読み、感動する。その後、短期間ではあるが、一六歳のときにブラック・ムスリム組織、ネーション・オブ・イスラムに加入し、イスラム教に改宗し、フレッドXと改名する。

一四歳のときに、バリトン・サックスを始めるが、黒人音楽（とくにフリー・ジャズ）の影響を受けるが、プロのミュージシャンにはなる気はなく、ハーバード大学に進学し、一九七九年に社会学の学士号を取得する。大学在学中は、政治活動に時間とエネルギーを注ぎ、ブラックパンサーの影響を受けて結成された急進的なアジア系アメリカ人政治組織、アイウォーケン（I Wor Kuen＝義和拳、一九〇〇年に反キリスト教、反植民地主義的反乱を起した秘密結社の義和団に因んだ名称）のボストン支部に入会、一九七八年にアジア系学生組織、東海岸アジア系学生連合、一九七九年にチャイナタウンの教育・文化活動組織、エイジアン・アメリカン・リソース・ワークショップを設立する。卒業後、建設現場で働きながら、仕事の合間に音楽活動をするようになる。一九八一年に、ボストンを離れてニューヨークに移り住む。一九八二年に六人のアフリカ系とアジア系の混成メンバーからなるアフロ・エイジアン・ミュージック・アンサンブルを結成する。一九八〇年代から九〇年代にかけて、いくつもの演劇作品を製作し、ジャズとアジアの伝統音楽を融合した（アジアの伝統的楽器の活用などによる）音楽スタイルを作り出し、七枚の音楽アルバムを発表した。詩や音楽と社会的・政治的運動を結びつけた六〇年代のブラック・アーツ運動の影響を受けたホーは、メインストリームの音楽産業に限界を感じ、自由な芸術活動に専念するため、自ら音楽会社ビッグ・レッド・メディア・INCを創設し、「ゲリラ的文化興行者」と呼ぶこの会社を活動の拠点として、音楽を自己表現としてだけでなく、社会批判の手段とした。

フレッド・ホーは、ジャズを黒人の伝統的な音楽とする考え方に真っ向から反対する。なぜなら、ジャズという言葉自体、白人が差別的な意味合いを込めて呼んだ名称であるからである（Ho, 2009 91）。ホーは、元来ジャズが持つ即興的で可変的な性質に依拠して、アフリカ系の伝統的な音楽とアジアの伝統的な音楽を融合（ホーの言葉を借りれば、「クレオール化」）させて、アフロ・エイジアン・ジャズというハイブリッドな新しい音楽を創り出そうとした（Ho 2009: 120）。

なお、前述のビル・V・マレンとの共編書以外のホーの著作としては、一九九六年の全米図書賞を受賞した、アジア・パシフィック系コミュニティのアクティヴィズムについての論集『解放への遺産——革命的アジア・パシフィック系アメリカの政治と文化』（一九九五年）、および、マイノリティのアクティヴィズムとしての音楽についての論集『サウンディング・オフ！——撹乱／抵抗／革命としての音楽』（二〇〇〇年）などがある。

だが、不幸にも二〇〇六年に結腸癌と診断されて以来、フレッド・ホーは二〇一四年に他界するまでの間、自らの病との闘いを、単に自らの生きる証としてではなく、芸術的自己表現として勇敢かつ大胆に書き表し、『ラディカルな癌戦士の日記——細胞レベルでの癌と資本主義との闘い』（二〇一一年）、『露骨かつ極端なマニフェスト——ほとんど何も使わずに、肉体を変えよ、精神を変えよ、そして、世界を変えよ』（二〇一二年）という二冊の本として上梓した。フレッド・ホーは、まさに人生の最期まで、これまでマイノリティの立場で闘ってきたアメリカ社会の資本主義だけでなく、自らの肉体を細胞レベルまで蝕んできた癌とも闘い、そして、最後までそれを自らの肉体と精神の中に取り込んでいくことによって克服しようというラディカルな姿勢を貫き通し、そのラディカルな人生を全うしたのであった。

フレッド・ホーの「ゲリラ・シアター」におけるラディカルな文化的ハイブリディティ

フレッド・ホーは、自らのパフォーマンスを「ゲリラ・シアター」と呼び、テーマや演劇的手法や音楽などの面において、その「ラディカルな文化的ハイブリディティ」を示している。

たとえば、テーマについて言えば、『西遊記』や少林寺からブラックパンサーまで、演劇的手法について言えば、オペラからミュージカル、バレエまで、音楽について言えば、アジア的音楽からアフロ・エイジアン・ジャズまで、ラディカルな文化的ハイブリディティが見られる。では、テーマごとに分類して、フレッド・ホーのパフォーミング・アーツを概観してみよう(2)。

第一のカテゴリーとして、「アジアの民謡や歴史的事件をテーマにした劇作品」がある。「モデル・マイノリティ」としての抑圧に打ち勝つ、反抗心に満ちたアジア系移民の姿を描いた『跳ね返る竹』(一九八八年)や、『三国志』の英雄で中国系移民にとっても戦いの神として崇拝の対象だった関公が中国人から中国系アメリカ人になるまでを描いたオペラ『チャイナマンズ・チャンス』(一九八九年)は、このカテゴリーに入れることができよう。このカテゴリーの作品が描くのは、アジアの民衆の文化や歴史であるが、もちろん、これに中国系アメリカ人の文化や歴史が投影されて描かれている。

第二のカテゴリーとして、「バレエ・オペラ・シリーズ」がある。『西遊記』を原作にして、中国の伝統的音楽とジャズを融合した音楽に加え、中国人歌手に全編、北京語のリブレットで歌唱させた現代版の京劇『ジャーニー・トゥ・ザ・ウエスト』（一九九〇年、演奏はザ・モンキー・オーケストラ）、および『西遊記』を原作にした、アフリカの神話的存在「物まね猿」（Signifying Monkey）を重ね合わせて、トリックスターとしてのモンキー、孫悟空を描くバレエ・オペラの続編『ジャーニー・ビヨンド・ザ・ウエスト――モンキーの新たな冒険』（一九九七年）もある。

第三のカテゴリーとして、「マーシャル・アーツ・オペラ三部作」『ヴォイス・オブ・ザ・ドラゴン』がある。第一作目『ワンス・アポン・ア・タイム・イン・チャイニーズ・アメリカ』（一九九八年）は少林寺の武術をめぐる歴史活劇である。捨て子だった主人公の女性ガー・マン・ジャンは、少林寺の僧侶たちに拾われて育てられ、少林寺の拳法を修得した。少林寺の伝統に我慢ならなくなったガー・マン・ジャンは、満州王朝の宦官にそそのかされて、少林寺を壊滅させ、長年蓄積された武術の知識が書かれた秘密の巻物を盗もうと試みる。かろうじて逃げ延びた五人の少林寺の僧が、しばらくは身の安全のためにばらばらに身を隠し、数年後に再会して、ガー・マン・ジャンに復讐することを誓う。一方、ガー・マン・ジャンは、炎上する少林寺の秘密の隠し部屋で、巻物を見つけ、それを全部読破して少林寺の知識を全て習得するが、その知識はひとりの人間では操ることができない強力すぎるほどのもので、最後には、逃亡した五人の少林寺の僧を殺すことだけに執念を燃やす一匹の獣に身をやつす。一〇年後に再会した五人の僧は、盗まれた巻物の知識にこだわるのではなく、下層階級の伝統に触発された新しい武術の形式「酔拳」を創り出し、最後は、その新しい武術の技を使って、今や獣と化したガー・マン・ジャンを倒す。その後、この五人の僧は少林寺を再建する。こうした武術のテーマは、ホーが少年時代に見て感動したテレビシリーズ『グリーン・ホーネット』で主人公に仕える日本人運転手兼助手カトー役を演じたブルース・リーの影響であるという。第二作目『少林秘話』（二〇〇二年）は、カンフー映画の構成を元にして、第一作目以前の、少林寺の教えを受ける前の五人の僧を描く、フレッド・ホーのジャズ音楽に武術の殺陣、中国の民話を融合した「動くコミック・ブック」と評される作品である。第三作目『ドラゴン対イーグル——白人の野蛮人たち登場！』（二〇〇八年）は、「国家主義的原理主義者たち」＝「ドラゴン・イースト」と「福音主義的資本主義者たち」＝「イーグル・イースト」という二大勢力の戦いを描いた「ライブ・アクションの武術ゲーム／マンガ劇」と言われ、古代中国の歴史や伝説と現代のアジア系アメリカ人の大衆文化、中国武術とカンフーを、フレッド・ホーのユニークな音楽スタイルである〈アフロ・エイジアン・ジャズ〉で融合したハイブリッドな作品である。

第四のカテゴリーとして、マイノリティの女性の共闘を描いた「フェミニスト的作品」がある。アフリカ系アメリカ人女性作家アン・T・グリーンとの共作『ウォーリアー・シスターズ——アフリカ系とアジア系女武者たちの新たな冒険』（一九九一年）は、アジア系とアフリカ系の四人の伝説的女性革命家たち——中国の伝説的女武者ファ・ムーラン、アシャンティ族の女王ナナ・ヤー・アサンテワ、義和団の乱の指導者シー・キング・キング、ブラックパンサーの指導者アサンタ・シャクール——が登場する。アジア系とアフリカ系の四人の登場人物は、時空を超えて出会い、協力して、帝国主義に対抗し、人種的・性的抑圧から逃れて、自由と力を手に入れる。この劇の最後の場面は象徴的である。舞台は、一九七四年のニューヨーク。女性への暴力や性的搾取などに反対する女性運動のデモ隊の中に、突然、四人の伝説的女性革命家が現れる。そして、彼女らは、デモ隊と一緒に（まずは女性のコーラスで）、「女性にすべてのパワーを！／地球の娘たち！／後回しにされた私たち／私たちこそ最初に！」とスローガンを叫び、続いてそれが男性のコーラスで繰り返されたところで劇は終わる。その他の「フェミニスト的作品」と位置づけられる『ナイト・ヴィジョン——第三世界から第一世界に来た新たなヴァンパイア・オペラ』（二〇〇〇年）は、年齢二千歳のローマ人の心臓とムーア人の心臓を持つ女吸血鬼が、西暦二〇〇〇年のアメリカに甦り、その不思議な声によって、ヒットチャートのトップを飾るポップス・スターになるというオペラである。

これまで見てきたような芸術活動を通じて、フレッド・ホーは、アフリカ（あるいはアフリカ系アメリカ）とアジア（あるいはアジア系アメリカ）の間に存在する、神話、行動、歴史などのさまざまな点において見られる文化的な繋がり、あるいは双方向的影響関係すなわち、〈アフロ・エイジアン・コネクションズ〉を提示してきた。これは、ホー自身が長年関わってきた共産主義思想、第三世界解放理論、ラジカル・フェミニズムを統合する新しいストラテジーとして展開された、ホー自身の言葉を借りれば、「革命的ヴィジョンの探求」（Mullen 165）の試みの一つである。ホーが芸術作品において明示しているのは、白人支配に対抗するための有色人種の社会的・文化的団結である。また、ホーは、アメリカ社会にはびこる主流社会・文化によるエスニック文化の日常的・商業的専有／盗用を「クリストファー・コロンブス・シンドローム」と呼び、そうしたものに対し警鐘を鳴らしている。ビル・V・マレンによれば、フレッド・ホーの「革命的ヴィジョンの探求」は、「最終的には、アフリカ系とアジア系のコラボレーションは、オリエンタリズムや、その基盤や土台になっている西洋的原理を下支えする人種的・文化的・地理的二項対立を脱構築する手段という理解の上に立っている」（Mullen 167）のである。

〈アフロ・エイジアン・コネクションズ〉の新たな可能性
――カンフーに象徴されるポリカルチュアリズム

最後に、フレッド・ホーの作品にみられる〈アフロ・エイジアン・コネクションズ〉の新たな可能性を、ヴィジェイ・プラシャドのポリカルチュアリズムに基づいて論じる。

インド系学者ヴィジェイ・プラシャドが、『エブリバディ・ワズ・カンフー・ファイティング――アフロ・エイジアン・コネクションズと文化的純正の神話』などにおいて、文化は一つの人種に固有なものであるという考えに基づく「文化原理主義」的側面を持つ多文化主義に異議を唱え、それを越える新しい概念としてポリカルチュアリズムを提唱した。

それではまず、ポリカルチュアリズムの概念について説明したい。インド系学者でトリニティカレッジ教授のヴィジェイ・プラシャドは、多文化主義（マルチカルチュアリズム）を「多様性の問題に対する官僚的アプローチ」であり、「いんちき」と断じている。ヴィジェイ・プラシャドは、ホミ・バーバのハイブリディティの概念を元に、多文化主義を越える新たな概念であるポリカルチュアリズムを提示している。プラシャドは、前述の著書『エブリバディ・ワズ・カンフー・ファイティング』において、アジア系だけでなくアフリカ系（黒人）にも広く受容されてきたカンフーをはじめとする、アジア系・アフリカ系と両者の混淆によってできた文化現象を解明した。

プラシャドは、文化は一つの人種に固有なものであるという考えに基づく「文化原理主義」的側面を持つ多文化主義に異議を唱え、それを越える新しい概念として、ポリカルチュアリズムを提唱している。ポリカルチュアリズムは、各文化の純粋性を尊重しつつ、異文化との共存を図る多文化主義とは対照的に、あえて異文化間の共通点に焦点をあてることによって、文化の純粋性を否定し、文化はいくつもの異なる要素が複雑に絡み合い、混淆した（ハイブリッドな）ものであるという立場をとる。

また、しばしば先進国だけ（しかも、その国内だけ）で、政府や支配層の理念・方針に従って「官僚的（トップダウン的）に」機能する多文化主義と異なり、文化（およびその生成過程）を「国際的」に捉えるポリカルチュアリズムは、帝国主義やナショナリズムに対抗するために、先進国におけるマイノリティと「第三世界」（アジア、アフリカなど）の「労働者階級」の大衆において生まれ「草の根的（ボトムアップ的）に」機能すると考えられる。両者の違いを、ジェフリー・パトリッジは、多文化主義が「防御手段」であるのに対し、ポリカルチュアリズムを「自由獲得のための戦略」と規定しているように（Partridge 202）、両者の方向性の違いも明白である。プラシャドによれば、「ポリカルチュアリズムは、［……］文化をめぐる政治の世界や人種認識の困難など、ありとあらゆる矛盾に対する荒々しい闘争」（Prashad xii-xiii）である。

興味深いことに、前述のヴィジェイ・プラシャドはポリカルチュラルな存在としてカンフーを取り上げている。すなわち、カンフーはアジア（中国）に起源を持ちつつも、アジアやアフリカなど第三世界において、帝国主義（あるいは人種差別などさまざまな抑圧）からの「自由獲得のための戦略」として発展してきたポリカルチュラルな存在である。

カンフーを世界的に広めたブルース・リーが、伝統的な武道に反発し、これまでの流派によらない独自のマーシャル・アーツとして創設した截拳道《ジー・クン・ドー》は、中国の伝統的な武術だけでなく、京劇、ブラジル武術のカポエイラ、沖縄空手、モハメッド・アリのボクシングのスタイルやアフリカ系のストリート・ファイトのスタイルなどを複合したハイブリッドなものと言われている。フレッド・ホーは、「白人のケツを蹴る――ブラック・パワー、美学、アジアのマーシャル・アーツ」というエッセイにおいて、アフリカ系アメリカ人文化とアジアのカンフーの間に見られるポリカルチュアルな美学的・文化的・政治的相関関係について論考しているが、ブルース・リーが一九六〇年代から七〇年代初めのアフリカ系の権利拡大運動の機運の中で流行したアフリカ系音楽（とくにジャズ）の影響を時代精神の一部として受けていると指摘している（Ho 2006: 305）。

一方、ブルース・リーのカンフー映画が、アメリカ国内では、アジア系の観客だけでなく、とくにアフリカ系の観客の人気を博したことはよく知られている。ブルース・リーの弟子は、人種的に多様で、とくにアフリカ系としては、全米空手チャンピオンで俳優のジム・ケリー（『燃えよドラゴン』に出演した他、一九七四年の『黒帯ドラゴン』等のカンフー映画に主演）、プロ・バスケットボール選手のカリーム・アブドゥル＝ジャバー（リーの死後に代役を使って完成し、一九七八年公開した未完の遺作『死亡遊戯』に出演）などが有名である。ブルース・リーのマーシャル・アーツ哲学をテーマにした『死亡遊戯』において、ブルース・リーが身にまとっていた黒のサイド・ライン入りの黄色のトラックスーツ（上下一体型の陸上競技服）は、彼が目指したマーシャル・アーツ、截拳道《ジー・クン・ドー》が、伝統的なカンフーに固執せず、さまざまな要素を融合した独自なものであったことの象徴とされるが、トラックスーツが黒人アスリートをイメージさせるのみならず、その色が黄色に黒のストライプであったことは、そのブルース・リーの姿こそが、「アフロ・エイジアン・コネクションズ」のアイコンとして機能していると見ることもできよう。このようにカンフーをアフリカ系とアジア系を草の根的に繋げるポリカルチュラルな象徴としてみることは可能である。

これまで論じてきたように、草の根的文化事象であるカンフーによって示されるポリカルチュラリズムは、まさにフレッド・ホーの芸術作品の方向性と一致している。アフリカ系の草の根的文化事象であるジャズをアジア系アーティストとして「クレオール化」して自身の芸術に取り入れたフレッド・ホーが、自らのパフォーミング・アーツなどの作品の題材としてマーシャル・アーツ（とくにカンフー）を取り上げ、作品中に、カンフーのコレオグラフィー（振り付け）を取り入れていることなども、まさにポリカルチュラルと言える。

このように、フレッド・ホーの作品における「アフロ・エイジアン・コネクションズ」には、アフリカ系とアジア系という二つのマイノリティの間の「ラディカルな文化的ハイブリディティ」に基づくポリカルチュアリズムによって、「抑圧された者」同士が草の根的に連帯することで、今日のグローバル資本主義やその反動として生み出された歪んだ人種差別的ナショナリズムに対抗しうる新しい可能性を見出すことができる。(3)

※本稿は拙論 “Fred Ho's “Afro-Asian Connections”: His Life, Politics and Art”（『神戸英米論叢』第三〇号、二〇一六年一二月、三九―五二頁）に基づいて日本語で書き直したものである。

【註】

（1）フレッド・ホーの伝記的背景についての記述は、主として “Fred Ho Paper” の “Biography” を元にしている。

（2）フレッド・ホーのパフォーミング・アーツ作品の分類および概要の一部については、Big Red Media Inc. Website（二〇二〇年一一月現在は閲覧不可）を参考にした。

（3）ＢＬＭ（ブラック・ライヴズ・マター）運動も、二〇二〇年五月の白人警官による暴行でアフリカ系男性が死亡した事件に端を発し、全米に広がった反人種差別の抗議運動であるが、これが「草の根的」に発生し、また、人種・ジェンダー・セクシュアリティそして国境を越えて、アメリカ国内のアフリカ系だけでなく、世界中の多様な人々が参加したことは記憶に新しいが、これもポリカルチュラルな事象と捉えることも可能であろう。

【参考・引用文献】

"Big Red Media Inc. Website." http://www.bigredmediainc.com/brmflash/

Chin, Frank. "Come All Ye Asian American Writers of Real and the Fake." *The Big Aiiieeeee!* Ed. Jeffery Paul Chan, Frank Chin, Lawson Fusao Inada, and Shawn Wong. Meridian, 1991. pp. 1-92.

"Fred Ho Papers." Archives & Special Collections at the Thomas J. Dodd Research. U of Connecticut, 2005. doddcenter.uconn.edu/findaids/Ho/MSS19990036.html

"Fred Ho: Musician, Composer, Activist. Fall 2008 Interdisciplinary Artist in Residence. Arts Institute, University of Wisconsin-Madison. https://archive.iarp.wisc.edu/ho/residency.html#

"Fred Ho: Turning Pain into Power—A Conversation with Frank J. Oteri" in "New Music Box. "The Web Magazine from the American Music Center. 2008. www.newmusicbox.org/article.nmbx?id=5784

Ho, Fred. *Warrior Sisters: A New American Opera.*(CD) Brooklyn, NY: Big Red Media, 1999.

---. ed. *Legacy to Liberation: Politics and Culture of Revolutionary Asian Pacific America.* Big Red Media, 2000.

---. *Voice of the Dragon.* (CD) Brooklyn, NY: Big Red Media, 2001.

---. "Kickin' the White Man's Ass: Black Power, Aesthetics, and the Asian Martial Arts" *AfroAsian Encounters.* New York UP, 2006. pp. 295-312.

---. *Wicked Theory, Naked Practice: A Fred Ho Reader.* Ed. Dianne C. Fujino.Foreword by Robin D. G. Kelley. Afterword by Bill V. Mullen. U of Minnesota P, 2009.

---. and The Afro-Asian Ensemble, “Voice of the Dragon — Dragon versus Eagle The Apollo Theatre 2007” YouTube. www.youtube.com/watch?v=xhkaM7MUShk

---. and The Green Monster Big Band. *Celestial Green Monster*. (CD) Brooklyn, NY: Big Red Media, 2005.

---. and Bill V. Mullen, eds. *Afro Asia: Revolutionary Political & Cultural Connections between African American & Asian Americans*. Duke UP, 2008.

---. and Ruth Margraff. *Night Vision: A First to Third World Vampyre Opera*. (Book and CD). Big Red Media/Atuonomedia. 2000.

Kato, M.T. *From Kung Fu to Hip Hop: Globalization, Revolution, and Popular Culture*. State U of New York, 2007.

Margraff, Ruth.“Deadly She-Wolf Assassin at Armageddon.” Ruth Margraff.com. ruthmargraff.com/deadly-she-wolf-assassin>

---. “The Voice of the Dragon.“Ruht Margraff.com. <https://ruthmargraff.com/voice-of-the-dragon

Mullen, Bill V. *Afro-Orientalism*. U of Minnesota P, 2004.

Partridge, Jeffery F. L. *Beyond Literary Chinatown*. U of Washington P, 2007

Potters, Merlyn. “The Teacher Guide: THE VOICE OF THE DRAGON: Once Upon a Time in Chinese America.” ArtSmarts. The Mondavi Center, UC Davis, (Feburary 14, 2003).

Prashad, Vijay. *Everybody was Kung Fu Fighting: Afro-Asian Connections and the Myth of Cultural Purity*. Beacon P, 2001.

Raphael-Hernandez, Heike and Shannon Steen, eds. *AfroAsian Encounters: Culture, History, Politics*. Foreword by Vijay Prashad. Afterword by Gary Okihiro. New York UP, 2006.

Sakolsky, Ron and Fred Wei-Nan Ho, eds. *Sounding Off!: Music as Subversion/ Resistance/ Revolution*. Autonomedia, 1995.

Tesser, Neil. “Fred Ho’s “Voice of Dragon.” ” The Theatre Critic Choice Archives.”www.chicagoreader.com/chicago/ArticleArchives?category=863458

マニュエル・ヤン他『ブラック・ライヴズ・マター――黒人たちの叛乱は何を問うのか』河出書房新社、二〇二〇年。

あとがき

まず、本書の成り立ちと研究上の位置づけについて簡単に述べておきたい。新型コロナウイルスの脅威が世界を覆いつつあった二〇二〇年三月、ここ数年仕事を一緒にすることが多かった三人の方々（麻生、古木、牧野［敬称略・順不同］）にアジア系アメリカ文学研究論集の企画について相談し、編集委員を依頼したことに始まる。編集委員をはじめ、本書の執筆者のほとんどが、アジア系アメリカ文学会アジア系アメリカ文学研究会（略称AALA、二〇二〇年にアジア系アメリカ文学研究会から改称）の会員である。本書はAALAおよびその有志による研究書『アジア系アメリカ文学——記憶と創造』（大阪教育図書、二〇〇一年）、『アジア系アメリカ文学を学ぶ人のために』（世界思想社、二〇一一年）、『憑依する過去——アジア系アメリカ文学におけるトラウマ・記憶・再生』（金星堂、二〇一四年）に執筆していない若手・中堅の研究者も多く含んでいて、世代的に言っても、アジア系アメリカ文学研究の新地平を切り拓くのにふさわしい執筆陣になっている。

一九八九年の創立以来、この分野の研究を牽引してきたAALAの活動の歴史は、日本におけるアジア系アメリカ文学研究の歴史そのものと言っても過言ではない。初代代表の植木照代氏や第二代代表の桧原美恵氏ら四人の先駆者たちによって創設された、文字通りの小さな「研究会」であったAALAは、第三代代表の小林富久子氏らをはじめとする初期会員たちの参加により会の推進力が増していき、二〇〇〇年代前半には国内外に百数十人の会員を持つまでとなり、二〇〇八年九月には「日本学術会議協力学術研究団体」の指定を受けた。一九九四年に会員になって早々、最年少の役員として末席に加えていただいた私だったが、その後、十年以上の事務局長の職を経て、二〇一八年からは代表（現・会長）の重責を担わせていただくまでになった。二〇二〇年にアジア系アメリカ文学研究会と改称し、名実ともにAALAが「学会」となったことは、AALAと共に研究者としての道を歩んできた私にとってこの上もない喜びである。

また、「序」でも触れているが、本書の構想が、科学研究費補助金・基盤研究（B）一般「「トランスボーダー日系文学」研究基盤構築と世界的展開――「世界文学」的普遍性の探究」（二〇一九～二一年、研究代表者・山本秀行、課題番号19H01240）を元にしているために、本書の著者のうち九名（巽、宇沢、麻生、古木、牧野、松永、中地、渡邊、山本［敬称略・順不同］）は本プロジェクトのメンバーである。それゆえ、本書はこの科研プロジェクトの成果の一部として位置づけられる。とくにこの科研プロジェクトへの参加およびAALA三〇周年記念国際フォーラム（二〇一九年九月二八～二九日、神戸大学）での登壇に続き、本書に寄稿いただいた巽孝之先生、宇沢美子先生には謝意を表したい。

当初、二〇二〇年中に出版する予定だった本書だったが、出版にいたるまで予想以上に長い時間がかかった。コロナ禍の真っ只中、従来の対面授業から不慣れな遠隔授業へと変更せざるをえなくなり、また、多くの学会が従来の実地開催からからウェブ開催へと切り替わるなど、予想外の長い時間をそうした変化への対応に費やすことになってしまったことも相俟って出版が遅れてしまった。とくに早々に原稿を提出いただいていた著者の皆さんには、長い間お待たせし、ご心配をかけてしまったことに対し、編者としての非力をお詫び申し上げたい。

こうした困難な状況を乗り越え、本書をどうにか出版への軌道に乗せることができたのは、他の三人の編者のおかげである。編者の方々には、校務や学会活動で多忙の中、本書の企画段階から相談に乗っていただき、章立てや執筆陣の決定、原稿の査読、校正までお手伝いいただいた。編集代表の私が頼りないために苦労をおかけしたことは想像に難くないが、辛抱強く支えていただいたことにお礼を申し上げたい。そして、本書を世に送り出すまでに支えていただいた、その他の多くの方々にはこの場を借りてお礼を申し上げたい。

最後に、小鳥遊書房の高梨治氏には、コロナ禍で厳しさを増している出版状況下で、本書の出版の意義をご理解いただき、出版を快諾いただいた。加えて、編集作業を手際よく進めていただき、適切な助言で刊行まで導いてくださったことに対して、高梨氏に心より感謝したい。

編者を代表して
山本　秀行

二〇二一年八月

◉マ行

◉ヤ行

◉ワ行

◉サ行

◉タ行

◉ナ行

◉ハ行

◉マ行

◉ヤ行

◉ラ行

◉ワ行

【その他の事項】

◉ア行

◉カ行

◉ラ行

◉ワ行

【作品名・書名・紙誌名】

◉ア行

◉ナ行

◉ハ行

◉マ行

◉ヤ行

索引

※おもな【人名】【作品名・書名・紙誌名】【その他の事項】ごとに、五十音順に記した。
※人名には原語表記と生没年、作品名・書名・雑誌名には原語と刊行年を記してある。

【人名】

◉松永　京子（まつなが　きょうこ）第 11 章
広島大学准教授（専門分野：北米先住民文学・核／原爆文学・環境文学）
主要業績：『北米先住民作家と〈核文学〉――アポカリプスからサバイバンスへ』（単著、英宝社、2019 年）、“Trinitite, Turquoise, and Rattlesnakes: Envisioning the (De)Nuclearized Desert in the Works of Leslie Silko and Kyoko Hayashi.” *Reading Aridity in Western American Literature.*（共著、Lexington Books, 2020, pp.195-222）、“Radioactive Discourse and Atomic Bomb Texts: Ōta Yōko, Sata Ineko, and Hayashi Kyōko.” *Ecocriticism in Japan.*（共著、Lexington Books, 2017, pp. 63-80）

◉岸野　英美（きしの　ひでみ）第 12 章
近畿大学准教授（専門分野：北米の環境文学、日系を中心としたアジア系文学）
主要業績：「ヴィクトリア時代のナチュラリストによる著書」『ケンブリッジ版カナダ文学史 』（共訳、彩流社、2016 年、pp.195-213）、「ルース・オゼキの『イヤー・オブ・ミート』とメディア」『エコクリティシズムの波を超えて――人新世の地球を生きる』（共著、音羽書房鶴見書店、2017 年、pp.155-166）、「海を越えたエコモンスター――ゴトーの『カッパの子ども』における種とセクシュアリティの交錯」『トランスパシフィック・エコクリティシズム――物語る海、響き合う言葉』（共著、彩流社、2019 年、pp. 93-107）

◉加藤　有佳織（かとう　ゆかり）第 14 章
慶應義塾大学准教授（専門分野：現代アメリカ文学・カナダ文学）
主要業績：『現代アメリカ文学ポップコーン大盛』（共著、書肆侃侃房、2020 年）、トミー・オレンジ『ゼアゼア』（翻訳、五月書房新社、2020 年）、モナ・アワド『ファットガールをめぐる 13 の物語』（共訳、書肆侃侃房、2021 年）。

◉ウォント盛　香織（うぉんともり　かおり）第 15 章
甲南女子大学准教授（専門分野；人種混淆とアジア系アメリカ文学）
主要業績：『ハパ・アメリカ――多人種化するアジアパシフィック系アメリカ人』（単著、御茶の水書房、2017 年）、“The Webb-Haney Act Passed by California Legislature, 1913”（*25 Events that Shaped Asian American History: An Encyclopedia of the American Mosaic*、共著、ABC Clio、2019 年、pp.140-155）、「国際養子となった戦後混血児研究――母親の視点から」（『比較文化研究』No.142、2021 年、pp.89-99）

◉巽　孝之（たつみ　たかゆき）第 7 章
慶應義塾大学名誉教授（専門分野：アメリカ文学思想史・批評理論）
主要業績：『ニュー・アメリカニズム――文学思想史の物語学』（青土社、1995 年度福沢賞；増補新版 2005 年、増補決定版 2019 年）、『モダニズムの惑星――英米文学思想史の修辞学』（岩波書店、2013 年）、*Full Metal Apache: Transactions between Cyberpunk Japan and Avant-Pop America* (Duke UP, 2006 , The 2010 IAFA [International Association for the Fantastic in the Arts] Distinguished Scholarship Award)

◉中地　幸（なかち　さち）第 8 章
都留文科大学教授（専門分野：アジア系アメリカ文学、アフリカ系アメリカ文学、ジャポニスム研究）
主要業績："From *Japonisme* to Modernism: Richard Wright's African American Haiku" *The Other World of Richard Wright: Perspectives on His Haiku*（Ed. Jianqing Zheng. UP of Mississippi, 2011. pp.134-147)、『レオニー・ギルモア――イサム・ノグチの母の生涯（共訳、彩流社、2014 年)、"Richard Wright and American South." *Richard Wright: Writing America at Home and from Abroad* (Ed. Virginia Whatley Smith. UP of Mississippi, 2016. pp.167-183).

◉渡邊　真理香（わたなべ　まりか）第 9 章
北九州市立大学准教授（専門分野：性をめぐるアジア系アメリカ文学、ミュージカルを含む現代アメリカ演劇）
主要業績:「ルヴォワル作品に描かれる "in-between" な存在――*Lost Canyon* を中心に」（*AALA Journal* No.23、2017 年、pp.40-52)、「歴史の語りべたることを主張する――Nina Revoyr 作品における同性愛の必然性」（『関西アメリカ文学』第 56 号、2019 年、pp.17-31)、「可傷的で攪乱的――ニーナ・ルヴォワルの『ウィングシューターズ』にみる「枠組み」批判」（『中・四国アメリカ研究』第 10 号、2021 年、pp.95-110）

◉風早　由佳（かざはや　ゆか）第 10 章
岡山県立大学准教授（専門分野：アジア系アメリカ詩・児童文学）
主要業績："Voice and Silence: An Analysis of Fred Wah's Visual Poetry"（*Persica* vol. 39, 2012, pp. 15-26)、「聖と俗の境界――ユダヤ系詩人の描く入浴」『ユダヤ系文学に見る聖と俗』（共著、彩流社、2017 年、pp. 187-207)、「伝統を編む――ジェローム・ローゼンバーグのアンソロジー『大いなるユダヤの書』を読む」『ユダヤの記憶と伝統』（共著、彩流社、2019 年、pp. 201-20）

【執筆者】（執筆順）

◉松本　ユキ（まつもと　ゆき）第2章
近畿大学准教授（専門分野：アメリカ文学、アジア系アメリカ研究、ジェンダー研究）
主要業績："Melodramatic Conventions in Asian American Films: Race, Gender, and Sexuality in *Saving Face*." *Readings in Language Studies*. 8, 2020: pp.245-262. "Women's Tears and Gendered Labor in *America Is in the Heart*." *AALA Journal*. 24, 2018: pp. 39-50. "Looking for "America": The Travelling Exile and the Immigrant in *East Goes West*." *AALA Journal*. 19, 2013: pp.63-76.

◉水野　真理子（みずの　まりこ）第3章
富山大学准教授（専門分野：アメリカ研究・日系アメリカ文学）
主要業績：『日系アメリカ人の文学活動の歴史的変遷——1880年代から1980年代にかけて』（単著、風間書房、2013年）、「山城正雄の文学活動の軌跡——帰米二世の意義を問いつづけて」『日系文化を編み直す——歴史・文芸・接触』（共著、ミネルヴァ書房、2017年、pp.21-36）、"Seeking the Ideal Identity: Cosmopolitanism Advocated by Japanese Americans." *Crossing Cultural Boundaries in East Asia and Beyond*（共著、Brill, 2021, pp.80-104）
.

◉宇沢　美子（うざわ　よしこ）第4章
慶應義塾大学教授（専門分野：19世紀末から20世紀転換期を中心にしたアメリカ文学・文化史研究、ジャポニズム研究）
主要業績：『ハシムラ東郷——イエローフェイスのアメリカ異人伝』（単著、東京大学出版会、2008年）、"A mixed legacy: Chinoiserie and Japonisme in Onoto Watanna's *A Japanese Nightingale*"（単著 , *The Routledge Companion to Transnational American Studies*, edited by Nina Morgan, Alfred Hornung and Takayuki Tatsumi, 2019, pp.173-182）、「蕪を召しませ——セラーズ大佐連作における涙と笑いのツボ」（『マーク・トウェイン　研究と批評』第19号、2020年、pp.34-42）

◉志賀　俊介（しが　しゅんすけ）第5章
成蹊大学准教授（専門分野：現代アメリカ文学、ロックやジャズの大衆音楽）
主要業績："The Imaginary Space in Indian-American Fiction: A Catalyst for Rebellion in Jhumpa Lahiri's *The Lowland*"（*The Journal of the American Literature Society of Japan*　第15号、2017年、pp. 79-95）、"Reconstructing '*E Pluribus Unum*': The Imaginary Space for Revolution in Jhumpa Lahiri's *The Lowland*"（『藝文研究』第107号、2014年、pp. 239-256）、"Rock 'n' Roll India: Cultural Distortion from The Beatles to Jhumpa Lahiri"（『コロキア』第33号、2012年、pp. 47-59）

【編著者】

◉山本　秀行（やまもと　ひでゆき）〈編集代表〉序章、第 16 章
神戸大学教授（専門分野：アジア系を中心とした現代アメリカ文学・演劇）
主要業績：『アジア系アメリカ演劇――マスキュリニティの演劇表象』（単著、世界思想社、2008 年）、『アジア系アメリカ文学を学ぶ人のために』（共編著、世界思想社、2011 年）、「『ハックルベリー・フィンの冒険』とアメリカ大衆演劇――ミンストレル・ショー、バーレスク、ミュージカル」（『マーク・トウェイン　研究と批評』第 19 号、2020 年、pp.21-33）

◉麻生　享志（あそう　たかし）〈編著者〉第 1 章
早稲田大学教授（専門分野：現代アメリカ文化・文学）
主要業績：『ポストモダンとアメリカ文化――文化の翻訳に向けて』（単著、彩流社、2011 年）、「『ミス・サイゴン』の世界――戦禍のベトナムをくぐり抜けて』（単著、小鳥遊書房、2020 年）、「「リトルサイゴン」――ベトナム系アメリカ文化の現在」（単著、彩流社、2020 年）

◉古木　圭子（ふるき　けいこ）〈編著者〉第 13 章
奈良大学教授（専門分野：現代アメリカ演劇、アジア系アメリカ文学）
主要業績：*Tennessee Williams: Victimization, Sexuality, and Artistic Vision*（単著、大阪教育図書、2007 年）、「サム・シェパードの戯曲にみる女性の連帯と幸福への脱出」『アメリカ文学における幸福の追求とその行方』（共著、金星堂、2018 年、pp.116-134）、「クム・カフア・シアターのあゆみとエドワード・サカモトにみるハワイのローカル演劇」『回帰する英米文学』（共著、大阪教育図書、2021 年、pp. 321-339）

◉牧野　理英（まきの　りえ）〈編著者〉第 6 章
日本大学教授（専門分野：日系アメリカ文学、日系英語圏文学、現代エスニック文学）
主要業績：「収容所をめぐる三つのテキスト――カレン・テイ・ヤマシタの『記憶への手紙』におけるポストコロニアルポリティックスの攪乱」『トランスパシフィック・エコクリティシズム：物語る海、響き合う言葉』（共著、彩流社、2019 年、pp.109-124）、『ツナミの年』 牧野理英 [訳]（単著翻訳、小鳥遊書房、2020 年、全 242 頁）、"Absent Presence as a Non-Protest Narrative: Internment, Interethnicity, and Christianity in Hisaye Yamamoto's 'The Eskimo Connection.'" Vol 2 of *Trans-Pacific Cultural Studies*（Sage, 2020）

アジア系《けい》トランスボーダー文学《ぶんがく》

アジア系《けい》アメリカ文学研究《ぶんがくけんきゅう》の新地平《しんちへい》

2021年10月29日　第1刷発行

【編著者】

山本秀行

（編集代表）

麻生享志、古木圭子、牧野理英

発行者：高梨 治

発行所：株式会社**小鳥遊書房**《たかなし》

〒102-0071　東京都千代田区富士見1-7-6-5F

電話 03 (6265) 4910（代表）／FAX　03 (6265) 4902

https://www.tkns-shobou.co.jp

装幀　中城デザイン事務室

印刷・製本　モリモト印刷株式会社

ISBN978-4-909812-65-0　C0098